Günter von Lonski

Das letzte

Bibliografische Information der Deutschen Nationalbibliothek
Die Deutsche Nationalbibliothek verzeichnet diese Publikation in der Deutschen Nationalbibliografie; detaillierte bibliografische Daten sind im Internet abrufbar über http://dnb.ddb.de

www.niemeyer-buch.de

Umschlaggestaltung: Brigitte Mück
Umschlagabbildung: Matthias Waldeck
Druck und Bindung: AALEXX Buchproduktion GmbH, Großburgwedel
Printed in Germany
ISBN 978-3-8271-9401-5

Günter von Lonski

Das letzte Lied

CW Niemeyer

Der Roman spielt hauptsächlich in einer allseits bekannten Stadt des Weserberglands, doch bleiben die Geschehnisse reine Fiktion. Sämtliche Handlungen und Charaktere sind frei erfunden. Oder?

Über den Autor:
Günter von Lonski wurde 1943 in Duisburg-Laar geboren. Er studierte an der Hochschule der Künste in Berlin. Seit 1981 schreibt er Romane, Krimis, Jugend- und Kinderbücher, Hörspiele, Kurzgeschichten, Glossen, Satiren und Schulbuchbeiträge. 2010 erhielt er den Rolf-Wilhelms-Literaturpreis, Hameln. Günter von Lonski ist verheiratet, hat zwei Kinder und lebt in der Nähe von Hannover. Er schreibt bereits an seinem nächsten Wesemann-Krimi.

Mehr über Günter von Lonski und seine Aktivitäten erfahren Sie unter www.vonlonski.net

DANK

an alle, die mich auf meinem Weg von der ersten Idee bis zum letzten Punkt durch dieses Buch begleitet haben. Ich habe euch genervt, bin euch auf den Wecker gefallen und habe eure wohlwollende Kritik oft nicht zu würdigen gewusst. Besonders bedanke ich mich bei meiner Erstleserin für ihre „Engelsgeduld." Danke Anne! Weiter gilt mein Dank Kirsten Rohr für ihr penibles Gegenlesen, Christoph Huppert für Sein und Schein – und natürlich den Mitarbeitern im Verlag für ihr großes Engagement und ihre kontinuierliche, begeisterte und begeisternde Begleitung. Eine bessere Unterstützung ist nicht denkbar.

Günter von Lonski
Hemmingen, im September 2010

Für Frederik

EINS

Ein Sonntagmorgen Anfang April. Wetter wie im November, kühl und nass. Der Tag will nicht in die Gänge kommen.

Hubert Wesemann sitzt in seiner Wohnung in der Deisterstraße, gießt sich einen Kaffee ein und liest die Wochenendbeilage der Deister- und Weserzeitung. Die hebt er sich immer für den Sonntagmorgen auf.

Manchmal wäre es schön, mit jemandem am Küchentisch zu reden, doch dieser Jemand hat vor acht Monaten das Weite gesucht. Nein, nicht allein. Ältere Frauen haben in letzter Zeit den Drang zu wesentlich Jüngeren. Helga nannte ihn: Mein Johnny. Na ja, mein Depp hätte sie ihn auch schlecht nennen können. Jetzt schippert sie mit ihrem Fluch der Karibik übers Steinhuder Meer. Egal.

Wesemann streicht sich über seine Bartstoppeln. Dabei hatte er sich von ihr gerade zu einem gemeinsamen Tanzkurs überreden lassen. Zwei Abende waren sie noch gemeinsam übers Parkett geschlichen, dann stand er da ohne Tanzpartnerin.

Andererseits hat so ein Frühstück im Alleingang auch Vorteile.

Keine mahnenden Blicke wandern über seine alten Jeans, den ausgebeulten Pulli und die ausgelatschten Schlappen.

Ja, Helga, was jetzt kommt, hätte dir erst recht nicht gefallen. Wesemann holt aus dem Kühlschrank ein dunkelbraunes Glas. Ich schmiere mir ein Brot, nein, nein, es ist nicht Nutella. Mein Favorit ist Nutoka von Aldi. Ich weiß, weit unter deinem Niveau. Auch egal,

du hast sicher gerade etwas Besseres zu tun, als mir Vorwürfe zu machen.
Wesemann schlägt die Zeitungsbeilage auf. Berichte über die Verbesserung des Raumklimas durch Außenwanddämmung, eine vergessene Künstlerpersönlichkeit wird vorgestellt, irgendjemand hat sich auf die Spuren der britischen Legende Sherlock Holmes begeben. Wer wird sich einst auf die Spuren eines Hubert Wesemann begeben? Wesemann widmet sich dem Artikel *So leben und lieben Sie: In Paris werden Ihre Träume wahr.*

Das Telefon klingelt. Sonntagmorgen, um diese Zeit? Das kann nur der Sender sein. Wesemann arbeitet als freier Journalist für den regionalen Sender *radioTOTAL* und gelegentlich für die umliegenden Zeitungen.

Früher war er Speditionskaufmann. Aber dann kamen mehrere Bandscheibenvorfälle dazwischen und die Rentenversicherung musste ihm zähneknirschend eine Rente bewilligen.

Vielleicht ein Unfall auf der B 217? Oder ein Feuerwehreinsatz zur Rettung einer verirrten Katze? Und wenn es ein Segelunfall auf dem Steinhuder Meer ist? Nur ein toter Depp ist ein guter Depp! Schade, nicht sein Revier.

Er meldet sich: „Wesemann."

„Wesemann, sind Sie das?" Baxmann vom Sender, Chef vom Dienst und allem Sonstigen.

„Hab' ich doch gesagt."

„Sie nuscheln so."

„Nur sonntags morgens."

„Ist auch egal. Die Polizei meldet eine Leiche an der Münsterbrücke."

„Ich mag keine Wasserleichen."

„Es kann eine heiße Story werden. Es soll sich um die Blonde aus der Casting-Show handeln. Wie hieß sie noch? Julia Kappenburg oder so ..."

„Anke Papenburg!"

„Wie?", fragt Baxmann nach.

„Anke Papenburg!", raunzt Wesemann ins Telefon.

„Mein Gott", stöhnt Baxmann, „Sie nuscheln wie Hans Meiser."

„Hans Moser!"

„Was hat der denn damit zu tun?" Der Chef macht eine verblüffte Pause. „Ist auch egal. Fahren Sie hin, machen Sie was draus. Die erste Meldung geht gleich über den Sender."

„Bin schon unterwegs." Baxmann hat bereits aufgelegt.

Noch ein Bissen vom Nutokabrot, das Radio anschalten und dann ins Bad.

Normalerweise gehört der Sonntagvormittag Wesemann und seiner neuen Geliebten, der Badewanne. Heute reicht es gerade mal zum Zähneputzen und Deorollern.

Nachricht im Hintergrund. Wesemann spurtet in die Küche, stellt das Radio lauter:

Hameln ist bestürzt. Anke Papenburg, bekannt durch die Fernsehsendung DNCS – Deutschlands Next Casting Star, wurde heute Vormittag tot aus der Weser geborgen. Hören Sie hierzu auch den Hintergrundbericht von Hubert Wesemann nach den Zwölf-Uhr-Nachrichten.

Wesemann schlüpft in seine schwarze Lederjacke, zwei Knöpfe fehlen immer noch. Wer soll die auch annähen? Er greift nach der Tasche mit dem Aufnahmegerät und dem Fotoapparat, eilt los, hat sein Handy vergessen, muss noch mal zurück und ist endlich mit seinem alten, mattweißen Corsa auf dem Weg ans Weserufer. Deisterallee, Ostertorwall, Münsterbrücke. Wenn Tote an der Münsterbrücke, dann ab in die Inselstraße. Ein anthrazitfarbener Kombi kommt ihm entgegen, abgedunkelte Fenster, kleiner Aufdruck auf den Türen: *bestattungshaus am markt*. Die sind auch modern geworden. Etwas weiter die Inselstraße hinunter steht eine kleine Menschengruppe vor einem dunklen Mittelklassewagen. Die Drei Heiligen Könige der Hamelner Polizei: Caspari, Mangold und Bertram. Ehe er das geschnallt hatte: Hauptkommissare gleich HKs, und HKs gleich Heilige Könige.

Wesemann parkt sein Auto direkt hinter dem dunklen Kombi und grüßt, Höflichkeit kann nie schaden. „Moin!"

„Moin, Moin."

Das Wasser der Weser rauscht unter der Brücke hindurch, teilt sich an den Pfeilern, bildet Wirbel und Strudel. Etwas abseits liegt das Boot der Wasserschutzpolizei mit eingeschaltetem Blaulicht. Am Fuß der Brückenpfeiler hat das Hochwasser seine Ablagerungen hinterlassen.

Schwemmholz, Plastiktüten, die blaue Flasche irgendeines Weichspülers. Wesemann kann nur kurz in die schäumenden Wellen sehen, ohne das Gleichgewicht zu verlieren. Eine unheimliche Anziehungskraft scheint von dem wütenden Wasser auszugehen. Wer da erst einmal hineingerät, ist verloren.

„Wesemann", wird er von HK Mangold angesprochen, „das macht fünfundsiebzig Euro. Die ganze Inselstraße ist als Feuerwehrzufahrt gekennzeichnet, da gilt absolutes Halteverbot."

„Ich bin unterwegs im Dienst der Allgemeinheit." Man kennt sich und gönnt sich gelegentlich ein auflockerndes Scharmützel.

„Sie sind hier im Dienst Ihrer Werbekunden." Die drei HKs lachen.

„Das ist ein bisschen oberflächlich, Herr Hauptkommissar. Nur die Werbeeinnahmen des Rundfunksenders ermöglichen es einem unabhängigen Journalisten wie mir, für die Allgemeinheit tätig zu sein und die Polizeiberichte in verständliches Deutsch zu übersetzen."

Wieder lachen die drei. Wesemann verzieht nur einen Mundwinkel und schaltet seinen Handrecorder ein. Routine. Erst mal seine W-Fragen: „Wer war das?" Er deutet auf den nassen Flecken vor HK Casparis Füßen.

Bertram steckt sich eine Zigarette an, Mangold wischt ein Stäubchen vom Kombi. „Also schön", sagt Caspari, „wir wollen alle nach Hause. Es handelt sich um Anke Papenburg. Brauchen Sie eine Personenbeschreibung?"

„Kennt doch jeder", sagt Wesemann, „unsere Casting-Queen".

Schließlich sitzt halb Deutschland jeden Donnerstag vor dem Bildschirm und fiebert mit dem blonden Engel aus Hameln, ob er die nächste Runde von *DNCS* erreicht.

„Jetzt ist sie tot." HK Bertram zieht an seiner Zigarette und schlägt den Mantelkragen hoch. Es ist zugig zwischen Wasser und Brücke.

Schnell die nächste Frage, sonst holt sich Wesemann wieder einen Schnupfen, der letzte ist erst knapp zwei Wochen her. „Was ist geschehen?" Wesemann hält sein Aufnahmegerät HK Mangold unter die Nase.

HK Mangold weist ihn mit einer Kopfbewegung an HK Caspari.

„Ein Jogger hat die Leiche der jungen Frau gegen acht Uhr vierzig entdeckt. Sie hatte sich drüben am Brückenpfeiler verfangen. Die Wasserschutzpolizei ist raus, um die Leiche zu bergen. Aber wie es der Zufall so will, hat sie sich von den Haken gelöst, mit denen die Kollegen sie bergen wollten, ist dann ans Ufer getrieben und an der unteren Spundwand hängen geblieben. Damit konnten sich die Kollegen von der Wasserschutzpolizei zurückziehen und wir waren zuständig."

Wesemann schluckt.

„War das soeben ...?" Er weist mit dem Handrecorder die Inselstraße hinauf.

„Entschuldigen Sie, dass wir mit dem Abtransport der Leiche nicht auf Sie gewartet haben." HK Caspari richtet seine Baseballkappe. „Hätten wir gewusst, dass Sie kommen ..."

„Wie ist sie umgekommen?"

HK Caspari schaut in die grauen Wolken. Er ist bestimmt Junggeselle und kann mit seinem freien Tag nichts anfangen.

„Ist sie ertrunken?", setzt Wesemann nach.

„Vermutlich. Aus einem Heißluftballon ist sie jedenfalls nicht gefallen."

Toller Scherz! „War es Selbstmord?", will Wesemann wissen.

„Mensch, Wesemann, machen Sie uns nicht brotlos mit ihrer genialen Kombinationsgabe!" Wieder dieses dämliche Lachen, das an der Oberfläche schwimmt und die Betroffenheit überspielen soll. „Jedenfalls waren bei der ersten Untersuchung hier vor Ort keine äußeren Verletzungen festzustellen.

Wenn sich keine Zeugen finden, bleibt es wohl beim Suizid. Obduktion ist natürlich angeordnet."

„Sonst noch etwas Wissenswertes?", fragt Wesemann. Er will hier weg. Die Situation ist beklemmend, außerdem schlottert er vor Kälte.

„Schwimmen Sie doch rüber zu den Kollegen, vielleicht haben die noch weitere Informationen."

Blöder Vorschlag, einfach überhören. Er kann nicht schwimmen, war früher nicht so wichtig.

„Irgendwelche Zeitangaben?"

„Sie war sicher noch keine vierundzwanzig Stunden tot, als sie aus dem Wasser gezogen wurde."

„Also ist sie am Samstag ...", murmelt Wesemann.

„Wir rufen an, wenn sich neue Fakten ergeben." HK Mangold beendet die Befragung. „Ihr Ansprechpartner im Kommissariat", sagt er zu Wesemann und deutet mit dem Kopf auf den jungen Bertram.

„Weiterhin frohes Schaffen." Wesemann schaltet sein Aufnahmegerät ab und packt es in die Tasche.

„Sie sollten Ihre Phantasie im Zaum halten, wenn Sie Ihren Bericht zusammenschustern", sagt HK Mangold, „sonst kaufen wir demnächst bei der Konkurrenz."

„Da gibt's nur den kalten Kaffee der Achtziger und den flauesten Sound von heute." Wesemann wendet sich seinem Auto zu, die HKs lachen. Wesemann schüttelt den Kopf.

Wesemann fährt zurück zu seiner Wohnung. Hoffentlich ist sein Parkplatz noch frei. Anke Papenburg. Vielleicht ist er ihr früher schon mal in Hameln begegnet? Er kennt viele Leute, Hameln ist überschaubar, doch Anke Papenburg ist ihm nur aus der Casting-Show *DNCS* bekannt. Natürlich hat er jede Sendung des TV-Events gesehen. Mit ihrer natürlichen

Ausstrahlung wurde sie von Woche zu Woche mehr zum Liebling der Juroren. Doch in den letzten Sendungen nahm die Kritik immer deutlicher zu. Am vergangenen Donnerstag war es dann besonders übel. Die Kritik der Jury grenzte an Beleidigung. Da kann so eine junge Frau schon durchdrehen. Erst ganz oben, dann ganz unten. Und noch tiefer als unten. Was hatte sie noch am Donnerstag gesungen? Nena. Neunundneunzig Luftballons. Die hätten sie auch nicht rausreißen können.

Der Parkplatz vor seiner Haustür ist besetzt. Von einem uralten Post-VW. Tragisch, wenn ein junges Leben so abrupt endet.

Wesemann stiefelt die Treppe zu seiner Wohnung hinauf. Was könnte man doch für hübsche Berichte machen, wenn der Zeitdruck nicht wäre. Atmosphäre, emotionale Tiefe, zeitkritischer Hintergrund. Er schließt die Tür auf, hängt seine Jacke an den Haken und stellt die Tasche mit dem Aufnahmegerät an seinem Arbeitsplatz ab. Er hat sich ein kleines Aufnahmestudio mit Schneideplatz eingerichtet.

War alles ein bisschen netter, damals, in der Eigentumswohnung in der Wehrberger Straße. Nur Helga nicht. Sie hätte gerne ein Gästezimmer aus seinem Aufnahmestudio gemacht.

Wesemann gießt sich noch eine Tasse Kaffee aus der Thermoskanne ein, nimmt die Tasse mit und setzt sich in sein Studio.

Eigentlich ist es die Abstellkammer, ausgestattet mit Computer, Aufnahmegerät, Mikrofon, Kopfhörern und weiterem technischen Gerät. Da kann er in Ruhe arbeiten und keiner schaut ihm über die Schulter. Der Bericht wird aufgezeichnet.

„Anke Papenburg ist tot. Eine junge Frau aus Hameln hatte sich auf den Weg gemacht, Deutschland mit ihrem Charme und Gesangstalent zu erobern. Für Wochen war sie der umjubelte Liebling des Publikums und Favoritin beim TV-Event DNCS. Dann der jähe Absturz. Was sich schon in der vorletzten Sendung andeutete, wurde am letzten Donnerstag zur Gewissheit. Anke schien übernervös und konnte weder Jury noch Publikum …“

Natürlich hat jeder das Recht, am Sonntagvormittag auf die Toilette zu gehen, wann er will. Aber muss das ausgerechnet in der halben Stunde seiner Aufzeichnung geschehen? Die Rohre im Haus sind alt. Sie zischen und gurgeln, und die Spülung rauscht ungedämmt nur wenige Zentimeter an der Abstellkammer vorbei. Jetzt müssen auch noch die Hände gewaschen werden. Sonst wäscht sich der Kerl da oben nie die Hände. Wesemann, ganz ruhig bleiben! Dein Herz ist auch nicht mehr das jüngste. Abwarten, bis sich der Toilettenkasten wieder gefüllt hat. Und dann noch mal von vorne …

Eine drei viertel Stunde später schickt Wesemann den Bericht als Dateianlage einer E-Mail an den Sender. Und er läuft gleich hinterher, vorbei an den türkischen Geschäften der Deisterstraße, hier riecht es nach Döner und Gewürzen. Wesemann braucht einen Kaffee. Er überquert die Straße, biegt am Infocentrum der Hameln Markting und Tourismus GmbH in den Kastanienwall ein und steht gleich darauf vor dem zweigeschossigen Gebäude mit dem verspielten Jugendstilgiebel. Im Gebäude führen ein paar Stufen zum Hochparterre, rechter Hand die Räume von *radioTOTAL*. Hier wartet ein frisch gebrühter Kaffee im Empfang auf ihn. Dazu die beiden Seelentröster Marion und Karola. Und nach den Mittagsnachrichten geht sein Beitrag über den Sender:

… da vor Ort keine Zeichen äußerer Gewalteinwirkungen festzustellen waren, ist nach Polizeiangaben davon auszugehen, dass sich Anke Papenburg das Leben genommen hat. Eine junge, talentierte Frau als Opfer eines menschenverachtenden Medienspektakels. Hameln trauert um einen seiner Lieblinge.

Baxmann kommt aus seinem Zimmer, reckt den rechten Daumen in die Höhe. „Dranbleiben! Machen Sie noch was Persönliches. Familie, Freunde, Betroffenheit! Wesemann, das ist Ihre Chance, Sie sind dran. Lassen Sie sich von der Konkurrenz nicht die Butter vom Brot nehmen!"

Vielleicht jetzt doch die Badewanne? Also zurück. Nur so zum Ruhe finden und Nachdenken. Beim Überqueren der Deisterstraße taucht plötzlich ein Motorradfahrer auf. Eine schwarze Person auf einer schwarzen Maschine auf dem Weg ins Nirwana. Wesemann ist mitten auf der Straße, weiß weder vor noch zurück, reißt entsetzt die Arme hoch, die Maschine verfehlt ihn nur knapp. Das Kennzeichen der Maschine? Natürlich, klar, hätte er sich merken müssen. Wesemann hebt seine fallen gelassene Tasche auf. Kaum hat er den Gehweg erreicht, prüft er sein Aufnahmegerät.

„Hallo, hallo, Test, Test." Es scheint noch alles zu funktionieren.

Die Badewanne muss warten. Erst einmal wird er Anke Papenburgs Ableben in schriftlichen Berichten für die Zeitungsredaktionen fassen. Knapp drei Stunden später sind die Faxe raus. Wesemann verspürt

Hunger und schiebt zwei tiefgefrorene Baguettes mit Schinken, Paprika und Tomaten in den Herd. Er kann vorab schon sein Sodbrennen schmecken. Zwei Maloxaan zur Vorbeugung.

Noch eine Tasse Kaffee. Nur noch lauwarm und längst nicht so gehaltvoll wie im Sender. Er muss in Ankes Umfeld recherchieren.

Wo fängt er an? Erst einmal das allgemein zugängliche Material. Vor jedem ihrer Auftritte brachte der Fernsehsender einen kleinen Bericht über die jungen Künstler der Castingshow. Am besten, die ganze Sendung noch einmal ansehen.

Wesemann ruft beim Sender an. Besetzt. Ein Schluck Kaffee, ein Blick aus dem Fenster. Er ruft noch einmal an, kocht sich nach dem Besetztzeichen einen frischen Kaffee. So kommt er nicht weiter.

Bestimmt gibt es junge Leute, die sich den ganzen Zinnober aufgezeichnet haben.

Wenn er nur wüsste wer. Er ruft seinen Sohn an. „Moritz … wer könnte … Anke Papenburg."

„Kenn ich nicht."

Alle Hamelner haben *DNCS* gesehen, nur Moritz nicht. Moritz interessiert sich für Pyrit, Dolomit und andere Gesteine aus dem Weserbergland. Ausgebuddelt, gesäubert und in Hunderten von Schaukästen geordnet und aufgereiht.

Wesemann ist sich sicher, dass sein Sohn aus reinen Imagegründen abstreitet, die Shows gesehen zu haben. „Nun, komm schon, oder muss ich dich daran erinnern, wer dir dein Studium bezahlt?"

„Vater Staat und die Lohnbuchhaltung eines Getränkegroßmarkts."

„Ein guter Rat für die Zukunft: Schaff dir keine Kinder an!"

„Ich hab eine Kommilitonin, die mal irgendwas von so einer Sendung erzählt hat. Sie wohnt an der Pestalozzischule, und wie es der Zufall will, hab ich sogar ihre Telefonnummer."

„Läuft da was?"

„Klar, am nächsten Freitag, im Steinbruch Hamelspringe."

Die ersten Schritte einer Recherche sind immer die schwierigsten. Wesemann sieht nach seinen Baguettes. Er hat vergessen, den Herd anzustellen, holt es nach, ruft dann bei Moritz' Kommilitonin an, braucht sich nicht lange zu erklären und kann gleich eine DVD von der letzten Sendung abholen. Er schaltet den Herd wieder aus, er wird sich auf dem Rückweg eine Pizza mitbringen.

Über den Berliner Platz, die Basbergstraße hinauf zur Münchhausenstraße. Bitte, danke und ab zur Pizzeria Vesuvio. Sein Sohn hat keinen schlechten Geschmack. Aber muss der Treffpunkt ausgerechnet ein Steinbruch sein? Wie wäre es mit einer Mondnacht auf der Werderinsel in der Weser? Noch zu kalt. Eine Pizza Frutti di Mare zum Mitnehmen und einen Espresso im Stehen. Soviel Zeit muss sein.

Wesemann legt die DVD ein und macht es sich vor dem Fernsehgerät bequem. Schneller Vorlauf. Werbung überspringen. Endlich Anke. Schon ein komisches Gefühl, heute früh tot aus der Weser gefischt und auf dem Bildschirm höchst lebendig.

Sie wird vorgestellt als junge, selbstbewusste Frau. Dazu Bilder aus Hameln. Weser-Renaissance zum Sattsehen. Hochzeitshaus, Stiftsherrenhaus, Leisthaus, Rattenfängerhaus, Dempterhaus. Davor Anke mal stehend, mal sitzend und zweimal sogar liegend auf irgendwelchen Treppenstufen. Sie studiere BWL in

Hannover und habe eine Grundausbildung in klassischem Gesang. Jetzt unheilschwangere musikalische Untermalung. In ihrem jungen Leben habe sie schon einige Schicksalsschläge hinnehmen müssen. Erst vor wenigen Wochen musste sie den plötzlichen Tod ihres heiß geliebten Vaters verkraften. Kleine Hintergrundaufhellung. Doch ihr Lebensmut sei ungetrübt. Ihre Lebensziele wären der Gewinn der Castingshow, um mit dem Geld den Reiterhof des Vaters übernehmen und sanieren zu können.

Anke singt ein Lied von Kylie Minogue, behauptet jedenfalls der Moderator. Wesemann kennt sich mit so was nicht aus. Er steht mehr auf Lydie Auvray und ihr Akkordeon. Trotzdem findet er Ankes Vortrag nett und eingängig.

Die Kamera schwenkt auf die Jury. Rechts der junge Musikkritiker soll sich zuerst äußern, doch die Vorsitzende fällt ihm ins Wort, wendet sich direkt an Anke. Sie habe schon ihren letzten Auftritt grottenschlecht gefunden. Was bloß los wäre mit ihr. Heute sei ihre Darbietung geradezu unterirdisch gewesen. In der Schule würde man sagen: eine Sechsminus. Einfach zum Abkotzen.

Wesemann legt sein Stück Pizza aus der Hand, und die Jurypräsidentin fährt fort: Von der Casting-Queen zum Brechmittel wäre eben nur ein kleiner Schritt und den wäre Anke heute gegangen.

Sie könne ihr keine Hoffnung machen, die nächste Runde zu erreichen. Kein Zuschauer könne so gehörlos sein, in der anschließenden Telefonabstimmung für sie anzurufen.

Die beiden anderen Jurymitglieder drücken sich um eine eigene Stellungnahme herum und pflichten ihrer Präsidentin in moderateren Tönen bei.

Was für eine arrogante Kuh! Anke hat Tränen in den Augen, und der Moderator der Show muss sie in den Arm nehmen, als er sie zu ihrem Platz auf der Bühne führt.

Wesemann sieht sich noch Ankes frühere Auftritte auf der DVD an. Die Juroren waren hellauf begeistert. Von Show zu Show wurden sie in der Beurteilung euphorischer. Dabei tat sich die Jurypräsidentin besonders hervor. Sie konnte sich gar nicht mehr einkriegen vor lauter Begeisterung. Erst war Anke ihr kleiner Komet am Schlager-Himmel, dann wurde sie zur Chart-Prinzessin ausgerufen und schließlich zur alles überstrahlenden Casting-Queen hochgejubelt.

Jetzt ist die Pizza kalt. Schlecht für die Laune, gut für die Recherche: Nur ein hungriger Journalist ist ein guter Journalist. Wie war das noch: ... eine Grundausbildung in klassischem Gesang. Das ist doch mal ein Anfang. Wenn er den Punkt geklärt hat, wird er die Pizza in die Abfalltonne werfen und sich auf den Weg zu seinem Café in der Innenstadt machen.

Wesemann greift zum Telefon und ruft Rudi Scholz an, den Leiter der Hamelner Musikschule *Taste und Klappe* an. Rudi Scholz ist ein netter Mann und lässt sich sogar am Sonntagnachmittag stören. Im Hintergrund scheppert laut das Porzellan. Rudi Scholz' Ehefrau ist wohl nicht ganz einverstanden mit der Störung der Sonntagsruhe.

Nein, an seiner Musikschule sei Anke Papenburg nicht ausgebildet worden. Aber irgendein Zusammenhang sei da mal gewesen. Vielleicht ein früher Blockflötenunterricht? Jedenfalls keine klassische Gesangsausbildung. Nein, Rudi Scholz wisse auch nicht, wer in Hameln dafür infrage käme. Schließlich gäbe es an seiner Musikschule ein ausgezeichnetes Unterrichtsangebot für Solo-Gesang und das sei im Verhältnis von Unterrichtsqualität und Preis einmalig. Frau Scholz hüstelt im Hintergrund. Mit ein bisschen Einbildungskraft kann man den Kaffeeduft durchs Telefon förmlich riechen. Vielleicht habe Anke Papenburg Privatunterricht genommen. Bei wem? Da müsse er nachdenken. Frau Scholz ziemlich laut: „Ich bitte dich, Rudi, meine Mutter ist zu Besuch." Rudi Scholz fällt die Vize-Organistin der Marktkirche St. Nicolai ein. Grazyna Konrad. Ob er Wesemann die Telefonnummer heraussuchen solle? „Jetzt ist aber gut!", sagt Frau Scholz.

Wesemann bedankt sich bei Rudi Scholz und lässt ihn beste Grüße an die Frau Gemahlin ausrichten. Rudi Scholz lacht.

Nur noch ein Telefonat, dann ist für Wesemann der Weg frei in sein Stammcafé. Er lässt das Telefon läuten, dreimal, viermal, dann wird endlich abgehoben. Im Hintergrund natürlich Johann Sebastian Bach. Oder Telemann?

„Wesemann. Spreche ich mit Grazyna Konrad?"

„Wissen Sie, dass heute Sonntag ist?"

„Ich möchte nur einen Termin mit Ihnen absprechen."

„Wesemann? – Sind Sie nicht der Reporter, der mich in seinem Bericht als Organistin bezeichnet hat?"

Wesemann kann sich nicht erinnern, und Rudi Scholz hat doch auch Organistin gesagt.

„Ich denke nicht, dass ich ein Interesse daran habe, mich noch einmal von Ihnen in den Dreck ziehen zu lassen."

Jetzt fällt es Wesemann wieder ein: „Liebe Frau Konrad. Es war doch nur das Versehen einer Aushilfskraft in der Redaktion, die mein Manuskript falsch abgeschrieben hat. Gleich in der nächsten Ausgabe haben wir eine Richtigstellung veröffentlicht und Organistin mehrmals durch Kirchenmusikerin ersetzt."

„In zwölf Zeilen!"

„Mehr war leider nicht drin."

„Und womit wollen Sie mich jetzt verärgern?"

Wesemann, das geht nicht auf direktem Weg. „Ich würde mich gerne mit Ihnen über Ihre nächsten Konzerttermine unterhalten."

„Findet mein kulturelles Engagement in dieser gleichgültigen Stadt endlich doch noch ein gebührendes Interesse? Moment, da muss ich nachsehen." Schritte entfernen sich, kommen wieder näher. „Übernächste Woche ..."

„Je früher, um so mehr Zuhörer, aber das brauche ich Ihnen doch nicht zu sagen, liebe Frau Konrad. Ginge es vielleicht morgen so gegen zehn?"

„Frühestens um elf, aber nur kurz, ab halb zwölf habe ich weitere Verpflichtungen."

„Danke für den Termin", sagt Wesemann, „bis morgen."

Schnell das Telefon auflegen, die Jacke anziehen und ab geht's ins Café. Wesemann kämpft sich durch die Touristengruppen. „Schau mal den schönen Giebel. Was ist da in den Balken über der Tür geschnitzt? Wo hat Goethe übernachtet?"

Goethe in Hameln? Touristen sind penetrant ... obwohl ... in jeder anderen Stadt ist Wesemann auch Tourist. Außer, es gibt nichts zu sehen, wie vielleicht in Düren, Neumünster oder Hoyerswerda.

Noch wenige Schritte und Wesemann betritt sein Café in der Wendenstraße. Eigentlich eine verwinkelte Wohnung in einem Fachwerkhaus mit Diele, Besenkammer, Küche, guter Stube, weiteren Kammern und einem Kellergewölbe. Doch jeder Raum ist mit einem Sammelsurium aus der guten alten Zeit möbliert und zu urgemütlichen Cafèstuben hergerichtet worden. Vollgestopft mit alten Sofas, gestreiften Polsterstühlen, Gründerzeitanrichte, grünem Kachelofen, Kredenz, Vertiko, japanischem Wandschirm, Kaffeemühlen, Legehennen aus Stroh, Bügeleisen und irdenen Kannen und Schüsseln.

Wesemann verharrt einen Augenblick, atmet auf und begibt sich nach rechts in den schmalen Raum mit dem grünen Ledersofa am Fenster. Die Wände sind über und über mit Kuchenplatten behängt, und das Sofa ist mit seiner geraden Lehne nicht besonders bequem. Wesemann stopft sich ein rotes Kissen in den Rücken und bestellt bei Gerda einen Fantakuchen mit Mandarinen, Schmand, Sahne, Zimt und Zucker. Dazu einen großen Milchkaffee. Ausatmen, endlich Zeit zum Nachdenken - auch ohne Badewanne.

Eigentlich nicht nachzuvollziehen, warum Anke extra nach Hameln zurückgefahren ist, um sich hier das Leben zu nehmen. Sie hätte sich nach der Enttäuschung beim Wettbewerb auch gleich in Köln in der Umkleidekabine erhängen, von der Severinsbrücke stürzen oder vor den ICE werfen können, nur um ein paar Möglichkeiten aufzuzählen. Warum fährt sie also nach Hameln? Wollte sie jemanden treffen? Hatte sie noch etwas zu erledigen oder brauchte sie die heimatliche Umgebung für ihren letzten Schritt. Selbstmörder treten selten in aller Stille ab. Sie wollen auffallen, ein Fanal setzen. Aber in Köln, am besten noch in Verbindung mit dem Sender, wäre es doch viel spektakulärer gewesen. Auf jeden Fall ist sie jetzt tot. Aber Selbstmord?

Wesemann bestellt sich noch einen Campari-Soda. Sein Blick fällt auf das gerahmte Gobelinbild an der gegenüberliegenden Wand. Eine junge Mutter unter einem Birkenbaum im Ringelreihen mit ihren fröhlichen Kindern. Da steckt viel Arbeit drin, für manchen ist es sogar Kunst. Mensch, Wesemann! Kunst! Videokunst! Du musst noch den Bericht über die Ausstellungseröffnung auf dem Hermannshof in Springe zusammenschneiden. Der Campari-Soda kommt, und Wesemann trinkt ihn im Stehen.

ZWEI

Montagmorgen. Der Verkehr schiebt sich in die Innenstadt. Über die Brücke donnert die eurobahn nach Hessisch Oldendorf. Wesemann überquert die Deisterstraße. Er sollte sich mal nach neuen Schuhen umsehen, dann müsste er nicht um jede Pfütze herumlaufen. Helga hätte ihn schon längst in die Osterstraße oder in die Bäckerstraße geschleift. Aber Helga schleift ihn nirgendwo mehr hin und außerdem ist ab Mittag besseres Wetter angesagt. „Guten Morgen, Herr Murmelmurmel." Warum bringt er bloß so schlecht Personen und Namen in Übereinstimmung? Ob das am zunehmenden Alter liegt?

Für ihn ist das der Kurze mit dem weißen Hund. „Ab Mittag soll die Sonne rauskommen. Tja, wer traut schon dem Wetterbericht." Irgendwie ist Wesemann nach Liedchenpfeifen. Etwas Beschwingtes, Frühlingshaftes, ein Walzer oder Komm lieber Mai und maaache … Wesemann spitzt die Lippen, der Hund von Murmelmurmel knurrt ihn an.

„Guten Morgen!" Wesemann betritt den Sender. Der Empfang ist wie immer freundlich besetzt, Karola winkt ihm zu, Herzblatt Marion lächelt. Sie wird noch ein bis zwei Zeilen auf ihrer Tastatur tippen, dann aufstehen und an den Empfangstresen kommen.

„Wie war's Wochenende?", fragt Wesemann.

„Alles im grünen Bereich", sagt Karola. „Bergauf, bergab über Stock und Stein und zwischendurch Picknick auf der Burg Polle. Du kannst dich beim nächsten Mal gerne anschließen." Wesemann denkt an seine Schuhe und verzieht das Gesicht.

„Und bei dir?“ Marion kommt zu ihm. Ihre Augen funkeln, die Haare glänzen im Neonlicht.

„Ging so, viel Arbeit“, sagt Wesemann.

„Baxmann hat schon nach dir gefragt. Er sucht irgendein Video.“

„Sicher den Bericht über die Videokunst auf dem Hermannshof. Ich gehe mal eben rein.“

„Dann hole ich dir in der Zwischenzeit einen Kaffee.“

Wesemann entdeckt im Vorübergehen eine geöffnete Packung Bahlsen Summertime neben Marions Bildschirm. Mit Vanillekipferln und kleinen Brezeln, gefüllt mit Marmelade oder aus Blätterteig und mit Zitronengeschmack. „Du hast doch bestimmt zugenommen, seit niemand mehr auf dich aufpasst.“ Marion schließt die Packung.

Wesemann geht zum Chef. Der telefoniert. Wesemann legt ihm den Bericht auf den Schreibtisch. Als er in den Empfang zurückkommt, stehen beide Frauen am Tresen. „Nun erzähl schon!“, sagt Marion. „Wie sah sie aus?“

„Wer?“

„Anke Papenburg natürlich. Warst du dabei, als sie aus dem Wasser gefischt wurde?“

„Knapp verpasst“, sagt Wesemann.

„Ach so“, meint Karola und verschwindet wieder hinter ihrem Computerbildschirm.

Warum gelingt es ihm nie, sich irgendwie lässig an so einem Tresen zu positionieren. Entweder sind die Dinger zu tief, dann spannt beim Bücken das Hemd über dem Bauch, oder sie sind zu hoch, und er hat das Gefühl, wie ein Fünfjähriger am Kiosk Bonbons zu kaufen. Er entscheidet sich, gerade stehen zu bleiben und sich nur mit einer Hand abzustützen.

Marion schiebt ihm die Kaffeetasse zu. Wesemann pustet, trinkt dann einen kleinen Schluck.

„Wie ist sie denn umgekommen?"

Wesemann trinkt noch einen Schluck. „Wahrscheinlich Selbstmord!"

„Die Anke?" Marion scheint überrascht.

Die Tür zum Chefzimmer fliegt auf. Baxmann kommt heraus. Marion ordnet die Programminformationen im Aufsteller.

„Trocken", sagt Baxmann, „sehr trocken, Ihr Bericht über die Videokunst. Ein Bild sagt da mehr als tausend Worte. Aber was soll man machen, wir sind nun mal ein Rundfunk- und kein Fernsehsender."

„Was nicht ist ...", sagt Wesemann.

„Man soll dem Bären das Dings nicht über die Ohren ziehen, bevor ... was macht Ihr Hintergrundbericht über diese Anke Papenburg?"

„Ich stecke mitten in der Recherche."

„Recherchieren Sie nicht zu viel, arbeiten Sie lieber."

Die Eingangstür wird aufgestoßen, ein abgemagerter, älterer Mann humpelt auf eine Krücke gestützt herein.

Er trägt einen abgewetzten, schwarzen Anzug, um den Hals einen großen Bernsteinklunker an einer langen goldenen Kette. „Ach, Ralle", sagt Marion, „nicht schon wieder."

Baxmann verschwindet in seinem Büro.

Ralle stellt sich mitten in den Empfangsraum, sieht sich um und trompetet wie Benjamin Blümchen sein „Töröör!" gegen die Zimmerdecke.

Ralle ist bekannt wie ein bunter Hund, nicht dumm, manchmal unangenehm, aber nie gefährlich. Hartnäckig und auch ein bisschen spitzbübisch verfolgt er seine kleinen Ziele.

Er stellt sich neben Wesemann. „Die Damen müssen arbeiten“, sagt Wesemann.

Ralle lacht ihn an.

„Und ich auch“, fügt Wesemann schnell hinzu.

„DEWZET“, sagt Ralle, „will nur eine Tageszeitung. Töröőö!“

„Wir sind ein Rundfunksender und haben keine Tageszeitungen“, sagt Karola, „Tageszeitungen gibt es am Kiosk oder am Bahnhof.“

„Schade“, sagt Ralle.

Blitzschnell greift er über den Tresen und grapscht nach der herumliegenden Deister- und Weserzeitung.

„Dann nehm ich eben den Prospekt da.“

Er dreht sich um, humpelt drei Schritte, posaunt „Töröőö“ und verlässt den Empfang.

Einen Moment herrscht Stille, dann prusten alle drei fast gleichzeitig los.

„Der hat es uns aber gegeben“, schmunzelt Karola. Marion schenkt Wesemann noch einen Kaffee ein.

„Nun aber mal los“, fordert Marion, „du hast doch bestimmt wieder mehr herausgefunden, als die Polizei zugeben wollte.“

„Was willst du denn wissen?“

„Hat sie vielleicht einen Abschiedsbrief hinterlassen?“

„Bisher wurde nichts gefunden.“

„Und sonst?“, fragt Marion enttäuscht.

„Noch nichts, ich stecke mitten in der Recherche.“

Marion entzieht Wesemann die Kaffeetasse.

„Wenn du uns nicht informierst, kannst du deinen Kaffee woanders trinken.“

„Lieber nicht!“

Karola druckt ein paar Seiten aus, nimmt die Seiten und verlässt den Empfang in Richtung Baxmann.

„Schon komisch, Anke nie mehr über den Weg zu laufen“, sagt Marion.

„Du hast sie gekannt?“

„Ein bisschen.“ Marion malt mit dem rechten Zeigefinger Bahlsenbrezeln auf den Tresen. „Wir sind uns ab und zu auf der Piste begegnet.“

„Wie hat sie denn gelebt?“

„Da weiß ich auch nicht allzu viel. Ihr Vater hatte einen Reiterhof in Reher bei Aerzen. Nach der Scheidung ihrer Eltern ist sie mit ihrer Mutter nach Hameln gezogen, aber dann ist ihre Mutter mit einem neuen Mann nach Mallorca abgesegelt, um eine Bar aufzumachen. Anke hat zuletzt wohl in einer kleinen Wohnung am Bahnhof gewohnt.“

„Wie war sie denn so?“

„Hübsch, unauffällig und manchmal ein bisschen peinlich.“

„Peinlich?“

Karola kommt zurück und setzt sich wieder an ihren Computer.

„Vor Jahren hat sie für Waisenkinder aus Südamerika Pullover gestrickt und Geld für eine Igelstation gesammelt.“

„Das ist doch nett“, sagt Karola.

„Aber peinlich“, beharrt Marion. „Anke hat sich einfach alles zu sehr zu Herzen genommen.“

Wesemann malt jetzt seine eigenen Brezeln um Marions Finger herum. Marion sieht auf, Wesemann direkt in die Augen. „Ganz früher haben wir zusammen voltigiert. Wir waren sogar recht gut und sind zu Wettbewerben gefahren.“

„Aber dann sind unserer Marion die Jungs dazwischengekommen, und aus war es mit dem Voltigieren“, sagt Karola und grinst.

„An einen Wettbewerb kann ich mich noch besonders gut erinnern. Wir waren im Finale und hatten nur noch eine Dreierübung zu absolvieren. Da ist Anke vom Pferd gefallen und aus war es mit dem Pokal. Wir haben zwar alle ein bisschen geheult, aber Anke war untröstlich. Eine Woche lang hat sie fast nichts gegessen, und mindestens einen Monat hat es gedauert, bis sie wieder aufs Pferd gestiegen ist. Sie war schon so ein Herzchen."

Baxmann kommt mit Papieren, sieht Marion an. Marion verzieht sich wieder an ihren Computer. Wesemann nimmt seine Tasche mit dem Aufnahmegerät, Baxmann geht zu Karola, beugt sich über ihre Tastatur. Wesemann ist an der Tür. Er reckt die rechte Faust in die Luft, ruft „Törööö" und ist schon weg. Die Sonne hat sich durchgesetzt. Er kennt die Frau, die ihn beinah mit ihrem Fahrrad umgefahren hätte. Auf dem Gehweg. Immer freundlich bleiben. „Guten Morgen, Frau Flohr!" Oder Mohr? Spohr?

Wesemann setzt sich in seinen Corsa und fährt los. Anke hat sich immer alles sehr zu Herzen genommen – passt doch wie Faust auf Selbstmord. Vielleicht zu einfach?

Wesemann knipst das Autoradio an. *radioTOTAL* bewirbt ein Factory-Outlet-Center für Matratzen und Gartenmöbel. Vielleicht sollte er sich einen MP3-Player zulegen, dann könnte er in einer Endlosschleife Lydie Auvray und ihr Akkordeon hören. Rasant schlängelt er sich durch den Verkehr, überquert die Münsterbrücke und sucht Grazyna Konrads Wohnung. Keine schlechte Gegend. Er hält vor einem Altbau, direkt hinter einem silberfarbenen Golf, klingelt, sieben Minuten nach elf, er muss warten. Der Türöffner summt, Wesemann betritt das Haus durch einen schmalen, dunklen Flur, an der Decke eine Jugendstillampe mit Fransen, an der Wand verspielte Blumenornamente. Er steigt die Treppe hinauf, sieht nach den Türschildern, die zweite Wohnungstür ist nur angelehnt, Wesemann klopft.

„Kommen Sie herein! Sie sind zehn Minuten zu spät!"

Das wird bestimmt kein erfreuliches Gespräch!

Die Wohnung ist hell, aus einem Zimmer erklingt Bach. Oder doch Telemann? Vielleicht sogar Buxtehude?

Wesemann folgt Grazyna Konrad in Richtung Musikzimmer, die Tür wird aufgezogen, und Wesemann muss erst einmal schauen. Bisher hat er Frau Konrad nur vom Kirchenschiff der Marktkirche aus flüchtig auf der Orgelempore gesehen, und ihre fehlende Liebenswürdigkeit hat auch nicht gerade zu einem schmeichelhaften Bild in seiner Vorstellung beigetragen. Doch Frau Konrad ist eine schlanke, attraktive Frau, Mitte bis Ende fünfzig, mit strahlend blauen Augen. Das längere graumelierte Haar hat sie zu einem Zopf geflochten, der ihr bis über den Kragen der weißen Bluse reicht.

Wesemann schluckt trocken. „Ich wollte mich noch mal wegen der Organistin entschuldigen, und aufgehalten wurde ich auch und vielen Dank für den Termin."

„Setzen Sie sich." Sie hat eine klare, helle Stimme, die bei manchen Vokalen vielleicht ein wenig schrill klingt.

Frau Konrad stellt die Stereoanlage aus. „Telemann?", fragt Wesemann. „Scarlatti", sagt Frau Konrad. „Ich habe nicht viel Zeit", sagt sie auch noch, „die Termine sind heutzutage auch für eine Kirchenmusikerin recht stressig." Ein kaum bemerkbarer, harter

Akzent schwingt in vielen Wörtern mit. Zwischen dem dritten und vierten Knopf sperrt ihre Bluse.

„Ich will Sie auch nicht lange aufhalten", sagt Wesemann. „Vielleicht können Sie mir erst einmal einen kleinen Überblick über Ihre Programmplanung des nächsten halben Jahres ..."

Frau Konrad erläutert ihre Pläne und Wesemann zückt sein Notizbuch. Er hört aufmerksam zu, lässt dabei aber seine Augen unauffällig durch den Raum wandern.

Zwischen den beiden großen Fenstern beherrscht den Raum ein schwarz glänzender Flügel, auf dem Brett über den offenen Klaviertasten ein aufgeschlagenes Notenheft. An den Wänden Regale, über und über gefüllt mit Büchern und Notenmappen. Aber kein Durcheinander. Sie könnte mal in seiner Wohnung aufräumen, dann käme vielleicht wieder Ordnung in sein Chaos. Hier scheint nichts zufällig herumzuliegen, die Wohnung strahlt ein strukturiertes Chaos aus. Tolle Formulierung! Plastisch, bildhaft, sofort notieren!

„Sie brauchen die Termine nicht aufzuschreiben", sagt Frau Konrad, „ich habe sie ausgedruckt." Sie schiebt ihm mehrere Blätter über den Tisch.

„Gibt es vielleicht ein Motto", fragt Wesemann, „mit dem man das ganze Programm inhaltlich zusammenfassen ..."

Zwischen den Regalen hängen leichte, pastellfarbene Landschaftsaquarelle. Bäche, Wälder, Seen in flachen Landschaften ohne Berge, aber mit viel Himmel. Zwischen Fenster und Eingangstür steht eine schmale hohe Glasvitrine mit Erinnerungsstücken: gerahmte Fotografien, Portraits, Gruppenfotos, prächtige Fotos von Orgeln mit und ohne Grazyna Konrad, Programmhefte, Baumrinde, Steine, Muscheln, rostige

Nägel, eine verbeulte Milchkanne aus weißem Emaille und viele kleine, blasse Orgelpfeifen.

„… wie ich Ihnen bereits gesagt habe, muss ich um zwölf einen Termin wahrnehmen."

„Natürlich", Wesemann unterdrückt ein Gähnen, „entschuldigen Sie meine Unachtsamkeit." Die will doch bestimmt nur zum Friseur. Wesemann erhebt sich. Wie jetzt das Thema Anke Papenburg anschneiden? Er reicht Frau Konrad die Hand, verbeugt sich leicht und geht Richtung Flur. Als er an der Glasvitrine vorbeikommt, bleibt er plötzlich stehen und beugt sich vor, um die Fotos genauer betrachten zu können.

„Ist das nicht diese Anke Papenburg?" Er deutet auf ein Foto mit vielen Personen. „Sie wissen sicher, dass man sie tot aus der Weser gefischt hat?"

„Das ist sie bestimmt nicht." Frau Konrad steht bereits in der Tür zum Flur. „Außerdem, für mich ist sie bereits vor Jahren gestorben."

„Ach, Sie kannten Anke? Na ja, jeder kannte sie schließlich aus dem Fernsehen."

„Ich habe kein Fernsehgerät. Anke Papenburg war über Jahre meine Schülerin." Frau Konrad geht den Flur hinunter, und Wesemann muss sich beeilen, um kein Wort von ihr zu verpassen. „Ich habe sie im klassischen Gesang ausgebildet. Sie hatte einen göttlichen Sopran. Nicht groß, aber klar und edel."

„Das ist interessant. Darf ich das vielleicht in meinem Rundfunkbeitrag über Anke Papenburg erwähnen? Es würde unsere Zuhörer sicher sehr interessieren."

„Auf keinen Fall!" Sie sind an der Wohnungstür angekommen. „Anke Papenburg hatte so viel Talent." Grazyna Konrad hängt einen Augenblick ihren Gedanken nach. „Aber dann", sie hebt theatralisch ihre

Arme, „lief sie diesem Rockgitarristen in die Arme und verriet die hohe Kunst des klassischen Gesangs!" Frau Konrad wendet sich um, ihr böser Blick soll Wesemann mitten ins Herz treffen. „Sie hat sich der leichten Muse zugewandt. Pop, Rock und Metall oder wie das alles heißt. Kein Wort mehr über dieses Mädchen in meiner Gegenwart!" Frau Konrad öffnet die Tür.

„Darf ich Sie denn wenigstens indirekt zitieren?"

„Wenn Sie meinen Namen auch nur in irgendeinem Zusammenhang mit dieser Anke Papenburg erwähnen, verklage ich Sie wegen Rufschädigung. Haben Sie mich verstanden? Auf Wiedersehen!"

„Auf Wiedersehen", sagt Wesemann. Die Tür wird hinter ihm fast lautlos ins Schloss gedrückt. Wesemann geht die Treppe hinunter. Jetzt könnte er sich neue Schuhe kaufen. Oder in der Sonne einen Capuccino trinken. – Aber mit Milch und nicht mit Sahne.

Wesemann wäscht seine Socken im Handwaschbecken seines Badezimmers. Er schaut auf den kleinen Wecker neben dem Zahnputzbecher, trocknet flüchtig seine Hände ab, geht in die Küche und knipst das Radio an. Erst das Wetter. Dann sein Bericht. Im Hintergrund Scarlatti. Kommt wahnsinnig gut.

Anke Papenburg ist nicht mehr unter uns! Noch vor wenigen Tagen hätten wir ihr in Hamelns Straßen begegnen können. Vielleicht beim Shoppen im Einkaufscenter, an der Kasse des Supermarktes oder im Café in der Fußgängerzone. Ratlos hat sie uns alle zurückgelassen. Anke Papenburg wird als junge, hilfsbereite Frau geschildert, die mitten im Leben stand. Sie studierte Betriebswirtschaftslehre in Hannover, engagierte sich für bedrohte Tierarten und widmete ihr Leben der Musik. Schon früh hat sie eine Ausbildung im klassischen Gesang begonnen. Es hätte durchaus eine Karriere auf der Opernbühne oder im Konzertsaal werden können, wie ihre Gesangslehrerin unterstreicht. Doch Anke Papenburg wandte sich der modernen Musik zu. Hier konnte sie nicht nur mit ihrer Stimme brillieren. Auf der Showbühne konnte sie auch ihr Bewegungstalent und ihre gestalterische Begabung ausdrücken. Woche für Woche fieberten Millionen von Fernsehzuschauern ihrem Auftritt in der Fernseh-Casting-Show DNCS entgegen. Und von Woche zu Woche stellte sich immer mehr heraus, dass Anke Papenburg zu den Favoriten zählen würde. Doch dann der jähe Absturz. Sie stieg aus. Auf die entsetzlichste und dramatischste Art, die man sich nur denken kann. Hatte sie sich doch zu viel vorgenommen?

War sie der Belastung des kommerziellen Musikbetriebes nicht gewachsen? Oder gab es für sie hinter den Kulissen Ärger, der vor der Öffentlichkeit verheimlicht wurde? Ein junges Leben wurde ausgelöscht. Wir könnten darüber hinweggehen, ohne die unbegreifliche Entscheidung einer jungen Frau zu hinterfragen. Doch wir bleiben dran. Hubert Wesemann für radioTOTAL.

Vielleicht ein etwas holpriger Abschluss. Er geht zurück ins Bad. Aber Baxmann bestand auf einer Kürzung von acht Sekunden. Und die Socken sind jetzt auch sauber. Er schreibt Saptil auf seinen Einkaufszettel, sonst muss er die Wäsche beim nächsten Mal mit Cremeseife waschen.

Das Telefon klingelt. Baxmann mit einem Lob außer der Reihe? Wesemann trocknet sich flüchtig die Hände ab, meldet sich.

Es ist Marion.

„Na, du Hintergründler, öffnest du gerade Dosen oder wäschst du deine Socken?"

Sie hat einen eigenartigen Humor, aber ihre Augen sind wunderschön.

„Mir ist noch etwas zu Anke Papenburg eingefallen. Kannst du vielleicht in einem deiner nächsten Berichte verbraten. Anke hat in den Semesterferien immer ..."

Marion interessiert sich wenigstens für seinen Beruf, nicht so wie diese Piratenbraut.

Draußen kreischt eine Baustellensäge, und Wesemann muss nachfragen: „Was hat sie immer?"

„Also, ich weiß nicht, ob immer, aber im letzten Jahr noch, und da hat es einen mächtigen Krach gegeben."

„Wann hat es wo einen mächtigen Krach gegeben?"

„Ich dachte, du bist der Journalist? Ich bin doch nur eine einfache Büroangestellte."

„Liebe Marion ..."

„Fang nicht so an!"

„... ich habe dich nicht verstanden. Was hat Anke bis zum letzten Jahr gemacht und warum hat es worüber einen mächtigen Krach gegeben?"

„Weiß ich doch nicht. Ich wollte dir nur einen Tipp geben." Marion hat aufgelegt.

Wesemann ruft im Sender an, hat Karola am Apparat, sie gibt ihn an Marion weiter.

„Besserwisser!"

„Marion, ich bin dir sehr dankbar für deinen Anruf. Im Augenblick bin ich nur ein wenig überarbeitet."

„Wir nehmen Bahlsen Summertime!"

„Abgemacht, die nächste Packung geht auf meine Rechnung."

„Also, Anke Papenburg hat in den Semesterferien immer für das Projekt *Haus der Kunst* gejobbt. Du weißt schon, in der Pfortmühle am Weserufer. Sie hat für irgendetwas gespart. Aber im letzten Sommer ist es zu einem mächtigen Krach in der Pfortmühle gekommen, und Anke ist mit Pauken und Trompeten rausgeflogen."

„Danke, Marion."

„Denk an die Kekse. Ich muss jetzt auflegen, die Arbeit ruft."

„Ich höre nichts." Marion kichert. Wesemann legt auf.

Das *Haus der Kunst*, Wesemann sucht in seinem Archiv im Computer, ein groß angelegtes Projekt. Stadt, Landkreis und der umtriebige Dr. Schreiber wollten es zu einem Zentrum des künstlerischen Schaffens für Hameln und Umgebung gestalten mit Ausstrahlung in die gesamte deutsche Kunstszene. Und nachhaltiger Auswirkung auf den Tourismus. Dabei sollte nicht gekleckert, sondern geklotzt werden. Doch es ging irgendwie nicht voran, immer wieder gab es Rückschläge. Die Gaststätte Böhmerwald hätte sich eventuell umquartieren lassen, doch für die Stadtbücherei und das Stadtarchiv als bisherige Nutzer konnten keine passenden Räumlichkeiten gefunden werden. Im Herbst wurde dann ein Insolvenzverfahren für das *Haus der Kunst* eingeleitet, aber sonst ... keine neuen Ereignisse.

Wesemann ruft bei der Polizei an.

HK Bertram.

Der Hauptkommissar gähnt.

„Im Fall Anke Papenburg? Nichts Neues. Niemand hat sich als Zeuge gemeldet, die Obduktion hat keine Hinweise auf eine Fremdeinwirkung ergeben, die Leiche wird übermorgen zur Beerdigung freigegeben."

„Das ging aber ratzfatz mit den Ermittlungen", sagt Wesemann.

„Wenn Sie es sagen."

HK Bertram gähnt wieder.

„Ich bin da gerade in der Recherche zu einem ganz anderen Thema."

„Schießen Sie los", sagt Bertram, „aber nicht so scharf."

Er meckert sein kurzes Lachen ins Telefon.

„Da gab es doch einen Skandal um das *Haus der Kunst*. Haben Sie vielleicht Details für mich?"

„Nö, liegt alles bei der Staatsanwaltschaft, und die Hausdurchsuchungen haben die Kollegen aus Hildesheim durchgeführt. Wegen möglicher Befangenheit der ortsansässigen Kollegen. Dabei war ich nie im *Haus der Kultur*." Wieder dieses meckernde Lachen. Kunst, nicht Kultur! Wesemann unterlässt es, ihn auf seinen Irrtum hinzuweisen.

„Kein Insiderwissen?"

„Alles, was wir wissen, haben wir aus der Zeitung. Wie ich mich verschwommen erinnere, hat damals ein stadtbekannter Journalist im Rundfunk darüber berichtet und mehrere Artikel in der Presse veröffentlicht."

Wesemann nimmt den Hörer vom Ohr. Er kann dieses Lachen nicht mehr ertragen.

„Danke!"

„Nicht dafür", sagt Bertram, und Wesemann fühlt sich wie nach einem stundenlangen Ringkampf. Obwohl, Sumo kennt er nur vom Sportkanal und bei der Übertragung schläft er regelmäßig ein.

Soll er nun den Bericht über den Moskauer Männerchor zusammenschneiden oder sich weiter um Anke Papenburg kümmern? Er könnte eine Münze werfen, aber die Münze mit der Zahl auf beiden Seiten ist seit einiger Zeit verschwunden, und Anke Papenburg ist sowieso interessanter. Bea Beers vom Künstlerbund *arte-facte* müsste doch etwas zum Thema

Haus der Kunst zu sagen haben. Sie ist im Vorstand und kennt sich bestens in der Szene aus. Er wird ihr eine E-Mail schreiben, seine Socken sind sowieso noch nass.

DREI

Zu blöde, Wesemann weiß nie, wie er die Anrede in einer E-Mail gestalten soll. Sehr geehrte Frau Beers. Viel zu förmlich und distanziert. Hi, Frau Beers oder Hallo? So mailt sein Sohn Moritz vielleicht mit seinen Bekannten.

Guten Tag, Frau Beers,

ich hoffe, es geht Ihnen gut? Wir haben länger nichts voneinander gehört und uns ein wenig aus den Augen verloren. Doch aus den Augen ist noch lange nicht aus dem Sinn. Ich würde mich gerne über Ihre aktuelle Arbeit informieren. Vielleicht entwickelt sich daraus ein kleiner Bericht fürs Radio oder die Zeitung. Public Relations können doch nie schaden, und wo ich Kunst und Künstlern helfen kann, helfe ich gern.

Melden Sie sich doch einfach, dann können wir einen Gesprächstermin vereinbaren. Ich würde mich freuen.

Herzliche Grüße

Hubert Wesemann

Wesemann geht zum Kühlschrank. Heringssalat oder Nutokabrötchen?

Er entscheidet sich für den Heringssalat und ein Dreikorntoastbrot mit zwei Esslöffeln Nutoka-Schokocreme als Nachtisch.

Wenn die Ursache für Ankes Tod gar nicht in der Casting-Show zu suchen ist? Vielleicht ist sie aus einer ganz anderen Richtung bedrängt worden? Zwischen Bedrängen und Stoßen ist manchmal nur ein kleiner Unterschied, der in keiner Obduktion sichtbar wird.

Wesemann, du siehst Gespenster! Aber wenn, das wäre dein Knaller im Medienwald und ein Knüller für deine späte Karriere. Er muss eine Talcid-Tablette kauen, sein Sodbrennen meldet sich schon mit unangenehmem Aufstoßen.

Eine neue E-Mail ist eingetroffen, wie ein Icon auf dem Computerbildschirm anzeigt. Bea Beers hat schon geantwortet.

Hallo Herr Wesemann,

schön, dass Sie sich mal wieder gemeldet haben. Ich merke die Absicht, bin aber keineswegs verstimmt. Gern informiere ich Sie über meine aktuellen Arbeiten und unsere Ausstellungspläne, am besten direkt in der Galerie am Kastanienwall. Rufen Sie doch einfach an, wann Sie vorbeikommen wollen.

Viele Grüße,

Bea Beers

Je schneller, umso besser, dann kann er seine fixe Idee vielleicht abhaken und sich wieder dem Moskauer Männerchor widmen.

Baxmann ruft an. Wo der Bericht vom Russischen Männerchor bliebe.

„Die singen noch."

„Wie bitte?"

„Ist ein großer Chor."

„Wesemann", sagt Baxmann, „verscheißern kann ich mich selber."

Wesemann hat da seine Zweifel und legt auf. Noch eine Talcid-Tablette. Er wird alt. Bald kann man mit ihm die jungen Mädchen nur noch erschrecken. Ach, Marion! Wenn er sie zum Italiener einlädt, wird sie bestimmt vor Lachen an ihren Bahlsenkeksen ersticken.

Wesemann ruft Bea Beers vom Handy aus an und erwischt sie auf dem Weg zur Galerie. Das trifft sich bestens. Er schlüpft in seine Jacke, schnappt seine Tasche mit Aufnahmegerät und Fotoapparat und wieselt los. Ein Paar Socken hat er zum Schnelltrocknen auf die Heizung gelegt, aber so richtig trocken sind sie noch nicht.

Über die Deisterstraße, rein in die Innenstadt, an der Garnisonkirche vorbei, gegenüber die Gaststätte im Rattenfängerhaus bietet Berliner Leberragout im Gemüsereisrand für fünfneunzig an, schnell die Heiliggeiststraße hoch. Ob er fünf Euro wechseln könne, fragt ihn eine ältere Dame. Sie sucht einen Briefmarkenautomaten und will sich mit Kleingeld bevorraten.

Der Haspelmathturm, ein alter Stadtturm Hamelns, wurde umgewandelt in eine Galerie mit großzügigem, modernem Anbau. Öffnungszeiten Mittwoch, Samstag und Sonntag. Heute ist weder Mittwoch noch Samstag oder Sonntag. Aber Bea Beers wird schon einen Schlüssel haben. Doch sie kommt nicht. Bea Beers ist als spontane Künstlerin bekannt. Vielleicht hat sie auf dem Weg zur Galerie etwas Aufregendes entdeckt. Ein verrostetes Fahrrad zum Beispiel oder einen dreibeinigen Stuhl oder einen Eimer ohne Boden. Bea Beers malt nicht, sie objektet. Sehr originell und humorvoll. Aber Verabredung ist Verabredung. Noch fünf Minuten, höchstens sieben gibt er ihr.

Sein Entschluss ist gefasst. Er wird sich neue Schuhe kaufen. Also zurück in die Osterstraße.

Zwei Verkäuferinnen am Eingang. Die Ältere begrüßt ihn mit einem geschäftsmäßigen Lächeln. Er hätte lieber die Rothaarige, aber die kümmert sich um die kleinen Kunden, wie sie ihm zu verstehen gibt, obwohl sich Wesemann auch nicht gerade für einen Riesen hält.

„Darf ich Ihnen etwas zeigen oder wollen Sie sich erst einmal umsehen?", fragt die ältere Verkäuferin mit unverändertem Lächeln.

„Ich weiß schon, was ich will", sagt Wesemann.

Mit einer auffordernden Handbewegung geht die Verkäuferin voraus, ein paar Stufen im hinteren Bereich hinunter und weist Wesemann einen Stuhl zu. Wesemann setzt sich. „Es ist ganz einfach, ich möchte ein Paar Schuhe."

„Haben Sie genauere Vorstellungen?"

„Halbschuhe." Vielleicht hätte er doch noch ein bisschen auf Bea Beers warten sollen. Die Verkäuferin sieht ihn mit schräg gelegtem Kopf aufmerksam an.

„Schwarz oder braun", fährt Wesemann fort, „bequem müssen sie sein, aber keine Laufschuhe oder so, obwohl ..." Vielleicht wären Laufschuhe doch nicht schlecht, wo er so viel unterwegs ist, aber dann müssten es unauffällige Laufschuhe sein, in Schwarz oder Braun und ohne Streifen oder andere Embleme, zum Schnüren natürlich. Oder doch mit Klettverschlüssen? Und mit einer Profilsohle, also nicht mit so einem gegossenen Plastikzeug, mit dem man auf jedem nassen Gullydeckel ausrutscht, es müsste schon etwas Solides sein, am besten normale Lederhalbschuhe in Schwarz oder Braun oder doch einer anderen Farbe, grau oder sogar ein gedämpftes Rot vielleicht.

Wesemann lehnt sich zurück, er hat seine Auskunftspflicht erfüllt. Die Verkäuferin sieht ihn noch immer an. Ihr Lächeln ist jetzt wie gemeißelt.

„Wenn Sie mir das Wichtigste verraten, werde ich Ihnen gern eine kleine Auswahl bringen. Ihre Schuhgröße, bitte."

„Zweiundvierzig war's beim letzten Mal. Wenn ich mich richtig erinnere."

Die Verkäuferin dreht sich um und verschwindet mit energischen Schritten hinter den Regalen. Irgendjemand lacht aus dieser Richtung.

Wesemann öffnet schon mal die Schuhe. Gibt es eine Alternative zu Bea Beers? Vielleicht Klaus-Jürgen Flormann. Auch beim Künstlerbund. Der malt und ist nicht ständig unterwegs auf der Suche nach Schrott und Sperrmüll. Allerdings ... der Mann hält Knoblauchzehen für eine vollwertige Mahlzeit, vielleicht noch mit ein, zwei Tropfen Olivenöl verfeinert.

Die Schuhverkäuferin kommt zurück und lässt Wesemann an eine Kellnerin im Oktoberfestzelt auf der Wiesn denken. Die stemmen zehn bis zwölf Maßkrüge.

Seine Verkäuferin ist auch nicht viel schlechter, obwohl Schuhkartons natürlich erheblich leichter sind. Aber unhandlicher. Vielleicht reicht es für eine Anstellung auf dem Schützenfest in Hastenbeck.

Die Verkäuferin zeigt ihm ein Paar Schuhe, das seinem bisherigen zum Verwechseln ähnlich sieht. Die neuen natürlich mit geraden Absätzen und makellosen Sohlen. Sie nimmt seinen Fuß, auf dem Hocker bleibt sein feuchter Fußabdruck zurück.

Die Socken scheinen noch nicht ganz trocken zu sein. Woher sonst der nasse Fleck?

Die Verkäuferin stellt den Fuß in den neuen Schuh, bindet den Schnürsenkel. Wesemann erhebt sich, läuft ein paar Schritte, sein Handy klingelt, auf dem Display ist Baxmanns Nummer zu erkennen.

„Wo stecken Sie gerade?"

„Ich probiere in der Osterstraße ..."

„Ist ja auch egal. Ich habe da eine ganz heiße Nummer. Gebe ich Ihnen exklusiv, wenn Sie sich sofort auf den Weg machen."

Wesemann setzt sich wieder, wechselt den Fuß, und die Verkäuferin lässt ihn in den linken Schuh schlüpfen.

„Ein Schmied am ehemaligen Güterbahnhof fertigt Keuschheitsgürtel für Männer. Na, Wesemann, ist das nichts für Sie?"

„Ich muss doch sehr bitten." Wesemann nickt der Verkäuferin zu, sie hilft ihm in seine alten Schuhe und trägt den Karton mit dem neuen Paar zur Kasse. Wesemann ersteht noch ein Spray gegen Fußschweiß. Vorbeugend.

Keuschheitsgürtel für Männer? Vielleicht noch Büstenhalter für Kühe und Strickmützen für Windräder. Er bezahlt einhundertachtundzwanzig Euro und kann sich noch glücklich schätzen, ein Sonderangebot erwischt zu haben. Die Verkäuferin händigt ihm das Paar Schuhe ohne Karton in einer Plastiktüte aus. Jetzt strahlt sie. Wesemann eilt die Deisterstraße hinauf zum ehemaligen Güterbahnhof.

Ein MP3-Player könnte ihn auch beim Laufen mit schwungvoller Musik unterhalten. Er wird sich mit seinem Sohn besprechen, dann hat er auch mal wieder einen Grund, ihn anzurufen.

Zu gern wüsste er, was aus dem Rendezvous im Steinbruch Hamelspringe geworden ist. Baxmann übermittelt ihm den Namen des Schmieds mit den Keuschheitsgürteln. Er sollte seinen Besuch besser telefonisch ankündigen, der Mann habe viel zu tun. Wesemann will gleich anrufen.

Er greift zum Handy, eine Nachricht ist eingetroffen. Bea Beers ist auf dem Weg nach Rinteln zu einer Freundin, der Freundin ist die Scheune abgebrannt und mit der Scheune das Gesamtwerk eines vierzigjährigen künstlerischen Schaffens.

Vielleicht hätte sie zwischendurch mal was verkaufen sollen, denkt Wesemann.

Wie Bea Beers ihm weiter mitteilt, hätte sie sich gern mit ihm getroffen, doch sie empfiehlt ihm, sollte er es eilig haben, Klaus-Jürgen Flormann als Gesprächspartner.

Wesemann ruft in der Schmiede an. Vielleicht springt aus der Aktion auch noch ein Zeitungsbericht heraus.

Am Abend geht der Bericht über den Sender:

Ein Schmied am ehemaligen Hamelner Güterbahnhof hatte Probleme mit seinem Umsatz. Mangelnde Nachfrage nach Zäunen, Pforten und Garderoben trieb ihn dem Ruin entgegen. Er musste seine vier Angestellten entlassen. Da konnte ihn nur noch eine gute Geschäftsidee vor der drohenden Insolvenz retten. Er begab sich auf die Suche und wurde fündig.

Im Internet. In der Erotikabteilung.

Keuschheitsgürtel für Männer gab es bereits, aber warum nur aus schnödem Plastik?

Drei Wochen später verkaufte der drahtige Mann mit Stoppelhaar und schütterem Oberlippenbart seinen ersten Keuschheitsgürtel aus hochwertigem Edelstahl bei eBay. So der Beginn, das Geschäft boomte. Heute bietet der clevere Schmied seine Keuschheitsgürtel für Männer in verschiedenen Modellen an: geschlossen und offen, mit Airbrush verschönert oder auch vierzehn Karat vergoldet. Besonders Empfindliche greifen gern zum Allergikermodell mit einer speziellen Pulverbeschichtung. In der ganzen Welt sind die Keuschheitsgürtel für Männer gefragt. Von Tokio bis Los Angeles, von Oslo bis Kapstadt bestellt man in der Hamelner Schmiede das persönliche Lustspielzeug nach den eigenen Maßen für dreihundert bis zweitausend Euro. Beson-

ders Ärzte, Anwälte und Manager scheinen dieses Gefühl zu schätzen, ausgeliefert zu sein. Gern schenken sie der Gespielin den kleinen Schlüssel zum großen Glück. Aber wenn der mal verloren geht, sollte schon ein Schlüsseldienst zur Notöffnung herangezogen werden. Selbst zum Seitenschneider oder gar zur Flex zu greifen, birgt … (Hier hätte er gerne Potenzgefahren eingesetzt, aber Baxmann lieber nicht verärgern). … potentielle Gefahren.
Die Adresse der Homepage der Schmiede gibt's beim Sender. Hubert Wesemann für radioTOTAL.

Bevor sich Wesemann mit Klaus-Jürgen Flormann trifft, muss er noch einmal zurück in die Schmiede. Er hat seine Plastiktüte mit den neuen Schuhen vergessen. Die Tochter des Schmieds händigt sie ihm aus.

Klaus-Jürgen Flormann wollte sich mit Wesemann zum Essen beim Italiener treffen, aber das ist Wesemann dann doch des Knoblauchs zu viel. Außerdem mag er um vier noch nichts essen, außer Eis.

Gutes Eis gibt es im Piccoli in der Osterstraße.

Also doch Italiener, und Flormann war einverstanden. Man setzt sich in die Frühlingssonne, noch ein wenig kühl, aber halbwegs ungestört.

Bei einem Eisbecher Amaretto und einem Joghurtbecher mit frischen Erdbeeren kommt Wesemann bald auf Dr. Schreiber und das *Haus der Kunst* zu sprechen.

„Wer blickt da noch durch?", fragt Flormann.

„Wenn einer, dann Sie?"

Flormann sieht sich vergewissernd um.

„Jede Äußerung zu den Vorgängen ist mit Sprengsätzen gepflastert."

Er schiebt sich ein Löffelchen Eis in den Mund.

„Eigentlich sollte man gar nichts sagen."

Noch ein Löffelchen.

„Die Fakten sind …"

„Die kenne ich", sagt Wesemann, „habe selber mehrere Berichte darüber gemacht."

„Was wollen Sie dann wissen?"

„Es soll im letzten Sommer zu einem heftigen Streit zwischen Dr. Schreiber und einer seiner Mitarbeiterinnen gekommen sein."

„Letzten Sommer? Da hatte ich mein Toskanaprojekt. Hundert Tonkrüge in hundert Tagen an hundert Orten."

„Zerschlagen?"

„Malen!"

„Hat es geklappt?"

„Ich habe sogar einen Antrag auf einen Eintrag ins Guinnessbuch der Rekorde gestellt."

„Wenn der Rekord bestätigt ist, mache ich einen Bericht darüber."

„Toll. Also, letzten Sommer? Da war noch alles ziemlich ruhig, es ging nur nicht voran. Man veröffentlichte Pläne, baute Modelle, aber kein einziger Handwerker wurde in den Räumen der Pfortmühle gesichtet."

„Kein interner Krach?"

„Davon ist mir nichts zu Ohren gekommen. Brenzlig wurde es doch erst im Herbst. Eine Zeit der Bewährung stand dem *Haus der Kunst* bevor. Die Bank überprüfte die Vergabe der Fördergelder, und siehe da, ein Großteil war zweckentfremdet ausgegeben worden. Sofort meldeten sich die Geldgeber und forderten ihr Geld zurück, doch einem nackten Mann kann man schlecht in die Tasche greifen. Das ließ die umliegenden Landkreise als Geldgeber aufhorchen. Um sich vor den immensen Forderungen der Gläubiger zu schützen, stellten sie sofort einen Antrag auf die

Eröffnung eines Insolvenzverfahrens. Doch damit noch lange nicht genug der Demütigungen für das arme *Haus der Kunst*. Es musste noch geprüft werden, ob überhaupt ein ausreichender Insolvenzeröffnungsgrund vorlag und die Kosten eines Insolvenzverfahrens gedeckt wären. Dann musste geprüft werden, ob ein Insolvenzverfahren eröffnet werden konnte oder mangels Masse abgewiesen werden müsste. Und dann prüfte die Staatsanwaltschaft auch noch, ob bei den fragwürdigen Zahlungsabzweigungen alles mit rechten Dingen zugegangen war, oder ob sich die Geschäftsführung rechtlich ein bisschen daneben benommen hatte und ..."

„Und?"

„... und so prüfen sie heute noch."

„Prüfer hätte man werden sollen."

„Wissen Sie, wer im Endeffekt mal wieder alles zahlen muss ..." Flormann zeigt mit dem Eislöffel auf Wesemann.

„Wieso ich?", fragt Wesemann.

„... der Steuerzahler, Sie und ich."

Sie bestellen noch einen Espresso, der geht auf Wesemanns Rechnung.

Sohn Moritz klingt verschlafen, als ihn Wesemann am nächsten Tag gegen Mittag anruft. Nein, er habe nicht geschlafen, er wäre nur sehr konzentriert, müsse sich auf eine Klausur vorbereiten und dann auch noch ein Referat schreiben. Ob er was?

Wesemann erläutert ihm seinen Wunsch nach Kaufberatung für einen MP3-Player.

„Willkommen in der Jetzt-Zeit", sagt Moritz, „was hast du denn für Wünsche?"

„Er soll Musik machen."

„Du musst dich schon etwas genauer ausdrücken: Ein MP3-MP4-Player vielleicht, mit Touchscreen-Monitor, Kamera, Farbdisplay, Kalender, Kamera, Ordnerfunktion, Radio, Spiele, Videowiedergabe?"

„Nö", sagt Wesemann, „er soll nur Musik abspielen."

„Oje", sagt Moritz, „ich könnte dir meinen alten Player überlassen. Noch gut erhalten, nur ein paar Kratzer, und Musik macht er auch noch. Mit dreißig Euro bist du dabei."

„Hab ich dir nicht letztes Jahr das Geld zum Geburtstag geschickt, damit du dir den Player kaufen konntest?"

„Willst du jetzt eine Diskussion über Besitzstandsverhältnisse?"

„Eigentlich will ich mir nur einen MP3-Player kaufen."

„Schau doch mal bei eBay, da gibt es Hunderte im Angebot."

„Danke für deine Hilfe!" Wesemann legt auf. Kinder können so frustrierend sein.

Er wird sich bei Marion erholen, in ein paar Minuten hat sie Mittagspause. Dann kann er auch gleich seine neuen Schuhe einlaufen, sind doch nur ein paar Schritte bis zum Sender.

Marion hat ein Schälchen Salat zu Mittag und einen Naturjoghurt, Wesemann hat sich auf dem Weg eine Tüte Pommes gekauft. Sie setzen sich auf eine Bank in den Bürgergarten.

„Und", fragt Marion, „weitergekommen?"

„Kein Stück, ich weiß noch immer nicht, welchen MP3-Player ich mir zulegen soll."

„Ich meine im Fall Anke."

Marion löffelt ihren Joghurt.

„Ach so.“ Wesemanns Finger picken nach den Kartoffelstäbchen in der Tüte. „Ich hab ein bisschen recherchiert im Dunstkreis vom *Haus der Kunst*. An einen persönlichen Krach mit Anke Papenburg konnte sich keiner erinnern.“

„Wen hast du denn befragt?“

„Ein Vorstandsmitglied des Künstlerbundes *artefacte*, der müsste es doch eigentlich wissen.“

„Ein Vorstand weiß immer nur das Offizielle.“ Ihr Joghurt ist aufgegessen, Marion kratzt den Becher aus. „Du musst die Leute an der Basis befragen.“

„Vielleicht sollte ich deinen Job übernehmen und du meinen?“

„Eingeschnappt? Die Mutter meiner Freundin Biggi putzt in der Pfortmühle, die weiß Bescheid.“ Marion steht auf.

„Und wie komme ich an sie ran?“

Marion weist in Richtung Osterstraße. „Immer geradeaus und dann die Treppen rauf. Sie putzt jeden Tag bis zwei.“

Wesemann erhebt sich ebenfalls.

„Wollen wir noch …“

„Meine Mittagspause ist zu Ende, und du hast auch noch zu tun.“

Helga, ick hör dir trapsen.

„Bis demnächst“, sagt Marion und geht zurück zum Sender.

Wesemann überlegt: Soll er sitzen bleiben oder sich auf den Weg machen? Die Sonne wärmt so angenehm und die Schuhe drücken kaum, wenn er die Füße auf die Bank legt. Wenn bloß diese verdammte Neugier nicht wäre. Berufskrankheit.

Er wendet sich in Richtung Osterstraße und läuft mit kleinen, flinken Schritten Richtung Pfortmühle.

Die Gaststätte Rattenfängerhaus bietet Mettbraten mit Waldpilzrahm, Möhrchengemüse und Heidekartoffeln für fünf Euro neunzig. Schon wieder derselbe Preis! Waldpilzrahm?

Auf dem Rückweg wird er sich ein Matjesbrötchen bei Nordsee in der Bäckerstraße kaufen. Wenn er bis dahin überhaupt noch laufen kann, jetzt drücken die Schuhe wieder, die Füße brennen, und dann muss er in der Pfortmühle auch noch suchen.

Nach wem sollte er auch fragen?

Nach Biggis Mutter?

Er will den Kreis der Leute mit den mitleidigen Blicken nicht noch erweitern.

Im Flur des vierten Stocks steht ein einsamer Wischmopp in einem rechteckigen Putzeimer.

Wesemann läuft den Flur entlang, plötzlich geht eine Tür auf, eine Frau streckt ihren Kopf heraus und ruft: „Hier gibt es nichts zu sehen, hier ist alles geschlossen!"

Dass es so was noch gibt.

Eine echte deutsche Putzfrau mit Kittelschürze und Kopftuch.

„Ich bin kein Tourist", sagt Wesemann und nähert sich der Frau, „ich suche Biggis Mutter."

„Hat sie etwas angestellt?"

Die Frau tritt in den Flur und nimmt zwei kleine Stöpsel aus den Ohren. „Biggis Mutter?"

„Biggi."

„Nicht, dass ich wüsste ...", sagt Wesemann. „Ich bin Rundfunkreporter und würde mich gerne mit Biggis Mutter unterhalten."

„Worüber?"

„Sind Sie Biggis Mutter?"

„Und wer sind Sie?"

„Mein Name ist Wesemann, Hubert Wesemann und irgendwo habe ich auch noch eine Visitenkarte." Wesemann kramt aus einer seiner Taschen ein verknittertes Kärtchen hervor.

„Ich bin Biggis Mutter, aber ich sage nichts."

„Ich habe doch noch gar nichts gefragt."

„Das kennt man doch. Man macht irgendeine unbedachte Äußerung und schon steht man in der Bildzeitung oder vor Gericht. Oder beides."

„Schade, dann hat sich Marion …"

„Die Marion von *radioTOTAL*?" Wesemann nickt. „Aber Sie erwähnen mit keinem Wort, von wem Sie Ihre Informationen haben!"

„Abgemacht."

„Was wollen Sie wissen?"

„Es geht um undurchsichtige Ereignisse im *Haus der Kunst*."

„Dazu sage ich nichts ohne meinen Anwalt!" Biggis Mutter lacht.

„Im letzten Sommer soll es zu einem ordentlichen Krach zwischen dem Geschäftsführer und einer Aushilfe gekommen sein."

„Ich war ganz schön überrascht, als ich Anke Papenburg bei der Casting-Show wiedergesehen habe."

„Sie kannten Anke Papenburg?"

„Nur so vom Vorübergehen. Aber sie war immer freundlich. Guten Morgen, Frau Sattler und auf Wiedersehen, Frau Sattler."

„Und Anke kam gut mit ihrem Vorgesetzten aus?"

„Das war doch ein offenes Geheimnis", flüstert Frau Sattler ganz dicht an seinem Ohr, „die beiden hatten was miteinander. Obwohl Dr. Schreiber bestimmt zwanzig Jahre älter ist. Aber so ein großer Altersunterschied ist ja inzwischen auch umgekehrt modern. In ihren Semesterferien hat er sie auf seinen Dienstreisen mitgenommen, nach Hamburg, Baden-Baden und Düsseldorf, sogar nach London und New York. Die beiden waren ein Herz und eine Seele bis …"

„Bis?"

„… also, eines Tages – ich hab gerade die Tische im Konferenzzimmer abgeputzt – flogen die Fetzen. Er hat gebrüllt, sie hat rumgeschrien und geheult. Dann sind sie quer durch den Konferenzraum gerannt, er vorneweg und sie hinterher. Mich haben sie nicht wahrgenommen. Raus, rein, raus und wieder rein in sein Zimmer, und zu die Tür. Aber die ist von der Wucht wieder aufgegangen und einen Spalt breit offen geblieben."

„Worüber haben sie sich denn gestritten?"

„Das konnte ich mir alles gar nicht merken. Aber es ging um etwas Dienstliches. ‚Vergiss nicht, dass ich BWL studiere', hat sie so oder so ähnlich gesagt. Und er: ‚Von dir lasse ich mir meine Karriere nicht versauen!' Ich weiß nicht mehr, ob er wirklich versauen gesagt hat, aber er hat es gemeint. Und dann wieder sie: ‚Wenn der Staatsanwalt erfährt, wohin die Gelder geflossen sind, wanderst du ins Gefängnis.' Und er: ‚Sollte auch nur ein Wort an die Staatsanwaltschaft durchdringen, weiß ich, wer mich verpfiffen hat.' Dann ist die Tür wieder aufgeflogen und er kam herausgestürzt und sie hinter ihm her: ‚Was willst du tun? Was willst du tun?' Und er: ‚Das wirst du dann schon sehen oder vielleicht auch nicht mehr!'"

Frau Sattler steckt sich wieder ihre Stöpsel in die Ohren.

„Und dann?", fragt Wesemann.

„Nichts mehr. Sie haben mich bemerkt, sich angesehen und sind die Treppe runter.

Das war Anke Papenburgs letzter Auftritt im *Haus der Kunst*."

„Danke", sagt Wesemann. „Bei Dr. Schreiber kann man sich doch bestimmt anmelden und einen Gesprächstermin vereinbaren?"

„Sicher. Auf dem Golfplatz. Hier hat er sich schon seit Monaten nicht mehr blicken lassen.

„Golfclub am Schloss?"

„Kann schon sein. Manchmal ist er gleich vom Büro aus in Golfklamotten losgefahren."

„Danke!" Wesemann schüttelt Frau Sattler die Hand. „Sie waren mir eine große Hilfe."

„Gibt's ein Honorar?", fragt Frau Sattler.

„Dann muss ich Sie als Informantin benennen."

„Nee, lassen Sie mal, lieber nicht."

Wesemann wendet sich zum Gehen, dreht sich noch einmal um. „Ein MP3-Player?" Mit einem Zeigefinger tippt er auf ein Ohr.

Frau Sattler nickt und steckt sich ein Kaugummi in den Mund.

„Ich möchte mir auch einen anschaffen."

„Hä?", sagt Frau Sattler, nimmt aber einen Stöpsel aus dem Ohr.

„Können Sie mir vielleicht sagen, worauf ich beim Kauf achten sollte?"

„Nehmen Sie einen einfachen, einen ganz einfachen, sonst haben Sie mehr mit den Programmen zu tun als mit der Musik."

„Danke", sagt Wesemann und geht.

„Ich könnte Sie beim Kauf begleiten. Ich hab um zwei Feierabend."

„Es ist nicht so eilig", sagt Wesemann.

Zu Nordsee geht Wesemann nicht mehr. Seine armen, armen Füße. Und dann dieser Geruch, als er endlich seine Wohnung erreicht. Er sieht sich um, folgt seiner Nase, geht in die Küche. Die Baguettes liegen noch immer im Herd. Noch ein, zwei Tage und sie hätten sich selber auf den Weg zum Abfalleimer gemacht. Ekelhaft. Frau Sattler wäre das sicher nicht passiert.

Wesemann gönnt seinen Füßen ein warmes Bad in der Abwaschschüssel, stellt den CD-Player seiner Stereoanlage an und überlegt.

Anke Papenburg waren ein paar Unregelmäßigkeiten im *Haus der Kunst* aufgefallen. Das Fachwissen hatte sie, um sich in die Betriebsabläufe hineinzufinden. Und die Einblicke wohl auch durch ihre Beziehung zu Dr. Schreiber. Dieser fürchtet um seine Karriere. Da kann ein ehrgeiziger Mensch schon mal unbeherrscht reagieren. Bevor ihm Anke ganz entgleitet, lädt er sie zu einem klärenden Gespräch ein.

Anke will es hinter sich bringen und verabredet sich mit ihm so schnell wie möglich. Sie treffen sich und bleiben bestimmt nicht in Hameln. Das wäre zu auffällig gewesen. Vielleicht fahren sie nach Pyrmont, Bodenwerder oder sogar nach Hannover. In irgendein kleines abgelegenes Restaurant. Man diniert bei Kerzenlicht und Rotwein, kommt sich wieder näher, es wird ein harmonischer Abend.

Spät fährt Dr. Schreiber mit Anke zurück nach Hameln, man will noch zusammen ein paar Schritte an der Weser entlangschlendern, plötzlich bricht aus Anke die ganze Frustration der letzten Zeit heraus. Sie will sich nicht unterkriegen lassen, und das falsche Gesäusel von Dr. Schreiber geht ihr plötzlich auch auf den Wecker. Wenn sie jetzt nicht handelt, macht sie sich vielleicht selber noch zur Verdächtigen. Sie wird morgen zur Staatsanwaltschaft gehen, um reinen Tisch zu machen.

Dr. Schreiber versucht, sie zu beschwichtigen, eventuell ringt er sich sogar zu einem finanziellen Angebot durch, das Anke beleidigt ablehnt. Man kommt in Rage, beschimpft sich gegenseitig, Anke will weg von Dr. Schreiber, rennt los, Dr. Schreiber hinterher, er erwischt sie, sie wehrt sich und platsch, liegt sie in der Weser. Dr. Schreiber versucht noch, sie zu retten, doch Anke treibt ab, geht unter und bleibt verschwunden.

Das Wasser in Wesemanns Schüssel ist nur noch lauwarm. Er stakst auf den Fersen zum Wasserkocher, um eine weitere Wasserfüllung zum Kochen zu bringen. Er muss Dr. Schreiber treffen und ihn mit seiner Vermutung konfrontieren. Vielleicht lässt er sich aus der Reserve locken.

Wesemann gießt das heiße Wasser zu dem lauwarmen. Er wird Kurt Karmann anrufen. Kurt ist Sportreporter bei der DEWEZET. Kurt ist nicht am Arbeitsplatz, oder vielmehr, er ist an seinem Arbeitsplatz, doch keiner weiß, an welchem. Auf dem Fußballplatz? Beim Basketball? Oder bei den Turnern?

Wesemann wählt Kurts Handynummer. Es dauert lange, bis das Gespräch angenommen wird. Kurt meldet sich aus einer Halle!

„Hubert Wesemann hier."

„Bist du sicher?"

„Ha, ha."

„Was kann ich für dich tun, aber schnell bitte, sonst werde ich noch über den Haufen geritten."

Also eine Reithalle.

„Was brauche ich, um als Golfspieler nicht aufzufallen?"

„Nicht viel", sagt Kurt, „Golfhandschuhe, Bälle, Schläger, ein In-Poloshirt, die passende Hose, Golfschuhe und …"

„Entschuldige, war eine schlechte Idee von mir."
„Warum versuchst du es nicht mit Walken oder Joggen, da braucht man nicht gleich eine professionelle Ausrüstung?"

„Dann tendiere ich eher zum Wassersport." Wesemann lässt seine Zehen in der Schüssel spielen, bedankt sich und legt auf.

Baxmann ruft an. „Machen Sie mal was über die Führungen auf die Kirchtürme der Stadt. Heute Abend um neun geht's mal wieder hoch. Die Türmer könnten ein bisschen Unterstützung vertragen, der Andrang zu den Führungen ist zu überschaubar."

Wesemanns Zehen sind in der Schüssel abgetaucht.

„Wie viele Stufen?", will Wesemann wissen.

„Sie wollten doch schon immer hoch hinaus!" Baxmann legt auf.

Hoch hinaus! Mit den Füßen? Er wird sich krankschreiben lassen. Aber bei wem?

Wesemann ruft Marion an.

Marion hat keine Zeit für eine gemeinsame Turmbesteigung. Hätte sie das allerdings früher gewusst ... Wesemann bittet sie, bei ihrer Freundin Biggi anzurufen und sie nach der Telefonnummer ihrer Mutter zu fragen.

„Da brauche ich nicht anzurufen."

„Hast du sie im Kopf?"

„Es ist dieselbe Telefonnummer wie die von Biggi. Biggi wohnt noch bei ihrer Mutter."

„Und?", fragt Wesemann.

„Was?"

„Kannst du sie mir bitte geben?"

„Kann ich. – Du schuldest uns noch eine Packung Bahlsenkekse."

„Ich weiß." Und dann bekommt er die Nummer.

Frau Sattler kennt tatsächlich Dr. Schreibers Adresse. Sie hat ihm mal vergessene Unterlagen nach Hause bringen müssen. Thiesweg im Klütviertel. Tolle Gegend, tolle Häuser, und sein Fußbad ist schon wieder kalt.

Wie kann er an Dr. Schreiber rankommen? Wenn er sein Auto im Thiesweg parkt, um ihn irgendwann abzupassen, taucht spätestens nach zwei, drei Stunden die Polizei auf und stellt unangenehme Fragen. Also eine etwas unauffälligere Methode wählen.

Was brauchen die meisten Menschen?

Brot und Brötchen. Und wo bekommt man Brot und Brötchen?

Wesemann sucht im örtlichen Telefonbuch und findet eine Bäckerei in der Nähe vom Thiesweg. Und wenn Dr. Schreibers Frau die Backwaren einkauft oder einkaufen lässt?

Wesemann fährt ins Klütviertel, stellt sein Auto im Pflümerweg ab und macht sich Gedanken. Er kann doch nicht einfach so in die Bäckerei gehen und fragen, wann Dr. Schreiber oder seine Frau einkaufen. Die Brötchen am Samstag kauft meist der Herr des Hauses. Wesemann hat am Samstagmorgen auch immer die Brötchen geholt. Für Helga ein Weltmeisterbrötchen und ein Rosinenstückchen. Vielleicht haben die Schreibers einen Hund, dann müssen sie früh raus. Kein Hund, keine Kinder? Dann könnte es bis Mittag dauern, bis sich jemand aufrafft, die Brötchen zu besorgen. Das kann lang werden, und heute ist erst Freitag.

Im gegenüberliegenden Haus wird ein Fenster geöffnet. Eine Frau mit mächtigen Oberarmen lehnt sich auf die Fensterbank und beobachtet demonstrativ Wesemanns weißen Corsa. Wesemann steigt aus, grüßt höflich und macht sich auf in Richtung Klütstraße.

Nur eine Verkäuferin im Laden. Wesemann tritt ein. „Guten Morgen."

Sie sortiert Bienenstich auf einem Blech in der Auslage. „Guten Morgen, was darf es sein?"

Wesemann betrachtet das Angebot.

Heute hast du noch nichts verdient, also bleib bescheiden! „Eine Laugenstange, bitte." Aber diese Irish-Coffee-Torte! Wesemann hat plötzlich eine Idee. „Ich war zum Joggen verabredet, mehr so zum strammeren Gehen." Die Verkäuferin lächelt und sortiert jetzt die Stücke vom Streuselkuchen auf das Blech in der Auslage. „Mit Dr. Schreiber. Er muss wohl hier in der Gegend wohnen und hat mir diese Bäckerei empfohlen."

„Ah, Dr. Schreiber!"

Volltreffer. Gleich nachlegen: „Wir waren im Finkenborner Weg am Waldrand verabredet, aber er ist nicht gekommen. Ein alter Studienfreund von mir. Wir hatten uns aus den Augen verloren und sind uns erst vor ein paar Tagen zufällig über den Weg gelaufen. Merkwürdig, er war mir als ausgesprochen zuverlässig in Erinnerung geblieben. Da kann man mal sehen, wie sich ein Mensch mit der Zeit verändern kann."

„Dr. Schreiber ist noch immer sehr korrekt", nimmt die Verkäuferin ihren Kunden in Schutz, „und überaus pünktlich. Jeden Samstag kauft er um halb acht seine Brötchen, nach ihm könnte man die Uhr stellen."

Wesemann, jetzt hast du dir eine Belohnung verdient. „Ein Stück von der Irish-Coffee-Torte, bitte."

„Und die Laugenstangen?" Die Verkäuferin lächelt unsicher.

„Werden nicht mehr gebraucht."

Am frühen Morgen fährt Wesemann kurz zum Sender, gibt einen Bericht über seine Turmbesteigung ab, fährt weiter ins Klütviertel und stellt seinen Wagen wieder in den Pflümerweg. Die starken Oberarme von gegenüber schwingen heute früh einen Besen, um die Gehwegplatten vor dem Haus zu säubern. Wesemann grüßt, die Frau grüßt zurück.

Um drei Minuten vor halb acht kommt ein großer, schlanker Mann mit einem braunen Setter die Klütstraße herunter. Der Setter setzt sich auf Kommando seines Herrchens neben die Tür der Bäckerei.

Der Mann betritt das Geschäft, der Setter winselt. Es dauert eine Weile, bis Herrchen mit mehreren Tüten wieder aus dem Geschäft kommt.

Wesemann überquert die Straße.

Hoffentlich ist der Hund nicht schlecht gelaunt. „Doktor Schreiber?"

„Kennen wir uns?"

„Ich komme vom Rundfunksender *radioTOTAL* ..."

„Wie schön für Sie."

„... und arbeite für mehrere Zeitungsredaktionen."

„Ihr Journalisten seid wie Zecken", ereifert sich Dr. Schreiber. Er greift zur Hundeleine und marschiert los. „Ihr seid überall, wo ihr nicht hingehört und taucht auf, wenn man es am wenigsten erwartet."

„Tut mir leid, wenn Sie schlechte Erfahrungen mit Journalisten gemacht haben." Einen Schritt hat der Kerl drauf!

„Wenn Sie irgendwelche Fragen zu meiner Person haben, wenden Sie sich an meinen Rechtsanwalt. Ich sage Ihnen aber gleich, dass wir keine Auskunft geben in dem schwebenden Verfahren um das *Haus der Kunst*."

„Sie kannten doch Anke Papenburg?"

Dr. Schreiber stoppt seinen Schritt, sieht Wesemann direkt an. Einen Augenblick scheint er zu überlegen, wie er reagieren soll.

„Schrecklich, schrecklich", sagt er dann, „so eine junge Frau, hatte das ganze Leben noch vor sich."

Eine solche Plattitüde sollte Wesemann mal in einem seiner Artikel schreiben, das gäbe Honorarabzug. „Sie hatten eine Beziehung mit Anke Papenburg?"

„Wer sagt das? – Sollten Sie das veröffentlichen, sind Sie wegen übler Nachrede dran!"

„Ich hatte gestern einen anstrengenden Abend, Turmbesteigung in der Münsterkirche. Darum nur noch eine Frage: Haben Sie Anke Papenburg am Wochenende ihres Todes gesehen?"

„Worauf läuft das denn hinaus? Wollen Sie mich etwa … aber ich kann Sie beruhigen: Ich war mit meiner Frau zu einer Familienfeier in München. Abreise Freitagmorgen und Rückkehr am späten Sonntagabend. Ein schönes Fest und Dutzende von Zeugen. Und jetzt wünsche ich keine weiteren Belästigungen. Guten Tag."

„Guten Tag", murmelt Wesemann. Er will über die Straße.

„Einen Augenblick noch", ruft ihn Dr. Schreiber zurück. Wesemann kehrt um, Dr. Schreiber kramt in seinem Portemonnaie. „Damit sollten wohl alle Zweifel über meinen Aufenthalt ausgeräumt sein." Er händigt Wesemann eine Quittung der Tankstelle Köschinger Forst aus. Freitagnachmittag, vierzehn Uhr zweiunddreißig, sechsundachtzig Euro vierzig.

Köschinger Forst, geht es Wesemann durch den Kopf, an der A 9 bei Ingolstadt. Da hat er damals auch getankt, als er mit Helga an den Gardasee gefahren ist.

„Aber wie komme ich überhaupt dazu, mich vor Ihnen zu rechtfertigen?" Dr. Schreiber nimmt den Quittungszettel wieder abrupt an sich und verstaut ihn sorgfältig in seinem Portemonnaie.

Wesemann lächelt säuerlich, wünscht noch einen schönen Tag und geht zurück zu seinem Auto. Um zwei in Ingolstadt, dann könnte er doch durchaus am Abend wieder in Hameln gewesen sein. Ist aber nicht sehr wahrscheinlich. Das wäre sicher alles viel zu knapp geworden. War es also doch ein simpler Selbstmord? Möglich.

Aber wenn nicht …

Baxmann ruft an.

„Ist das Ihr Ernst?" Er drückt auf irgendwelche Knöpfe und Wesemann hört seinen eigenen Bericht:

Freitagabend. Einundzwanzig Uhr. Ein Türmer der Stadt Hameln erwartet seine Gäste zu einer ganz besonderen Führung. Hinauf auf den Turm der Münsterkirche. Zu einem eindrucksvollen Blick über das nächtliche Hameln. Meine armen, gequälten Füße freuen sich auf jede einzelne der einhundertneunundachtzig Stufen: Stufe eins, Stufe zwei, Stufe drei, Stufe vier …

Baxmann schaltet das Band aus. „So geht es acht Minuten lang. Stufe für Stufe, immer schön langsam und ohne Eile. Ich persönlich hätte vielleicht über die ersten dreißig Sekunden lachen können. Aber unsere Werbekunden haben für solche Späße bestimmt kein Verständnis. Sie können mir dankbar sein, dass ich den Beitrag abgefangen habe, bevor er auf Sendung gegangen ist. Dankbar, Wesemann!"

Aufgelegt. Wieder eine Chance vertan, zur Legende des Senders zu werden. Ein Bericht über einhundertneunundachtzig Stufen, damit hätte der Sender vor jedem Volontär und Azubi auftrumpfen können: *Damals, als der Wesemann noch bei uns war, bevor er zur ARD gewechselt ist*. Er wird auf dem Rückweg beim Sender vorbeifahren und den korrekten Bericht abgeben. Den Rest wird Marion schon richten. Ob wenigstens sie gelacht hat? Frauen mögen Männer mit Humor.

VIER

Wesemann hat es nicht allzu eilig. Marion hat heute frei. Karola wäre auch nicht schlecht, aber Karola ist verheiratet. Glücklich? Noch einmal das ganze Theater durchmachen mit Trennung, Scheidung, Freunde verlieren, Schuld und Sühne?

Wesemann stellt sein Auto in der Fröbelstraße ab. Er geht hinüber zum Hamelner Münster. Ein bisschen abschalten, nachdenken, zur Ruhe kommen.

Ein entgegenkommendes „Willkommen“ einer netten älteren Dame. Sie gehört zum Willkommensteam der Kirche, das die Besucher mit Freundlichkeit, Informationen und Broschüren auf die Besonderheiten der Kirche hinweist. Noch ist es zu früh für Touristen.

Wesemann begibt sich in die Krypta, den ältesten Teil der Kirche. Fast neunhundert Jahre alt. Romanisch. Klein, mit dicken Säulen, runden Bögen und niedriger Decke. Ein Ort der Geborgenheit.

Wesemann stellt seine Tasche ab und setzt sich. Der richtige Ort, um über sein ungeordnetes Leben nachzudenken und ihm eine klare Richtung zu geben. Schon nach wenigen Sekunden kehren seine Gedanken zu Anke Papenburg zurück.

Dabei ist doch alles geklärt: Kein Fremdverschulden, Selbstmord und Dr. Schreiber war in München. Basta. Ob ihm Marion ihre Handy-Nummer gibt? Dann wäre die Korrespondenz nicht so förmlich wie im Sender. Er könnte sie einfach spontan anrufen und sie einladen.

Aber wozu lädt man eine Frau von Mitte zwanzig ein, die zu Mittag Salat und Joghurt isst?

Jetzt wieder Anke Papenburg. Sicher ist, dass sie am Donnerstag noch in Köln war und am Sonntagmorgen aus der Weser gefischt wurde. Es muss nicht sein, aber vielleicht ist sie in der Umgebung der Münsterbrücke gesehen worden?

Wesemann nimmt seine Tasche, verabschiedet sich von der netten Dame neben der Eingangstür und geht zur Weser hinüber. Wer könnte etwas gesehen haben?

Drüben am Kiosk neben der Elisabeth-Selbert-Schule ist Ralles Stammquartier. Ralle ist immer für Auskünfte gut. Die meisten stimmen, manche sind auch frei erfunden.

Direkt neben dem Kiosk sitzt Ralle auf der Treppe des Schulgebäudes mit einer Dose Bier in der Hand. Wesemann setzt sich zu ihm, Ralle sieht ihn an, erkennt ihn, grinst. Er reckt seine Hand in die Luft, trötet sein „Törööö" in den Mittagshimmel und nimmt dann noch einen ordentlichen Schluck aus der Dose.

Ralle war Kunstmaler und hat sogar in Hamelns Arche ausgestellt, dann hatte er eine Schaffenskrise, war abgesackt und ist auf der Straße gelandet. Eine Weile hat er noch mit bunter Kreide großformatige Rattenfänger auf das Pflaster der Osterstraße gemalt, aber das ist lange her.

Ralle kippt seine Dose demonstrativ um. „Leer!" Ein paar Tropfen fallen auf die grauen Stufen.

„Schöner Tag", sagt Wesemann.

Wie viele Dosen Bier muss er jetzt wohl kaufen, um Ralle bei Laune zu halten?

Ralle stellt die leere Dose neben sich, hebt dann wieder die Hand zum Himmel. „Schöner Tag, Törööö!"

Wesemann nimmt sich vor, jedes weitere Törööö zu überhören, sonst wird er aggressiv.

„Wie geht's denn so?"

„Es geht ..."

„Noch ein Bier?"

„Lieber Wein."

Den könnte Wesemann bei Rossmann in der Bäckerstraße besorgen.

„Muss guter Wein sein, nicht so sauren." Ralle schüttelt sich.

Ralle muss man direkt fragen, sonst gehen einem die Nerven durch, bevor man etwas erfährt.

„Die Sache mit Anke Papenburg hast du doch mitbekommen?"

Ralle leckt sich über die Lippen. „Wein wär jetzt nicht schlecht. Hab ein Taschenmesser mit Korkenzieher."

„Ich bin gleich zurück!" Wesemann steht auf, läuft in die Bäckerstraße hinüber. Eine Flasche Lambrusco Frizzante. Zweineunundfünfzig. Eine Plastiktasche fünfzehn Cent. Wer zahlt ihm eigentlich die Auslagen für seinen Intensivjournalismus?

Ralle sitzt noch an der gleichen Stelle. Besieht sich erst ganz genau das Etikett der Weinflasche, bevor er sie öffnet.

„Am Sonntagmorgen ist Anke Papenburg drüben am Brückenpfeiler angespült worden", sagt Wesemann.

Ralle nimmt prompt ein erstes Schlückchen, noch ein zweites.

„Hast du vielleicht irgendetwas beobachtet, so am Abend oder in der Nacht?"

Ralle lächelt, trinkt. „Hab was gesehen." Frizzante macht gesprächig. „Anke mit einem Mann, drüben am Langen Wall. Haben sich gestritten. Sonst nichts." Wesemann nimmt die Flasche zurück.

„Wie sah der Mann denn aus?"

Ralle greift wieder nach der Flasche. „Jung. Helle Haare, nicht groß, nicht klein, Boxer oder Ringer."

„Wie kommst du denn darauf?"

Ralle reckt die Brust und winkelt einen Arm an, um kolossale Muskelpakete auf dem Oberarm anzudeuten.

„Worüber haben sie gestritten?"

„Um das Handy. Wollte Anke nicht rausrücken, und dann … Töröőö …"

Das Törööö konnte Wesemann einfach nicht überhören.

„… hat er ihr eine geknallt."

„Er hat sie geschlagen?"

Ralle klatscht sich mit der Hand gegen die Wange.

„Hast du ihr nicht geholfen?"

„Misch mich nicht mehr ein. Hab mir schon mal 'ne gebrochene Nase geholt."

„Hat sie denn nicht geschrien?"

„Geschrien, Handy weggeschmissen und …" Ralle braucht noch einen Schluck. „… und weggelaufen."

„Wohin?"

Ralle zeigt in Richtung Münsterwall.

„Sie ist über die Brücke gelaufen?"

„Nee, nee, an der Weser entlang. Hab nichts mehr gesehen, war schnell verschwunden."

„Und der Mann?"

Ralle lacht.

„Erst Schockstarre, dann ist er ihr nach."

Ralle unterdrückt einen Rülpser, wartet auf den nächsten.

Wesemann denkt nach. Immerhin ein Ansatz. Aber viel mehr wird er aus Ralle nicht rausholen. Vielleicht noch ein Nachsetzen mit eindringlicher Stimme: „Jetzt überlege mal ganz genau: War das am Freitag oder Samstag?“

„Freitag oder Samstag, Samstag oder Freitag?“ Ralle trinkt. „Wein auf Bier, das rat ich dir!“

„Freitag oder Samstag?“, fragt Wesemann etwas energischer. Ein vorübergehendes Touristenpärchen wird aufmerksam, Ralle macht dicht, steht auf, nimmt die Plastiktasche, stellt die Weinflasche hinein und geht los. „Törööö.“ Er wird sich jetzt ans Weserufer setzen und kein vernünftiges Wort mehr von sich geben. Kann er auch nicht, Wesemann, weil du ihn abgefüllt hast! Doch ein paar neue Informationen sind bei der Aktion schon herausgesprungen. Wenn man ihnen Glauben schenken kann. Soll er sich wieder in die Krypta des Münsters zurückziehen, um seine Gedanken zu ordnen? Wesemann setzt sich ins Auto und fährt zum Sender. Kann nicht schaden, sich bei Baxmann sehen zu lassen.

Auf dem Gehweg vor dem Sender parkt Marions Mini. Wesemann stürmt hinein, Marion unterhält sich mit Karola.

„Nanu?“, fragt Wesemann, „hast du nicht längst Feierabend oder hat dich der Übereifer gepackt?“

„Hab nur mein Handy vergessen, bin schon wieder weg. Über deinen Stufenbericht haben wir übrigens sehr gelacht. Du bist schon 'ne Marke!“

Na, also, geht doch. „Wie wär's, kann ich dich zu einem Eis einladen?“, fragt Wesemann.

„Ist mir noch zu kalt.“

„Was machen deine Recherchen zu Anke Papenburg?“, fragt Karola. „Ich brauche Erzählstoff für meine Doppelkopfrunde.“

Sie trägt eine Sonnenbrille, erklärt: „Heuschnupfen.“ Marion ist bereits auf dem Weg zur Tür.

„Ich hab einen Zeugen aufgetan, der Anke im Streit mit einem Mann gesehen haben will. Hört sich interessant an. Ich weiß bloß nicht, was ich von dem Informanten halten soll."

Marion hat sich umgedreht. Baxmann kommt in den Empfang. „Nicht noch einmal, Wesemann, nicht noch einmal!" Er droht mit dem Finger. „Aber der zweite Bericht war in Ordnung. Läuft in ...", er schaut auf die funkgesteuerte Wanduhr, „... vierundneunzig Minuten."

„Dann will ich mich mal beeilen", sagt Wesemann und verlässt den Sender.

„Wollen wir noch zusammen einen Kaffee trinken?" Marion hat auf ihn gewartet.

„Gern", sagt Wesemann, „und was war das soeben?" Er deutet mit dem Daumen auf den Empfang des Senders.

„War mir ein bisschen peinlich vor Karola", sagt Marion. „Wir fahren besser nicht zusammen."

„Wir können doch gleich rüber in die Altstadt gehen."

„Wäre mir nicht so recht, lass uns lieber ein bisschen rausfahren."

So verabreden sie sich dann in einem Café in Fischbeck. Vielleicht hat sie gar nichts gegen ein näheres Kennenlernen? Sie will bloß nicht zum Gesprächsthema werden. Das geht schnell in Hameln. Ist sie eigentlich älter als sein Sohn? Müntes Michelle ist vierzig Jahre jünger als Münte. Dagegen ist Marion eigentlich schon ziemlich alt.

Im Café muss Wesemann warten. Ziemlich lange. Hat sie ihn versetzt?

Doch bloß ein Jux? Dann kommt sie. Sie hätte noch ein Telefongespräch führen müssen, erklärt sie. Aber nicht mal ein kleines Wangenküsschen zur Entschuldigung.

Das Café am Stift liegt in sehr ländlicher Umgebung. Ein solides Fachwerkhaus mit plüschiger Einrichtung und gefranster Deckenlampe. Dazu Holzofen, Häkeltischdecke, Gummibaum und als Dekoration viele Geweihe und Geblümtes.

Marion bestellt sich einen Kaffee schwarz und eine Waffel ohne alles.

Wesemann entscheidet sich für ein Stück Apfelkuchen und einen Milchkaffee.

„Schön", sagt Wesemann.

„Sehr schön." Marion sieht sich mit einem säuerlichen Lächeln um.

„Ich meine, dass wir hier so zusammensitzen."

„Ach, so."

„Könnten wir öfter mal machen."

„Könnten wir." Marion nippt an ihrem Kaffee. Noch zu heiß. Sie verzieht das Gesicht, guckt gelangweilt. „Ich habe nicht allzu viel Zeit. Wollte nur mein Handy beim Sender … Du hast was von Anke erzählt."

„Ich habe mit jemandem sprechen können, der sie eventuell am Abend ihres Verschwindens gesehen haben will. Im Streit mit einem Mann."

„Wie soll der Mann denn ausgesehen haben?"

„Nicht allzu groß, aber kräftig."

„Kräftig?"

„So wie ich!" Wesemann zeigt seine Muckis.

„Der Arme!", sagt Marion. Jetzt kann sie endlich einen Schluck Kaffee trinken.

Wesemann lacht, obwohl ihm so gar nicht danach zumute ist.

„Von wem hast du deine Informationen?" Marion schaut auf ihre Armbanduhr.

Wesemann, das wird nichts. Wenigstens nicht so schnell. „Kann ich dir nicht sagen. Informantenschutz! Ich war zweiundzwanzig Jahre mit Helga verheiratet, aber meine Informanten habe ich ihr auch nie genannt."

„Ist auch nicht so wichtig." Marion beißt zweimal in die zusammengeklappte Waffel, legt den Rest zurück, schaut noch einmal auf ihre Uhr. „Tut mir leid, ich muss los."

„Schon?"

„Würde gern hierbleiben. Aber …", sie steht auf, „… ein Freund will sich mein Auto ansehen. Das macht hinten links so komische Geräusche."

Wesemann steht ebenfalls auf.

„Lass dich nicht stören!" Sie weist mit dem Kopf auf seinen Kuchenteller mit dem restlichen Apfelkuchen. „Wir verabreden uns ein andermal und dann bringe ich mehr Zeit mit."

Jetzt haucht sie ihm ein Küsschen auf die Wange, sieht sich nach der Bedienung um, Wesemann sagt: „Das übernehme ich", und Marion ist verschwunden.

Wesemann schaut ihr einen Augenblick nach, setzt sich wieder und widmet sich seinem restlichen Apfelkuchen. Und dann auch noch einem Stückchen Käsekuchen und einem zweiten Milchkaffee. Er muss nachdenken.

Eigentlich spricht nichts gegen einen Selbstmord von Anke Papenburg. Aber das Gefühl lässt ihn nicht los, dass mehr dahintersteckt. Bisher hat er nur an der Fassade gekratzt, Grazyna Konrad geärgert, Dr. Schreiber genervt und sich Informationen aus sehr unsicherer Quelle besorgt.

Doch ein richtiger Hinweis auf Fremdverschulden will da nicht herausspringen.

Was macht ein Journalist, wenn er nicht weiterkommt? Er gräbt eine neue Geschichte aus oder kehrt zu den Anfängen der alten zurück. Nichts Sensationelles in Sicht. Wesemann fällt der Einspieler des Senders ein: *... erst vor wenigen Wochen den plötzlichen Tod ihres heiß geliebten Vaters verkraften*. Um Ankes Familie hat er sich überhaupt noch nicht gekümmert. Ihr Vater hatte einen Reiterhof in Reher, hat Marion gesagt. Wesemann kann sich an keinen Reiterhof in Reher erinnern. Vielleicht ergeben sich Anhaltspunkte vor Ort.

Er bezahlt und fährt los. Auf dem Weg nach Reher schaltet er das Radio ein, gerade wird sein Bericht über die Turmbesteigung angekündigt. Ausgerechnet am helllichten Tag einen Bericht über eine nächtliche Turmbesteigung. Baxmann, Baxmann!

Wer hoch hinaus will, muss leiden. Der Türmer kündigt hundertneunundachtzig Stufen an. Mit einem kleinen Schmunzeln gratuliert er den Anwesenden, sich nicht für die Marktkirche St. Nicolai entschieden zu haben. Da seien es zweihundertsieben Stufen.

Die Holztüre quietscht, das dämmrige Licht in der nächtlichen Kirche verbreitet leichte Gruselstimmung, und mit jeder Stufe wird die Luft dünner ... schließlich ist es geschafft und alle sind sich einig: Was für ein grandioser Ausblick! Unten Hameln bei Nacht. Die hell erleuchtete Münsterbrücke, das dunkle Band der Weser. Unheimlich. Dünnes Autolicht fingert sich durch die Straßen, in einiger Entfernung die orangefarbene Pfortmühle, seitlich die hell erleuchtete Rattenfängerhalle. Jetzt kann man erahnen, wie der einsame Türmer Tag und Nacht nach Feuer und Feinden Ausschau gehalten hat. Und wenn er Junggeselle war, auch nach einer Türmerin. Hubert Wesemann für ...

Wesemann fährt nach Hause. Die Sonntags-Badewanne lockt. Dazu ein Campari-Soda, knapp achtundsechzig Minuten Lydie Auvray, die Fernsehprogrammzeitschrift und ein paar Gedanken über Marion, Anke Papenburg und den Rest des Lebens.

Auf dem Anrufbeantworter eine Nachricht. Baxmann? Helga. „Bitte ruf' zurück, es ist dringend!"

Hat der Kerl sie über Bord geschmissen oder sie ihn? Das musste doch so kommen. Gut, Helga hat manchmal Spielchen von ihm erwartet, die ihn überfordert haben. Aber dafür muss eine Frau doch Verständnis zeigen. Schließlich ist er auch nicht mehr der Jüngste und Journalismus ist ein anstrengender Beruf.

Genau zwölf Minuten will er sie noch zappeln lassen, dann auf überrascht machen, schließlich auf verständnisvoll und einem Treffen nach kurzem Zögern zustimmen.

Wesemann nimmt sein Handy und wählt Helgas Nummer. Helga meldet sich fast sofort. Sie schnieft, muss geweint haben. „Du ..."

Wesemann, hör einfach zu, das machen die Psychologen auch und verdienen ein Schweinegeld damit.

„Du ... mir geht es nicht gut."

„Tut mir leid, wirklich." Er ist weich, einfach zu weich.

„Eine Katastrophe ..."

„Kann doch nicht so schlimm sein, schließlich bin ich auch noch da."

„Das habe ich Johnny auch gesagt."

Wesemann ahnt nichts Gutes. „Also raus mit der Sprache."

„Es fällt mir wirklich nicht leicht." Ein Doppelschniefer.

„Du weißt doch, ich habe für vieles Verständnis."

„Sonst hätte ich mich auch gar nicht getraut, dich anzurufen."

„Gib dir einfach einen Ruck!"

Helga putzt sich die Nase. „Ich weiß nicht, wo ich anfangen soll."

„Vielleicht mit dem Wichtigsten?"

„Na, schön. Ist vielleicht das Beste. Unser Boot ist im Steinhuder Meer abgesoffen. Die Bergung soll viertausend kosten, aber so viel Geld haben wir nicht. Johnny steckt im Augenblick in einem geschäftlichen Tief. Und da habe ich gedacht, du könntest uns ..."

Wesemann drückt die rote Taste. Ein neuer Charakterzug, den er an Helga noch nicht kannte: bodenlose Frechheit! Er lässt Wasser in die Badewanne laufen, zwei Messbecher Entspannungsbad dazu. Wird ein langes Badevergnügen. Jetzt kann er auch noch über Helgas Schiffbruch nachdenken.

FÜNF

Montag nach zwei Scheiben Vollkornbrot mit Nutokaschokocreme. Wesemann fährt über die Weserbrücke. B1 in Richtung Aerzen. Er liebt diese Landschaft, wenn sie den Frühling atmet. Sattes Braun der gepflügten Äcker, der Raps lässt schon einen Hauch von Gelb erahnen, rechts und links im Tal die ansteigenden Wälder des Weserberglands. Weiß blühende Schlehenhecken, in den Feldern ein Apfelbaum in übervoller Blütenpracht, das frische Grün der Bäume und der Gestank des Diesellasters vor ihm. Überholen? Lieber ein bisschen Abstand halten. Sind nur noch ein paar Kilometer, erst durch Aerzen, danach nach Reher. Rechts abbiegen, den Grießebach überqueren. Wohin? Es geht nur geradeaus in Richtung Bruch. Am Ortsende, schon hinter dem Ortsschild, auf der rechten Seite, ein großes Holzschild im Hufeisenrahmen. Willkommen auf dem Reiterhof Papenburg. Mehrere Gebäude, ein bisschen heruntergekommen.

Wesemann parkt und steigt aus. Niemand ist zu sehen. An dem Willkommensschild hängt ein kleiner Prospekthalter. Ein letzter Prospekt liegt zusammengeknüllt im unteren Bereich der Halterung. Wesemann kann ihn kaum mit den Fingerspitzen erreichen.

Auf dem geglätteten Prospekt begrüßt ihn ein brauner Pferdekopf mit aufmerksam aufgestellten Ohren.

Herzlich willkommen auf dem Reiterhof Paul Papenburg. Unser Reiterhof liegt inmitten gepflegter, hofeigener Weideflächen und grenzt an die schönen Waldgebiete des Weserberglands. Weitläufige Reitwege laden Sie zu ausge-

dehnten Ausritten ein. Bei uns sind Sie und Ihre Pferde in besten Händen. Unser liebevoll eingerichteter Hof bietet Ihnen neben der Reiterei ...

Hier geht's nicht mehr weiter, weil der untere Teil des Prospekts fehlt. Wesemann steckt ihn in die Tasche. Ein von Birken gesäumter Weg führt auf das Hofgelände. Etwas zurück, halblinks, das größere Gebäude scheint die Reithalle zu sein.

Wesemann geht ein paar Schritte in den Hof hinein. Ein kläffender Jack Russel Terrier kommt aus der Stallung geschossen, umrundet Wesemanns Beine.

Wesemann mag Hunde, brave Hunde, angeleinte Hunde und Hunde aus Porzellan.

„Ilse, hierher!" In der Tür der Stallung erscheint eine Frau, mager wie eine Dachlatte, vor sich eine breite Schubkarre mit Mist. Ilse hat keine Lust zu gehorchen, attackiert jetzt lieber Wesemanns Hose.

Die Frau kommt Wesemann entgegen. „Schauen Sie einfach nicht hin", sagt sie, „dann hört sie von alleine auf."

Wesemann geht der Frau ein paar Schritte entgegen. „Sind Sie die Besitzerin des Reiterhofs?"

„Ich habe bloß eine Reitbeteiligung an einem Pferd. Ilse, lass das!"

„Man muss sie einfach nicht beachten", sagt Wesemann.

Die Frau schaut überrascht. „Sie soll sich anständig benehmen."

„Sind Sie schon lange auf dem Reiterhof?", fragt Wesemann.

„Schon."

„Ist wenig los im Augenblick?"

„Nicht nur im Augenblick."

„Ach?“

„Es geht immer weiter abwärts, seit der Chef tot ist. Der Boden in der Reithalle müsste schon längst erneuert werden, an mehreren Stellen ist das Dach undicht, und Piotr ist auch nicht wieder aufgetaucht.“

„Piotr?“

„Der Pferdepfleger. Auf ihn konnte man sich verlassen, und immer so nett und freundlich.“

„Der frühere Besitzer hatte einen Unfall?“

„Paul Papenburg, das war ein Pferdemensch mit Leib und Seele. Der Betrieb war sein Lebenswerk, mit sechs Pferdeboxen soll er angefangen haben. Es ging nur aufwärts und dann der Unfall …“

„Schrecklich“, sagt Wesemann.

„Tja .... tragisch.“

Ihre Reitstiefel haben doch bestimmt Kindergröße, so dünn, wie ihre Beine sind.

„Er ist vom Pferd gefallen oder so?“

„Papenburg wollte einen kleinen Ausritt machen. Leider hat er keine Reitkappe getragen.“

„Er war doch ein erfahrener Reiter.“

„Er musste ein Stück an der Straße entlang, ein Auto hat ihn mit überhöhter Geschwindigkeit überholt, auch noch gehupt, da ist der Hengst gestiegen und Papenburg ist vom Pferd gefallen. Mit dem Kopf direkt auf den Asphalt. Genickbruch. Hat nur noch ein paar Minuten gelebt.“

„Schrecklich, auch für die Familie.“

„Paul war schon seit Längerem geschieden, aber seine Tochter Anke hat es hart erwischt.“

„Anke Papenburg?“

„Ja, die aus der Casting-Show.“

Ilse trollt sich, will lieber Tauben jagen, als sich vom Menschengeschwätz anöden zu lassen.

„Anke wollte den Reitstall übernehmen und ihr Geld aus dem Gesangswettbewerb investieren, glaube ich, aber wie das alles genau zusammenhängt ... wie gesagt, ich bin nur eine Reitbeteiligung, da müssen Sie schon jemanden fragen, der sich hier besser auskennt." Sie schaut auf ihre Armbanduhr. „Oh je, jetzt muss ich aber los, meine Tochter vom Ballettunterricht abholen."

„Wann treffe ich denn jemanden, der sich hier besser auskennt?"

„Abends, nach Feierabend. - Ilse, komm hierher! - Die Frauen sind alle berufstätig, so eine Pferdehaltung ist nicht gerade billig. Am besten fragen Sie Silvia Backhaus. Sie kannte Paul Papenburg wohl sehr gut und stand ihm recht nahe."

„Danke."

Die Dünne geht zu ihrer Mistkarre zurück. „Silvia ist in der Woche meist ab halb sechs im Stall, sie versucht mit ihren Mitteln, den Betrieb aufrecht zu erhalten." Ilse springt auf den Mist in der Karre der Dünnen.

Wesemann schlendert noch ein wenig über den Hof, in den Stallungen stehen nur wenige Pferde und in einer Box sogar ein Esel. Also zurück nach Hameln.

Kurz hinter Aerzen riecht es auf einmal nach verbranntem Gummi im Auto. Wesemann fährt langsamer, es riecht schlimmer, Wesemann hält an. Aus dem rechten Radkasten steigt eine kleine Qualmwolke auf. Das wäre ein Vergnügen, wenn ihm das Auto unterm Hintern abbrennen würde. Dann könnte er Helga anrufen und nach einem Zuschuss von ihr fragen.

Vorsichtig öffnet er die Motorhaube. Nichts. Kein Qualm, kein tropfendes Öl, kein Grund zur Beunruhigung.

Wesemann setzt sich wieder ins Auto, fährt weniger als hundert Meter, es stinkt und qualmt erneut. Rechts ran, Handy raus und den ADAC-Pannendienst angerufen.

Nach zwanzig Minuten ist der Mann vom ADAC da. Freundlich. Kompetent. Findet nichts, und der Wagen läuft wieder einwandfrei.

„Die ersten fünf, zehn Kilometer wäre ich noch vorsichtig", sagt der Mann vom ADAC. „Aber wenn alles läuft, läuft es." Auf einen Fachmann kann man sich eben verlassen.

Wesemann fährt wie auf rohen Eiern, konzentriert sich nur noch aufs Riechen. Doch das Auto läuft einwandfrei, obwohl Wesemann an jeder Ampel einen verstärkten Geruch nach verbranntem Gummi zu riechen glaubt. Er wird in die Werkstatt müssen. Und das kostet Geld. Wenn er direkt zum Sender fährt, könnte er die Habenseite seines Kontos eventuell ein wenig auffrischen. Wie wäre es mit einem Bericht über die Auswirkungen der Finanz- und Wirtschaftskrise auf den Landkreis Hameln-Pyrmont, Herr Baxmann?

Großartig, Herr Wesemann. Wie gut, dass wir Sie haben!

Die beiden Damen am Empfang arbeiten konzentriert. Marion grüßt ihn mit einem Lächeln, ohne die Augen vom Bildschirm zu lösen.

Karola trägt noch immer ihre dunkle Sonnenbrille. Mitgefühl kommt immer gut. „Arme Karola, ist es so schlimm mit deinem Heuschnupfen?"

Karola springt auf, ihr Bürostuhl knallt gegen den Heizkörper, sie drückt sich ihr Taschentuch gegen die Nase und verlässt fluchtartig den Raum.

„Sie hat keinen Heuschnupfen", sagt Marion und schreibt weiter, „ihr Manfred ist ausgezogen. Der

Grund? Rotes Haar, zierlich, über zwanzig Jahre jünger als Karola."

„Schrecklich", sagt Wesemann.

„So etwas würde dir natürlich nie einfallen!" Jetzt schaut ihn Marion direkt an, lächelt ein wenig herablassend.

„Moment, Moment, meine Frau ist ausgezogen."

„Aber unter zwanzig Jahren Altersunterschied tust du es doch auch nicht." Sie kann richtig biestig sein. „Außerdem warten wir noch auf die Kekse." Jetzt schreibt sie wieder.

Diesmal kommt ihm Baxmann sehr gelegen.

„Wesemann ..."

Wie gut, dass sie sich nicht duzen.

„... der Privatsender in Köln hat eine Pressekonferenz zum Tod von Anke Papenburg angekündigt. Da scheinen sich hinter den Kulissen Gerüchte aufzubauen, denen der Sender entgegentreten will. Könnte doch interessant für uns sein."

Jetzt müsste eigentlich ein Satz zur Übernahme der Fahrtkosten und Spesen kommen. Vielleicht in einem anderen Sender.

Baxmann schaut auf Karolas verlassenen Arbeitsplatz und wendet sich an Marion.

Karola kommt zurück, will möglichst unauffällig auf ihren Bürostuhl gelangen.

„Karola kann Sie beim Sender in Köln anmelden." Baxmann hält ein Blatt Papier in der ausgestreckten linken Hand, Karola sieht nicht hin, Wesemann nimmt Baxmann die Pressemittelung ab, geht hinüber zu Karola und legt ihr das Blatt neben die Tastatur. Ganz leicht berührt er sie an der Schulter. Karola fährt zusammen, Wesemann weicht erschrocken zurück. Sie nimmt die Pressemitteilung entgegen.

„Aktuell hätte ich einen Bericht über die Auswirkungen der Finanz- und Wirtschaftskrise auf den Landkreis Hameln-Pyrmont anzubieten." Er kann seine Augen nicht von Karola lösen.

Gern würde er ihr einen Arm um die Schultern legen, natürlich nur, um sie zu trösten. Wesemann, das ist zu früh!

„Kommen Sie mir nicht schon wieder damit", sagt Baxmann. „Immer, wenn Ihnen nichts einfällt, zaubern Sie die Finanzkrise aus dem Hut."

„Ist doch wichtig", murmelt Wesemann und denkt an sein kränkelndes Auto.

Karola schreibt Rechnungen, Baxmann rückt Marion auf den Leib und Wesemann fühlt sich auf einmal überflüssig. „Ich könnte mal wieder was über die Theaterfreunde Hameln machen."

„Mensch, Wesemann, es ist Frühling", sagt Baxmann, „gehen Sie raus, berichten Sie über die Natur. Moment ..." Er verschwindet in seinem Büro.

„Mach dich gefasst auf den Tierpark in Bad Pyrmont oder Saupark in Springe oder so." Marion reibt sich das Näschen.

„... hier hab ich zwei Karten für die Eröffnung der Galoppsportsaison auf der *Neuen Bult* in Langenhagen. Viel frische Luft, toller Sport und schöne Frauen. Die Plakate hängen schon überall. Gehen Sie zur Pressekonferenz des Hannoverschen Rennvereins, machen Sie einen anständigen Vorbericht und der Termin gehört Ihnen." Er steckt die Karten in seine Jackentasche. Warum hat er sie überhaupt erst geholt?

Karola seufzt auf.

Marion sieht zu Baxmann auf. „In der Sumpfblume gibt es N8 FLUG Gothic Party. Wäre die nicht viel interessanter?"

„Da kommt unser guter Wesemann doch gar nicht erst rein", Baxmann lacht, „und wenn er reinkommt, nicht unversehrt wieder raus." Jetzt lachen beide.

Wesemann muss zu Hause seine Mütze holen, sonst hat er bald einen Sonnenbrand. Auf dem Kopf. Die wenigen Haare schützen kaum noch. Er isst noch eine Hühnersuppe mit Einlage und einen Joghurt, schaut in die Nachrichtenprogramme. Dann das Wetter. Trocken und zum Wochenende Temperaturen um zweiundzwanzig Grad. Wenn irgendwann sein Auto streikt, leiht er sich gegenüber bei der Autovermietung so einen weißen Kleinlaster mit der Aufschrift *Ich geh mit Jedem*. Wesemann schmunzelt. Die großen Laster überlässt er anderen. Er muss los.

Es ist fast sechs und von hektischer Betriebsamkeit ist auf dem Reiterhof nichts zu erkennen. Zwei Mädchen putzen ihre Ponys, der Esel schreit, eine Frau trägt einen Sattel durch die Gegend, niemand zur Kontaktaufnahme bereit, nur Ilse scheint ihn sofort erkannt zu haben und attackiert seine Hosenbeine.

Wesemann läuft ein bisschen auf dem Hof umher, schaut in den Stall, geht außen herum zur Reithalle, das Tor ist offen, eine zierliche Frau lässt ein schwarzes, rassiges Pferd an einer langen Leine laufen.

Wesemann schaut zu. Ob er's selber mal mit Reiten versuchen sollte? In so einem Reitstall sind überwiegend Frauen, da wäre er sicher bald Hahn im Korb. Dann müsste er aber auch reiten, und das will er seinen Knochen nun doch nicht antun.

Die Frau gibt ein Kommando, das Pferd bleibt nach einigen Auslaufschritten stehen, die Frau wickelt die Leine auf und ergreift einen Riemen am Pferdekopf. Beide setzen sich in Richtung Ausgangstür in Bewegung, Wesemann begreift, wo's lang geht und öffnet das Tor.

„Guten Tag. Sie wissen nicht zufällig, wo ich Frau Backhaus treffe?"

„Das weiß ich ganz genau, sie steht vor Ihnen." Der Schwarze schaut auf Wesemann herab.

„Ich bin vom Rundfunk und mache eine kleine Reportage über Reiterhöfe im Weserbergland."

„Schön."

„Man hat mir gesagt, dass Sie mir ein paar Informationen zu diesem Reiterhof geben könnten."

„Da gibt es nicht viel zu berichten."

„Ich bin auch mit weniger als viel zufrieden."

Frau Backhaus geht los und das Pferd trottet neben ihr her. Wesemann mag nicht neben einem arroganten Pferd laufen, bleibt einen Augenblick stehen und holt dann auf der anderen Seite von Frau Backhaus wieder auf.

„Eigentlich ein schöner Hof", sagt Wesemann, „müsste nur ein wenig aufgefrischt werden."

„Das war mal ein richtig angesagter Hof mit einem guten Ruf. Aber dann ist Herr Papenburg auf tragische Weise verunglückt und seine Tochter, Sie wissen schon, Selbstmord."

Die beiden Mädchen mit den Ponys grüßen Frau Backhaus, den Ponys ist's egal.

„Keiner hat sich noch so richtig um den Hof gekümmert. Aber wer sollte es auch tun? Paul Papenburg und seine Tochter gibt es nicht mehr, und Piotr ist mit unbekanntem Ziel verschwunden."

„Piotr?" Eine neue Spur? „Piotr und …?"

„Den Nachnamen konnte sich keiner merken. Irgendwas aus dem Osten." Frau Backhaus nimmt den Sattel vom Pferd, führt es in die Box und schüttet

Rübenschnitzel in die Futterkrippe. Sie schließt das Tor der Box, hängt den Sattel über einen Holzbock und greift nach einer Bürste.

Wesemann, mach dich beliebt! Er sieht sich um, schnappt sich einen Besen und kehrt den Stallgang.

Schlagartig scheint sich Frau Backhaus' Gesprächsbereitschaft zu verbessern. „Piotr war die rechte Hand vom Chef. Ein netter Kerl, immer fröhlich und hilfsbereit. Er kümmerte sich um Futter, Boxen, Reparaturarbeiten und alles, was auf dem Hof so anfiel. Und wenn er was in die Hand nahm, wurde es mit Sicherheit erledigt."

Irgendwie hat Wesemann Lust auf ein Bier. „Staubt ganz schön!" Mal sehen, ob sie darauf anspringt.

„Ich hab noch eine halbe Flasche Wasser im Schrank, die können wir uns teilen", sagt Frau Backhaus.

„Wie wäre es mit einem kleinen Bier nach der Arbeit?"

„Na, schön, aber nur im Ort, dann muss ich mich nicht umziehen."

Sofort stellt Wesemann den Besen zurück in die Ecke und wartet auf Frau Backhaus. Die ist auch bald fertig, löst das Gummiband in ihrem Haar, ordnet die Haare neu und zieht das Haargummi wieder drüber.

Sie steigt zu Wesemann ins Auto, und sie fahren nach ihren Anweisungen erst ein Stück über die B1, nach kaum einem Kilometer soll er nach links abbiegen.

„Sie wollen mich doch bestimmt aushorchen?" Frau Backhaus hebt ihr Bierglas und prostet Wesemann zu. „Sie Mann vom Radio." Sie können sich ungestört unterhalten. Die Gaststube beherbergt keine Gäste außer ihnen, und die Wirtin ist gleich nach dem Servieren wieder in die Küche verschwunden.

Wesemann trinkt erst mal ein paar Schlucke. „Gäbe es denn etwas auszuhorchen?"

„Wow", sagt Frau Backhaus, „Sie sind aber ein Geschickter."

Wesemann prustet lachend in sein Bier, Schaumflöckchen fliegen über den Tisch.

„So kann es jedenfalls mit dem Hof nicht weitergehen." Frau Backhaus trinkt auch einen Schluck, aber was für einen, ihr Glas ist fast leer. „Der Chef ist tot und seine Tochter hat sich das Leben genommen, wie ich gelesen habe. Und der Einzige, der sich auskennt, ist unauffindbar."

„Piotr?"

„Piotr."

„Sie kannten Herrn Papenburg gut?"

„Es ist kein Geheimnis, ich kannte ihn besser als gut, und darum tut es mir auch in der Seele weh, dass alles so verkommt."

„Dann kümmern Sie sich doch …"

„Ich hab keine Befugnisse und will es mir auch mit niemandem verderben."

„Könnte man denn?"

„Das ist alles ausgesprochen undurchsichtig. Allen war klar, dass Piotr eines Tages den Hof übernehmen sollte. So hat es Paul, also Herr Papenburg, ihm und allen andern immer wieder erklärt. Und Piotr hat sich richtig reingehängt. Für ihn gab es keinen Feierabend und kaum einen freien Tag."

Die Wirtin erscheint hinter der Theke, Frau Backhaus bestellt noch zwei Bier, Wesemann sagt: „Ich muss noch fahren", aber das Bier wird schon gezapft.

Frau Backhaus spricht über Ausritte in die Umgebung, die gestiegenen Benzinpreise und ihren kleinen Garten mit den sechs Rosensorten hinterm Haus. Als das Bier serviert wird, und die Wirtin wieder verschwunden ist, kommt sie auf das Thema Reiterhof zurück:

„Piotr hat sich mit Leidenschaft engagiert. Er hat sogar eigenes Geld in den Betrieb gesteckt, um einen anstehenden Konkurs abzuwenden. Alles schien auf Piotr als Hoferbe zuzulaufen, zumal Pauls Tochter kein großes Interesse mehr am Reiten zeigte. Früher war sie jeden Tag auf dem Hof. Sie ist leidenschaftlich gern geritten, aber dann kam der Gitarrist einer Hamelner Band dazwischen, sie entdeckte die Musik als neues Betätigungsfeld und zog nach Hameln, der Liebe und der Karriere wegen."

Die Wirtin bringt drei kleine Blumenväschen und stellt sie auf die Tische am Fenster.

„Aber plötzlich wurden alle Pläne null und nichtig. Paul erwischte Piotr bei irgendeiner Schweinerei. Was es genau war, hat er auch mir nicht erzählt. Es kam zu lautstarken Auseinandersetzungen, und Paul schmiss Piotr raus. Der war natürlich sehr geknickt, geradezu betroffen. Er wollte alles wieder gutmachen. Aber Paul blieb bei seiner Entscheidung. Er habe sein Leben lang nichts mit der Polizei zu tun gehabt und jetzt wolle er nicht noch im Knast landen. Da hat Piotr seine Sachen gepackt und den Hof verlassen. Seitdem ward er nicht mehr gesehen."

Die Wirtin kommt mit weiteren Blumenväschen und bestückt die restlichen Tische.

„Paul hat sich mit seiner Tochter zusammengesetzt. Es muss ein sehr gutes Gespräch gewesen sein. Auf Augenhöhe, wie Anke anschließend erkennen ließ. Sie haben sich einigen können, den Betrieb gemeinsam zu führen, zumal Anke der Gitarrist in der Zwischenzeit wieder abhanden gekommen war. Der Reiterhof sollte von Grund auf saniert und neu ausgerichtet werden. Anke wollte mehr für Kinder anbieten, Schnupperkurse, Voltigierkurse, Reiterfreizeiten. Später sollte sogar ein Pferdezuchtbetrieb angegliedert werden. Darin sah Anke die Zukunft für den Hof. Und natürlich ihre eigene. Das Geld sollte aus der Casting-Show und den nachfolgenden Engagements kommen. Anke hat sich so viel von einem Erfolg in der Show versprochen, und Paul war sehr stolz auf sie."

„Tragisch. Und auf einmal ist alles vorbei."

„Nach dem Tod ihres Vaters hat Anke ihre Pläne zur Hofsanierung sogar noch forciert. Ein Architekt wurde beauftragt, Bauanfragen eingereicht und Angebote von Handwerkern eingeholt. Aber dann ... ohne Erfolg bei der Casting-Show keine Einnahmen und ohne Einnahmen keine Sanierung. Es muss ihr sehr zugesetzt haben, als sich ihre Erwartungen in Luft auflösten. Wie das geendet hat, wissen Sie selber und verwunderlich ist es nicht."

„Weiß man denn Genaueres über Paul Papenburgs Unfall?"

„Dazu kann ich nichts sagen, da war ich bei meiner Schwester in Osterode. – Wir möchten zahlen."

„Das übernehme ich", sagt Wesemann.

„Wenn es Sie nicht ruiniert."

Sind Reiter immer so geradeheraus? Frau Backhaus richtet erneut ihr Haar. Wesemann bringt sie mit dem Auto zu ihrem kleinen Häuschen mit den sechs Rosensorten im Vorgarten. Den Rottweiler hatte sie ihm allerdings verschwiegen. Zwei Fisherman's gegen die Bierfahne einwerfen und dann ab nach Langenhagen zum Rennverein.

Am nächsten Morgen liefert Wesemann seinen Bericht von der Pressekonferenz des Hannoverschen

Rennvereins im Sender ab. Gedrückte Stimmung, da bleibt Wesemann nicht lange. Er will ins Polizeipräsidium. Vielleicht erfährt er da Genaueres über Paul Papenburgs Unfall.

Wesemann ruft HK Bertram an. Bertram hat zwar wahnsinnig viel zu tun, will sich aber ein paar Minuten abknapsen, schließlich sei er auch Beauftragter für die Öffentlichkeitsarbeit der Polizei, sagt er.

Er begrüßt Wesemann und bietet ihm einen Platz auf einem wackeligen Stuhl direkt neben dem Ficus an. Auf seinem Schreibtisch steht eine Thermoskanne zwischen grünen, grauen und schwarzen Umlaufmappen.

„Möchten Sie?", fragt Bertram. Er hat Wesemanns Blick bemerkt.

„Gern", sagt Wesemann. Er nimmt sein Notizbuch aus der Umhängetasche.

„Ist aber Kamillentee, ich habe mir den Magen verdorben."

„Ich vertrage keinen Kamillentee", sagt Wesemann, „der macht mich immer müde."

„Was kann ich für Sie tun?" Wie breit der Kerl grinsen kann.

„Ich mache eine Reportage über die umliegenden Reiterhöfe und da bin ich auf Paul Papenburg gestoßen."

„Rein zufällig?"

„Rein zufällig!"

„Wesemann, Wesemann, ich glaube Ihnen kein Wort." Die Tasse vor ihm hat einen dunklen Kaffeerand, aber andere der Unwahrheit bezichtigen.

„Ich hätte doch gern einen Kamillentee."

HK Bertram rollt mit seinem Arbeitsstuhl zurück, greift einen Kaffeebecher vom Regal und schüttet

Kamillentee aus der Thermoskanne ein. „Wenn Sie Milch und Zucker wollen, bin ich überfragt."

Wesemann greift nach dem Becher, wie er vermutet hat: Kaffee.

„Sie beschäftigen sich also noch immer mit dem Tod unserer Casting-Queen?"

„So am Rande."

„Mein Bauchgefühl sagt mir auch, dass die Sache nicht so einfach ist, wie sie sich darstellt." Dabei hat er überhaupt keinen Bauch, eher das Gegenteil. „Ich kann mich allerdings nicht reinhängen. Keine Anhaltspunkte für ein Fremdverschulden, Obduktion ergebnislos und keine Zeugen. Da gibt es keinen Ermittlungsbedarf. Und dann all die unerledigten Fälle." Er weist auf die Umlaufmappen. „Autodiebstahl, schwere Körperverletzung, Erpressung - fehlt nur noch, dass die Katze vom Chef entführt wird."

„Und das Wochenende lässt auch noch auf sich warten."

„Richtig." HK Bertram tippt auf seiner Tastatur, schaut auf den Bildschirm. „Papenburg, Paul?" Wesemann sagt nichts. „Früher war das alles viel einfacher", sagt HK Bertram, „da waren die Akten alphabetisch abgelegt. Ein Blick, ein Griff und zack, lag der Fall auf dem Tisch. Aber heute ... der Datenschutz macht uns noch alle verrückt. Drei Passwörter und wenn man sich einmal vertippt, muss der IT-Beauftragte kommen. Da haben wir ihn. Papenburg, Paul. Kam aus der Richtung Bruch. Auf einem Pferd. Ein Autofahrer hat ihn mit überhöhter Geschwindigkeit überholt, beim Überholen mehrmals gehupt und dann kurz vor dem Pferd wieder eingeschert. Das Pferd hat gescheut, Papenburg ist runtergefallen, kein Helm, Genickbruch. Keine Spur vom Autofahrer. Fahrerflucht. Dem Pferd ist nichts passiert. Soll ein silberfarbener Golf gewesen sein. Zwei junge Mädchen als Unfallzeuginnen, aber das Kennzeichen haben sie sich nicht merken können."

„Merkwürdig", sagt Wesemann.

„Ungewöhnlich", sagt HK Bertram. „Wir haben mehrere Wochen ermittelt. Aber was soll man machen. Keine Beschädigung am Auto, sonst hätte man in den Werkstätten ermitteln können und keine weiteren Zeugen. Da sind selbst wir machtlos."

„Kann ich die Namen von den beiden Mädchen haben, die den Unfall beobachtet haben?"

„Natürlich nicht", sagt HK Bertram, „fällt unter Datenschutz."

„Vielleicht hätte man da mal nachfragen können."

„Namen kann ich nicht nennen", HK Bertram nimmt die Akte vom Bildschirm, „aber so viel und nur im Vertrauen: Die beiden haben Ponys auf dem Reiterhof. Wenn Sie sich da mal umhören wollen."

„Danke für den Tipp", sagt Wesemann und steht auf.

„Sie wissen doch, wie das mit der Handwäsche ist ..." HK Bertram lacht meckernd und steht ebenfalls auf.

„Nie über dreißig Grad!" Die beiden Männer geben sich die Hand, HK Bertram zögert einen Augenblick, Wesemanns Hand loszulassen. „Wenn was ist, Sie wissen, wo Sie mich finden. Ich zähl auf Sie!"

Auf dem Weg zum Sender kauft Wesemann endlich die Kekse. Bahlsen Summertime. Über zwanzig Euro. Die Stimmung im Sender hat sich nur wenig gebessert. Wesemann stellt seine Kekspackung auf den Empfangstresen.

Marion gibt ihm einen Kaffee, deutet mit dem Kopf in Karolas Richtung.

Wesemann reißt die Verpackung auf und stellt sie neben Karolas Tastatur. Karola sieht ihn an, ein kleines Lächeln. Sie nimmt sich ein Kipferl und Wesemann eine kleine Waffel.

Im Hintergrund läuft gerade sein Vorbericht von der Saisoneröffnung auf der Rennbahn:

Zehn Rennen werden am Sonntag auf der Neuen Bult in Hannover-Langenhagen gestartet. Höhepunkt ist sicher der Große Preis einer allseits bekannten Bausparkasse aus Hameln, der mit zwanzigtausend Euro dotiert ist … auch für die ganze Familie wird etwas geboten. Ein Ponyrennen mit Kinderwettbewerb und zwei Windhundrennen sind geplant, eine Riesenrutsche wird aufgebaut und …

„Hier sind die Karten", sagt Marion und schiebt die beiden Eintrittskarten an den Rand ihres Schreibtischs. „Baxmann war ganz zufrieden mit dem Bericht, hätte vielleicht noch ein bisschen mehr Pep vertragen können."

„Beim nächsten Mal spiele ich dazu auf der Mundharmonika: Es hängt ein Pferdehalfter an der Wand." Wesemann nimmt die Karten, lässt den Zeigefinger zwischen Marion und sich hin und her wandern, doch Marion schüttelt den Kopf und deutet auf Karola.

Wesemann geht hinüber, nimmt sich noch ein Butterplätzchen, legt die beiden Karten neben die Kekspackung.

„Hättest du vielleicht Lust?"

„Ich?", fragt Karola überrascht. „Eigentlich wollte ich wandern gehen. Aber Marion würde sicher ganz gerne …"

„Nee", sagt Marion, „keine Zeit."

„Ich weiß nicht", windet sich Karola.

„Eine kleine Abwechslung könnte dir auch nicht schaden", sagt Marion.

„Meinst du? Das Windhundrennen würde mich schon interessieren …"

„Ich wollte so um zwölf los", sagt Wesemann, „soll ich dich zu Hause abholen?"

„Auf keinen Fall", sagt Karola etwas harsch, doch dann wieder versöhnlicher, „wir treffen uns hier vor dem Sender."

„Geht doch", murmelt Marion.

Wesemann will einen guten Eindruck machen. Er fährt zur Tankstelle, einmal volltanken und dann Wagenwäsche mit Heißwachs. Bevor es allerdings in die Waschanlage geht, wird erst einmal der Innenraum gesäubert. Was sich da alles angesammelt hat. Zeitungsausschnitte, eine angebrochene Packung Papiertaschentücher, der Schirm, der sich nicht mehr öffnen lässt, eine Brötchentüte, Eiskratzer, Fisherman's friend mit und ohne Verpackung, Parkscheine, Eintrittskarten und ein Rabattangebot für einen Tauchkurs in der Karibik.

Vorsichtshalber hat Wesemann eine Plastiktüte mitgenommen, die er füllen und dann in der Abfalltonne der Tankstelle entsorgen kann. Die Angestellte der Tankstelle schaut streng. Wesemann saugt den Innenraum mit dem Staubsauger aus, fährt in die Waschanlage und anschließend strahlt der Corsa wie neu.

Fast.

Im Supermarkt kauft er fürs Wochenende ein. Dosen, Brot, Fertiggerichte und Joghurt.

Wenn Karola auf einen Drink zu ihm heraufkommen sollte, Frauen mögen Jogurt. Und wenn sie einen kleinen Imbiss oder gar ein ganzes Abendessen erwartet? Dann wird er Pizza bestellen oder sie zum Essen bei Elsners einladen: Milde Matjesfilets mit Apfel, Zwiebel, Gurke, Sahnesauce und Bratkartoffeln. Mögen Frauen überhaupt Matjes? Helga hat es bei dem Gedanken an rohen Fisch geschüttelt.

Er fährt noch einmal zum Reiterhof hinaus. Vielleicht erwischt er die beiden Mädchen mit ihren

Ponys? Und sie stehen wieder vor den Stallungen und striegeln ihre Ponys.

„Schöne Ponys", sagt Wesemann.

Die beiden Mädchen schauen sich nur an.

„Wie heißen sie denn?"

Jetzt schütteln die Mädchen sogar die Köpfe.

Wesemann schaut sich um. „Seid ihr allein auf dem Hof?"

„Verschwinden Sie lieber, bevor wir unseren Reitlehrer rufen", sagt die Größere der beiden.

„Warum denn gleich so unfreundlich?"

„Sie treiben sich hier rum und keiner kennt Sie."

„Ich bin Journalist und mache einen Bericht über die Reiterhöfe im Weserbergland."

„Hier war schon mal jemand. Angeblich Modefotograf. Er wollte ganz tolle Aufnahmen von uns machen. Mit und ohne Ponys." Die Kleine zieht ihr Handy aus der Tasche. Endlich versteht Wesemann. „So einer bin ich nicht."

„Das hat er auch gesagt."

„Ich habe nur ein paar Fragen."

„Wir wissen nicht, ob wir antworten."

„Wie ich von Frau Backhaus erfahren habe, ist der Besitzer des Reitstalls bei einem schrecklichen Unfall ums Leben gekommen."

Keine Reaktion.

„Und ihr sollt den Unfall beobachtet haben." Die Kleine zieht einen Flunsch, heult bestimmt gleich los.

„Wir haben alles der Polizei erzählt", sagt die Größere, „aber den Autofahrer haben sie nicht erwischt."

„War denn nichts Auffälliges an dem Auto, woran ihr euch erinnern könnt? Vielleicht eine Beule oder auffällige Radkappen oder eine besondere Antenne?"

„Nichts", sagt die Größere, „und jetzt müssen wir satteln."

„Dann wünsche ich euch einen schönen Ausritt." Wesemann hätte gerne noch weiter gefragt. Intensiver. Doch die Kleine hielt ihr Handy anrufbereit in der Hand, und Wesemann wäre unverhofft ein Fall für die Sitte geworden. Ob HK Bertram auch dafür zuständig ist?

Wesemann verlässt den Hof, geht zu seinem Auto. Plötzlich ein: „Hallo!" Er dreht sich um. Die Kleine kommt hinter ihm hergelaufen, die Größere wartet mit einigem Abstand. Doch die Kleine kommt auch nicht ganz heran, sie stoppt in größerer Entfernung. „Da war doch was", ruft sie ihm zu. „Im hinteren Fenster des Autos war so ein durchsichtiger Aufkleber mit einem Notenschlüssel angebracht."

„Notenschlüssel?"

„Ganz sicher. Ich spiele Trompete in der Feuerwehrkapelle und zum Geburtstag hat mir unser Leiter einen solchen Aufkleber für meinen Trompetenkoffer geschenkt."

„Sonst nichts?"

„Wir sind zweiundvierzig in der Kapelle, da kann er nicht jedem was Besonderes schenken."

„Ich meine, auf dem Aufkleber." Wesemann geht ein paar Schritte auf die Kleine zu, damit er nicht so laut rufen muss. „War da eventuell auch noch Schrift oder irgendein Zeichen?"

Doch die Größere ruft: „Michi!", die Kleine dreht sich um und läuft auf den Hof zurück.

Wesemann macht sich auf den Heimweg. Er knipst das Radio an, Peter Alexander, er schaltet das Radio wieder aus. Beim nächsten Mal wird er einen anderen Sender suchen. Hat ihn die Information nun weiter gebracht? Kaum. Sollte sich allerdings ein Zusammenhang zu einer Person im Dunstkreis von Anke Papenburg ergeben, könnte sich das durchaus zu einem Verdacht auswachsen. Aber wie soll er den Zusammenhang herstellen? Allein bei der Feuerwehrkapelle Aerzen gibt es mindestens fünfzig solcher Aufkleber.

Abends dann das große Finale der Casting-Show. Wesemann gießt sich ein Glas Rotwein ein, macht es sich auf der Ledercouch bequem und legt die Beine hoch. Fanfaren, viel Lärm und jede Menge animierte Publikumsstimmung. Der Moderator ereifert sich, feuert die Zuschauer, die verbliebenen beiden Kandidaten und die Jury an. Tusch, Konfetti, gleißendes Licht. Die Jurypräsidentin trägt ein ärmelloses Glitzerteil, abgestimmt auf die Farbe der Stuhllehnen.

Melli und Boris stehen im Finale. Die Diva gegen den Straßenrocker. Wow, das fetzt! Jeder Anruf für einen der Kandidaten kostet fünfzig Cent, übers Handy natürlich viel mehr. Davon wird der Sender auch nicht gerade ärmer.

Der Gesang ist fast nebensächlich. Die Diva zuerst. Nicht schlecht, meint die Jurypräsidentin, die bestimmt schon den Vertrag mit Boris in der Tasche hat. Dann der erklärte Siegertyp. Hat heute nicht seinen besten Auftritt, doch die Jury jubelt, die Halle tobt und Boris verteilt Kusshändchen an die Fernsehzuschauer.

Knapp vier Stunden dauert die Sendung um zwei Titel mit zwei Kandidaten und jeder Menge Selbstverherrlichung des Senders. Schließlich ist Wesemanns Rotweinflasche leer, ein Apfel, eine Banane und die Salzstangen sind verzehrt, und Wesemann schlurft ins Badezimmer. Er ärgert sich, so viel schöne Zeit verplempert zu haben. Längst hätte er im Bett liegen und seinen spannenden Krimi weiterlesen können. Ach ja, gewonnen hat dann wie erwartet der Straßenrocker Boris.

Karola war beim Friseur. Die neue Frisur steht ihr gut. Karola sieht überhaupt ganz anders aus. Nur warum?

„Guten Tag." Sie steigt ins Auto. Wesemann, du Muffel, du hättest auch aussteigen und ihr die Tür öffnen können. Jetzt fällt es ihm auf, Karola trägt ein Kleid. Er kennt sie nur in Hosen. Aber das Kleid, olala, und ihre Beine sind durchaus hübsch. „Ein schöner Tag."

Jetzt wäre ein Kompliment angebracht. Kein aufdringliches, eher ein kleines, feines.

„Ich habe extra den Wagen gewaschen."

„Habe ich längst bemerkt."

Vierzig Kilometer auf der B 217, in Hannover auf die Vahrenwalder Straße und dann Stau, schließlich geht es im Schritttempo weiter. Auf der rechten Seite ein staubiger Parkplatz, zwei Euro Parkgebühr, und Wesemann mault über Baxmanns Freikarten.

Hinter der Eintrittsbarriere die graue Rückseite der Zuschauertribüne. Es geht mehrere Treppen hinauf, dann öffnet sich die Tribüne zur Rennbahn hin, Wesemann schlägt einen Platz in der Mitte vor, doch Karola möchte lieber ein wenig abseits sitzen.

So viel Grün hat das Auge schon lange nicht mehr gesehen. Im Oval der Rennbahn Grasland mit Buschgruppen und einem kleineren Wald. Drei Rehe werden vom Lautsprecher der ersten Rennansage aufgeschreckt, fliehen in Richtung einer großer Hecke, finden einen Durchschlupf, doch hinter der Hecke befindet sich der Parkplatz, und die Rehe hetzen zurück in ihr kleines, aber sicheres Waldstück.

Der Rennverein hat allen Zuschauern ein Programm ausgehändigt, mit angehängtem Kugelschreiber, als diskreten, aber nachdrücklichen Hinweis auf die Wettmöglichkeiten, die im Programmheft ausführlich beschrieben sind. Als kleine Bonbons werden zwei Windhundrennen angekündigt, doch Wesemann hat sein Fernglas vergessen und wird wohl nicht allzu viel mitbekommen. Schon startet das erste Rennen der Galopper. Preis einer Krankenversicherung über sechzehnhundert Meter. *Aprillo, Royal Kiss* oder *Monbardo*? Karola tippt auf *Goldkätzchen*. Wesemann sieht es ihr mit einem feinen Lächeln nach und entscheidet sich für *Sam Lord*.

Wesemann findet es aufregend, Karola neben sich zu spüren und der Rennverlauf lässt die Luft noch ein wenig mehr vibrieren.

Es siegt *Goldkätzchen*, Wesemann tippt bei Karola auf Anfängerglück. Er will sie zu weiteren Wetten animieren, man verlässt die Plätze auf der Tribüne, begibt sich zum Wettschalter. Wesemann kennt sich aus mit den Fachbegriffen und notiert eine Platzwette auf *Mandy* im zweiten Rennen. Karola wettet auf Sieg für *Inferno*. Man geht zurück auf die Tribüne. Keins der gewetteten Pferde kommt unter die ersten drei.

Im Rahmenprogramm wird ein Windhundrennen gestartet. Wesemann verabschiedet sich für ein paar Augenblicke. Schnell fängt er für seinen Radiobericht Originaltöne bei Zuschauern und Tippern ein, kehrt dann mit einem Piccolo und zwei Gläsern zu Karola zurück. Sie lächelt. Die heitere Atmosphäre der Rennveranstaltung hat sie angesteckt, oder ist es seine Gegenwart?

Man bereitet sich auf das fünfte Rennen vor. *Scolari, Alter Kaiser* oder *Running Ernie*? Eine Lautsprecherdurchsage: „Herr Dr. Schreiber aus Hameln wird dringend gebeten, zur Rennleitung zu kommen!"

Karola und Wesemann sehen sich an.

„Unser Dr. Schreiber?", fragt Karola.

„Möglich", versucht Wesemann seine Nervosität zu unterdrücken, die dieser Name gerade bei ihm verursacht hat. „Es gibt sicher viele Dr. Schreiber."

„Aber in Hameln?"

„Nicht in Hameln."

„Ich sehe doch, dass dir der Sitz unterm Hintern brennt." Karola hat sich zu ihm gewendet und flüstert ihm ins Ohr. „Ich bin dir nicht böse, wenn du für deine Recherche ein paar Augenblicke verschwindest."

Endlich eine Frau mit Verständnis für seinen Beruf. Und einem aufregenden Parfüm, es duftet herb und frisch wie ein Frühlingsmorgen mit Pferdeausritt.

„Ich bin gleich zurück!" Jetzt flotten, aber durchaus angemessenen Schrittes die Treppe hinunter. Wesemann spürt Karolas Blick im Rücken. Abschätzig? Wohlwollend? Wo findet er die Rennleitung?

Vorbei an den Wettern, die das Tageslicht scheuen und mit gelangweilt scheinendem Blick die Monitore mit den Rennen auf den anderen Rennbahnen verfolgen. Treppe hinauf. Rennleitung. Große Fenster, Dr. Schreiber mit dem Rücken zur Tür. Scheint eine erregte Diskussion zwischen ihm und zwei Herren der Rennleitung zu geben. Wesemann kann nur die Gesten erkennen, aber kein Wort verstehen. Ob er ein Foto machen soll? Da wird die Tür auch schon aufgerissen und Dr. Schreiber stürmt heraus. Er dreht sich noch einmal um, geht wieder zwei Schritte in den Raum hinein: „… Sie sind mir doch in den Arsch gekrochen, was können wir für Sie tun, Herr Doktor, was darf es denn sein, Herr Doktor … aber wenn es mal ein bisschen klemmt, wird man vor die Tür gesetzt. Ich gehe, meine Herren, aber Sie hören noch von mir!"

„Nicht in diesem Ton!", ruft ihm einer der Herren hinterher.

Dr. Schreiber stürmt die Treppe hinunter, dem Ausgang entgegen.

Nur kurz haben die Zocker den Blick von den Monitoren genommen, um das Rededuell zu verfolgen. Wesemann stellt sich neben einen Mann, den seine Nikotinausdünstungen als Dauerqualmer ausweisen. „Die drei macht's!", sagt Wesemann.

„Blödsinn!"

„Oder die elf. Wenn er sie richtig fordert, dann die elf."

Der Dauerqualmer dreht sich leicht zur Seite und betrachtet Wesemann von Kopf bis Fuß. „Da laufen Pferde und keine Hamster."

„Ich bin ein wenig von der Rolle." Wesemann, jetzt musst du den richtigen Ton treffen. „Gerade haben sie Doktor Schreiber rausgeschmissen." Er deutet mit dem Kopf in Richtung Rennleitung. „Doktor Schreiber hat mir immer die besten Tipps gegeben. Jetzt bin ich total verunsichert."

„Tipps von Doktor Schreiber?" Der Dauerqualmer steckt sich eine neue Zigarette an. Er stößt den Rauch durch die Nase aus, lacht, das Lachen geht in einen Hustenanfall über. „Warum hast du dein Geld nicht gleich verbrannt?"

„Der Doktor hat immer erzählt, dass er ganz groß kassiert hätte."

„Sicher, er hat kassiert." Ein weiterer Lachhustenanfall. Hoffentlich ist so was nicht ansteckend. „Hunderte hat er kassiert und Zigtausende verbraten. Zigtausende. Bei dem Doktor vor seinem Namen hat er es sich wohl leisten können. Aber dann kamen plötzlich keine großen Einsätze mehr von ihm und heute ..." Jetzt hustet er nur noch, „... heute wollte er auf Kredit wetten. Erst hat er uns angehauen, als das nichts gebracht hat, rauf zur Rennleitung und dann ... raus in die Pampa. So ist das, wenn man über seinen Schatten springt."

„Walter, München-Riem!" Seine Begleiterin. Sie hat auch ganz gelbe Fingerkuppen. Ihr Mann wendet sich wieder dem Bildschirm zu und Wesemann ist abgemeldet.

Karola sitzt ganz entspannt auf der Tribüne. Sie hat sich eine Sonnenbrille aufgesetzt, nimmt sie aber ab, als Wesemann näher kommt.

„Jetzt hast du das zweite Windhundrennen leider verpasst", sagt Karola.

„Nicht so schlimm, aber dass ich so lange auf dich verzichten musste ..."

Augenblicklich verfinstert sich Karolas Gesichtsausdruck.

Vorsicht, Wesemann, geh' es nicht zu forsch an. „Wollen wir noch mal wetten? Siebtes Rennen, *Masquenada* oder *Irini*. Heißer Tipp von einem Insider."

Karola schnuppert. „Rauchst du heimlich?"

„Seit achtzehn Jahren nicht mehr. Aber die Insider qualmen um die Wette, der ganze Totalisator ist eingenebelt."

„Der Totaliwas?"

Beide lachen.

„Ich werde mich für *Rock My Soul* entscheiden", sagt Karola, „ich mag Soul."

„Und ich Rock", sagt Wesemann, „gemäßigten", fügt er hinzu, als er Karolas skeptischen Blick sieht.

Sie wetten, Karola gewinnt, Wesemann verliert, und Karola will ihren Gewinn in einen gemeinsamen Eiscafébesuch auf dem Rückweg investieren.

Karola wählt dann einen Erdbeerbecher, und Wesemann entscheidet sich für einen Eiskaffee. Karola lässt ihn sogar von ihrem Löffel probieren. Aber damit hat es sich auch schon mit dem Näherkommen an diesem Tag. Doch Wesemann ist zufrieden, wenn er bloß nicht ständig an diesen dämlichen Dr. Schreiber denken müsste.

Er setzt Karola wieder am Sender ab und fährt heim, um den Bericht vom Renntag in Langenhagen fertigzustellen. Er braucht eine Weile, bis er beginnen kann. Immer wieder werden seine Gedanken abgelenkt. Dr. Schreiber hat also eine Menge Geld auf der Rennbahn verzockt. Sein eigenes Geld? Vielleicht ist Anke Papenburg dahintergekommen, dass es nicht sein Geld war. Und dann … muss er auch immer wieder an Karola denken. Als er schließlich mit dem Bericht anfangen will, ist es kurz vor Mitternacht und der Lärm von der Disco an der Deisterstraße ist für seine Aufnahme fast so störend wie die Klospülung des Nachbarn. Aber endlich wird es doch ruhiger, und Wesemann kann seinem Chef für Morgen einen superaktuellen Bericht liefern. Ein bisschen wird er damit vielleicht auch bei Karola punkten. Und Marion? Ach, Marion.

SIEBEN

Am nächsten Morgen macht sich Wesemann auf den Weg nach Köln. Nachmittags ist Pressekonferenz im Casting-Sender. Auf dem Weg zum Bahnhof ruft er bei *radioTOTAL* an. Karola ist am Apparat. Ob sie Marion bitten könnte, die private Telefonnummer von Dr. Schreiber ausfindig zu machen? Müsste doch irgendwo abgelegt sein. Er würde aus dem Zug anrufen, um die Nummer zu erfragen.

„Damit brauchen wir Marion nicht zu behelligen", sagt Karola, „sie hat so viel Arbeit. Ich werde dir die Nummer raussuchen."

Im Hintergrund tönt ein „Törööö!" War das nun im Sender oder auf der Straße? Egal. Er muss sich beeilen. Mit der S-Bahn geht es nach Hannover. Sie hält an jeder Milchkanne. Endlich Hannover. Er muss den Bahnsteig wechseln, Treppe runter und dann rauf zum Gleis zwölf.

Aber warum steht da für den Zug nach Köln zusätzlich noch A-C auf der Anzeigetafel. Vom Bahnhofspersonal keine Spur. Er fragt eine junge Frau mit Rucksack und Schlafmatte. Der Zug wird in Hamm geteilt, die eine Hälfte fährt über Dortmund nach Düsseldorf und die andere über Wuppertal nach Köln. Wesemann bedankt sich und wählt die andere Hälfte. Der Zug hat Verspätung und die Tür, vor der Wesemann steht, lässt sich nicht öffnen. Er rennt am Zug entlang, noch eine defekte Tür, die übernächste Tür steht offen. Großraumwagen, alles reserviert. Wesemann ist es egal, er setzt sich auf einen freien Platz und schnauft erstmal durch. Hinter Bielefeld ruft Wesemann bei *radioTOTAL* an. Marion ist am Apparat. Die Nummer von Dr. Schreiber? Die habe Karola herausgesucht, obwohl es eigentlich nicht ihr Aufgabenbereich sei, und Baxmann achte sehr auf die Einhaltung der Kompetenzen. Aber sie wolle mal nicht so sein. „Nullfünfeinsfünfeins - sechseins ..." Funkloch. „... alles klar?"

„Kannst du bitte die Nummer noch mal wiederholen?"

„Weißt du, dass du anstrengend bist? Sechseins ..."

„Ich rufe nachher noch mal an, hier rausche ich von einem Funkloch ins nächste."

„Augenblick, Baxmann will dich sprechen."

„Was haben Sie sich denn bei Ihrem Bericht vom Renntag in Hannover eigentlich gedacht? Ein bisschen den alten Baxmann veralbern und gleichzeitig den ganzen Sender ruinieren? Damit haben Sie Ihre Freikarten aber mehr als verspielt. Ich erwarte, dass Sie bei Ihrem nächsten Besuch im Sender den Betrag zurückzahlen."

„Aber Sie haben doch selber nichts für die Karten bezahlt und ich musste sogar noch die Parkgebühr ..."

„Kommen Sie mir nicht so, Wesemann. Im weiten Umkreis sind wir der Sender mit der besten Bezahlung seiner freien Mitarbeiter."

Jetzt bloß nicht widersprechen, sonst streicht er auch noch das Honorar für den Bericht.

„Doch, ja, es geht sehr professionell los", sagt Baxmann, „Atmosphäre, Trainerstimmen, Besucherbefragung und dann, ich hab's mir extra aufgeschrieben: Zählen im vierten Rennen *Barbarella* und *Riberia* zu den Favoriten. Aber dann, Wesemann, schmachtend: ... dass ich so lange auf dich verzichten musste. Und plötzlich gewinnt *La Luna de Miel*. Wesemann, Wesemann, stellen Sie sich vor, das wäre so über den Sender gegangen. Ich will mal nicht nachtragend sein, aber bezahlen können wir den Beitrag natürlich nicht."

Also kein Honorar, und er fährt schon auf eigene Kosten nach Köln.

„Moment!", sagt Baxmann, „Marion will noch was von Ihnen."

Marion gibt Wesemann Dr. Schreibers Telefonnummer. Er beendet das Gespräch. Er hätte seinen Beitrag vor der Abgabe noch mal kontrollieren sollen. Aber gestern Nacht ist er beim Zuhören eingeschlafen und heute Morgen ist ihm die Zeit davongelaufen. Plötzlich muss Wesemann grinsen. Bestimmt ist Karola rot geworden, als Baxmann die verräterische Zeile vorgelesen hat.

Hamm. Jetzt wird der Zug geteilt. Sitzt er auch im richtigen Abschnitt? Da kann man nur hoffen. Als sich der Zug in Bewegung setzt und die Anzeige im Wagen Köln aufleuchten lässt, ist Wesemann beruhigt. Er denkt nach. Über Dr. Schreiber, den alten Zocker. Mit Ankes Tod hat er bestimmt nichts zu tun. Dr. Schreiber ist ein großer, schlanker Mann, und Ralle hat Ankes Angreifer als nicht groß, nicht klein, also als durchschnittlich beschrieben. Aber vielleicht gibt es einen Zusammenhang zwischen Dr. Schreiber und Papenburgs Unfall. Anke könnte dahintergekommen sein, dass Dr. Schreiber Fördergelder für das *Haus der Kunst* für sich abzweigt, um damit auf der Rennbahn zu zocken. Sie hat ihn mit ihrem Wissen erpresst, und Dr. Schreiber wollte sie zum Schweigen bringen. Ganz schön gerissen: Er greift den Vater an, meint aber die Tochter. Anke hat die Warnung verstanden und ihren Mund gehalten. Aber gleich eine Warnung mit tödlichem Ausgang? Wäre Papenburg nicht so überaus unglücklich gestürzt, hätte er sich möglicherweise nur einen Arm oder ein Bein gebrochen. Das wäre dann Warnung genug gewesen. Aber so ... war es Mord – wenn es denn so war.

Wesemann wählt Dr. Schreibers Nummer. Er wird den Aufkleber mit dem Notenschlüssel ins Gespräch bringen, könnte doch sein, dass Dr. Schreiber ...

„Ja?"

„Ist dort Doktor Schreiber?"

„Wer sind Sie denn?"

„Äh, ich bin Wolfgang, äh, Müller vom Förderverein der Hamelner Musikschule *Taste und Klappe*. Wir möchten im September ein Benefizkonzert zu Gunsten der Musikschule veranstalten. Von dem Erlös sollen Musikinstrumente für die Kinder in schwierigen Familiensituationen ..."

„Ich spende nichts! Keinen Cent. Schon gar nicht für schwierige Familiensituationen. Guten Tag!"

„Moment, Moment. Sie sollen doch gar nicht spenden. Ich wollte nur fragen, ob Sie sich vielleicht am Konzert der Hamelner Prominenz mit einem eigenen Vortrag beteiligen könnten. Spielen Sie ein Instrument?"

„Ja!"

Wesemann, du bist auf der richtigen Spur.

„Ich spiele fehlerfrei Radio, Sie Pfeife. Und wagen Sie es nicht noch einmal, mich anzurufen!"

Also kein Instrument und kein Aufkleber mit einem Notenschlüssel. Wesemann macht sich auf den Weg zum Zugbistro.

Heute empfiehlt unser Küchenchef ... Lieber nicht! Thank you for cooking!

Er nimmt sich einen Becher Kaffee und geht zurück zu seinem Platz.

In Köln fährt Wesemann mit der U-Bahn Linie 4 in Richtung Schlebusch und steigt Stegerwaldsiedlung aus. Er wendet sich in Richtung Mülheimer Hafen und erreicht nach wenigen Minuten das Fernsehstudio. Ein modernes Gebäude in Magenta mit viel Glas. Eine Drehtür, dann das Hinweisschild: Zur Pressekonferenz.

Wohl ein Konferenzraum, ein Aufnahmestudio ist es jedenfalls nicht. Wesemann ist ziemlich spät dran und findet nur mühsam einen Platz in einer der hinteren Reihen.

Auf dem Podium sind die Plätze hinter einem schmalen Lacktisch bereits besetzt.

Eine Moderatorin erscheint in schlichtem Grau, spiegelt sich also mustergültig mit Seriosität und Souveränität im knalligen Outlook des Senders. Sie begrüßt die Anwesenden und stellt die erschienenen Gesprächspartner vor. An erster Stelle natürlich die Jurypräsidentin, dann ihre Beisitzer und zum Schluss einige der Kandidaten, die an dem Castingwettbewerb teilgenommen haben.

Mit wenigen Worten skizziert die Moderatorin die Begründung für die Einberufung der Pressekonferenz. Nachdem die allgemeine Berichterstattung nach Anke Papenburgs Tod einhellig von einer Kurzschlusshandlung ausgegangen sei, wären in letzter Zeit - auch verstärkt im Internet - immer wieder Stimmen laut geworden, die dem Sender eine Mitschuld unterstellten. Man habe sich nicht genügend um die psychischen Belange der Teilnehmer gekümmert, ihre Stresssituation sogar ausgenutzt, um mit spektakulären Szenen die Einschaltquoten zu steigern. Mit aller Entschiedenheit weise der Sender diese abwertenden Gerüchte zurück.

Bei Zigtausend Anmeldungen könne sich der Sender zwar nicht um jeden einzelnen Teilnehmer umfassend kümmern, jedoch seien die Rahmenbedingungen mit Psychologen und Soziologen eingehend diskutiert worden.

Man wolle auch nicht auf die kleinkarierte Kritik am Verhalten der Jurypräsidentin eingehen. Die Casting-Show *DNCS* sei nun mal auf Top oder Flop angelegt. Da könne kein Kandidat durchgeschleift werden und auf die Milde der Jury hoffen, weil ihn ein schweres, persönliches Schicksal getroffen habe. Ausschließlich die Begabung zähle und wenn diese nicht ausreiche, müsse das auch klar ausgedrückt werden. Sicher sei die Wortwahl der Jurymitglieder individuell ...

Jetzt das Sodbrennen vom Kaffee im Zug. Er sollte seine Trinkgewohnheiten auf Kamillentee umstellen! Wesemann kramt in seinen Taschen, findet noch eine lose Talcid-Tablette, schmeckt ein bisschen scharf, vielleicht doch nur ein vergessenes Pfefferminzdrops. Außerdem fallen ihm in dem abgedunkelten Raum immer wieder die Augen zu. Läuft doch sowieso alles darauf hinaus, dass es ein prima Sender ist, der mit einem frech-jungen TV-Event wochenlang ein riesiges Tablett anbietet, auf dem lukrative Werbeeinblendungen drapiert sind. Was später aus den Talenten werde, müsse sich im Chart-Alltag beweisen und könne einfach nicht vorhergesagt werden.

Und was sagen die Kandidaten? Alles wunderbar, phantastisch, irre. Ganz außen am Ende des langen Tisches sitzt allerdings ein junger Mann, der sich irgendwie fehl am Platz zu fühlen scheint. Wenn sich Wesemann richtig erinnert, hat er das Halbfinale erreicht. Daniel, ja, Daniel mit der schwarzen Soulstimme – so wurde er jedenfalls charakterisiert. Er scheint die ganze Situation nur mäßig zu genießen und als er von einem Journalisten eine gezielte Frage gestellt bekommt, greift sofort ein Jurymitglied ein, um die Frage für ihn zu beantworten.

Die Jurypräsidentin äußert sich noch zur Aufregung über ihre oft herabsetzenden Äußerungen, sie will sie als punktgenaue Kritik verstanden wissen, die den einen die Flausen aus dem Kopf getrieben und die anderen zu erhöhter Leistung angespornt habe. Dann lädt der Sender noch zu einem kleinen Imbiss in der Kantine ein.

Wesemann könnte vor Müdigkeit im Stehen schlafen. Doch gerade jetzt muss er besonders aufmerksam sein. Helga hatte doch so ein probates Mittel gegen Müdigkeit. War das die Massage zwischen den Augenbrauen oder auf den Fußballen? Seine Schuhe kann er hier nicht ausziehen und entschließt sich, lieber einen starken Kaffee zu trinken. Wie kommt man in einer Kantine an einen starken Kaffee? Die Menge muss es machen. Er stellt drei Tassen auf ein kleines Tablett und sieht sich im Raum um. Die Jury und die Kandidaten sitzen mit einigen Hofberichterstattern zusammen, sie bekommen ihr Essen und Trinken serviert. Die gespendeten Schnittchen sind von der Meute der restlichen Journalisten längst vertilgt worden.

Daniel hat sich abgesondert, sitzt abseits am Fenster. Er unterhält sich mit einer jungen Frau. Wesemann tippt auf Praktikantin bei einer Zeitung. Er setzt sich zu den beiden und trinkt einen großen Schluck von seinem Kaffee.

Die beiden unterhalten sich über den *1. FC Köln*. Darüber gibt es nicht viel zu sagen. Die junge Frau lächelt, fragt Daniel nach seinem Lieblingsverein. Wesemann leert die zweite Tasse. Daniel nennt die Braunschweig Lions, die junge Frau fühlt sich veralbert, setzt ihr Betonlächeln auf und verabschiedet sich.

„Sie stehen auf American Football?", fragt Wesemann.

„Überhaupt nicht, aber diese blöden Fragen gehen mir einfach auf den Keks. Wie haben Sie sich gefühlt? Was planen Sie für die Zukunft? Sind Sie schon vergeben?"

„Nervig!", bekräftigt Wesemann.

„Ach, lasst mich doch alle in Ruhe!"

Wesemann, mach dich interessant, sonst steht er auf und verschwindet. „Ich komme aus Hameln, der Heimatstadt von Anke Papenburg."

„Ach, ja."

„Wir haben alle nicht verstanden, warum ihr die Jury in den letzten Shows so übel mitgespielt hat."

„Weil sie sich gewehrt hat."

„Wogegen?"

„Gegen alles."

Die drei Tassen Kaffee zeigen ihre Wirkung, Wesemann muss zur Toilette, kann jetzt aber nicht weg. „Es gibt sogar Leute, die zweifeln ihren Selbstmord an."

„Sie auch?"

„Ich auch."

Daniel starrt zum Fenster hinaus. „Das wird nichts helfen! Gegen die Propaganda des Senders sind alle machtlos."

„Gegen den Sender kann man sicher wenig ausrichten", stimmt Wesemann zu, „aber Anke so einfach als labile Selbstmörderin abzuschreiben? Hat sie das verdient?"

„Ich könnte Ihnen einiges erzählen." Daniel sieht sich um. „Aber nicht hier. Ich gehe vor, und wir treffen uns in einer halben Stunde im *Rotkäppchen* an der Deutz-Mülheimer-Straße."

Für Wesemann Zeit genug, schnell noch zur Toilette zu gehen und dann im Empfang des Senders nach der Deutz-Mülheimer Straße zu fragen.

Er lässt sich mit einem Taxi zum *Rotkäppchen* bringen. Der Taxifahrer mault, zu kurze Strecke und dann nur dreißig Cent Trinkgeld. Taxifahrer sind wohl von Natur aus mürrisch.

Wesemann sieht sich in dem Lokal um, unter den wenigen Gäste kann er Daniel nicht entdecken.

Hoffentlich kommt er überhaupt! Wesemann hockt sich auf ein modernes, rotes Sofa an der Wand.

Er will sich einen Kamillentee bestellen, sagt dann aber „Kaffee".

Daniel trifft ein, setzt sich seitlich an den Tisch, wählt einen Salat mit gebackenem Ziegenkäse und eine Cola.

„Von außen sieht alles ganz einfach aus", sagt Daniel. Er lehnt sich zurück. „Man hat Talent, meldet sich bei einer Casting-Show und der beste Sänger gewinnt. Aber so einfach ist das nicht."

Der Salat kommt, und Wesemann würde sich auch gerne eine Portion bestellen, aber: ohne Spesen nichts gewesen.

„Es geht nur um Geld, um sehr viel Geld. Nicht für die Teilnehmer, nur für den Sender. Im Zusammenspiel mit den Boulevardblättern. Songs lassen sich eben nicht so einfach beschreiben, viel einfacher ist es da schon, den Kandidaten Herz-Schmerz-Geschichten anzuhängen. Die lassen sich dann genüsslich ausbreiten und sorgen für Gesprächsstoff. Der eine singt für seine behinderte Schwester, der andere für seine tödlich verunglückte Mutter und ein dritter für einen neuen Job." Daniel mag keine Oliven, Wesemann schon.

„Meine Cousine hatte sich vor Jahren beim Skilaufen das Bein gebrochen. Daraus wurde eine Gehbehinderung seit der Geburt, die nur durch eine teure Spezialoperation in den USA behoben werden könnte."

Daniel schiebt Wesemann die Oliven an den Rand seines Tellers und gibt ihm mit einer Handbewegung zu verstehen zuzugreifen.

„Und Anke?"

„Bei Anke haben sie einen prolligen Bruder ausgegraben, den die Familie längst abgeschrieben hat. So mit rot gefärbter Irokesenbürste auf dem Kopf und Lederjacke. Anke hatte nie etwas mit ihm zu tun."

„Das ist Ankes Bruder?" Wesemann ist überrascht. Den Punk hat er des Öfteren in Hameln gesehen, er fällt jedem durch sein provozierendes Aussehen und sein rüpelhaftes Benehmen auf.

„Der Typ hat wohl schon im Jugendarrest gesessen. Vertickert angeblich Drogen und ist auch selbst kein Abstinenzler. Den wollte der Sender für Anke ausgraben und als Mitleidsfaktor ausschlachten. *Eine junge Frau wehrt sich mit ihrem Gesang gegen den Drogensumpf, in den sie ihr missratener Bruder zu ziehen droht.* Die Geschichte hätte ausreichend Emotionen freigesetzt und Fortsetzungspotential hatte sie auch. Aber Anke wollte damit nichts zu tun haben. Als sie sich in einem Zeitungsinterview strikt weigerte, ein Wort über ihren Bruder zu sagen, wurde sie als eigensinnige Ziege diffamiert. Sie habe es nur auf den Gewinn des ausgesetzten Geldpreises abgesehen und dafür ginge sie, wenn es sein müsse, auch über Leichen. Sie versuche mit ihrem arroganten Auftreten die Gemeinschaft der Kandidaten zu sprengen, um sich leichter durchzusetzen. Da wollte Anke ohne großes Aufsehen aussteigen. Doch das wäre Vertragsbruch gewesen, und Anke hätte ordentlich blechen müssen. Die Juryzicke hat sich auf sie eingeschossen und genüsslich von Show zu Show demontiert, wohl auch, um die anderen Teilnehmer zu warnen. ‚Hast du auf der Parkbank übernachtet? Du singst, als hättest du gekokst. Du bist wirklich einzigartig, keiner singt so schlecht wie du. Sechsminus. Einfach zum Abkotzen!' Dann sing mal vernünftig, wenn du wochenlang so unter Druck gesetzt wirst."

Daniel schaut auf die Uhr, er müsse zum Bahnhof, und Wesemann ist es auch recht. Er sieht den bequemen Sitz im ICE schon vor sich, wie er ihn nach hinten kippt, um sich eine gemütliche Schlafposition …

Sie bezahlen und lassen sich von einem Taxi zum Hauptbahnhof bringen. Die Fahrtkosten werden geteilt. Es ist noch eine gute halbe Stunde bis zur Abfahrt von Daniels Zug nach Frankfurt, und Wesemann muss dann noch weitere zwanzig Minuten warten.

In einem Coffee-Shop in der Bahnhofspassage holt sich Daniel einen Latte macchiato und Wesemann nimmt einen Capuccino. Sie stellen sich an einen der Stehtische vor dem Shop.

„Und im nächsten Jahr geht alles wieder von vorne los", sagt Wesemann.

„Aber nicht mit Anke!" Daniel starrt in sein Kaffeeglas. „Ich habe sie gemocht, sie war verlässlich und ehrlich."

„Und hübsch", sagt Wesemann.

„Und hübsch", wiederholt Daniel. „Nach ihrem letzten Auftritt waren wir noch lange zusammen. Sie war total fertig. Wir haben geredet und geredet, und allmählich hat sich Anke auch eingekriegt. Als ich sie

Freitagmorgen zur Bahn gebracht habe, hatte sie sich schon wieder gefasst. Sie wirkte sogar befreit, den ganzen Schlamassel hinter sich lassen zu können. Wir haben uns versprochen, uns wieder zu sehen, dann ist sie abgefahren und das war's. Scheiße!"

Sie gehen zu den Bahnsteigen hinauf.

Die Ankunft von Daniels Zug nach Frankfurt wird angekündigt.

„Ich weiß nicht, ob es was bedeutet", sagt Daniel, „am Freitagmittag habe ich zufällig ein Handy-Gespräch von unserer Juryziege mit ihrem Lover mitgekriegt. Der Kerl arbeitet in der Marketingabteilung des Senders und schmückt die Dame mit seiner Jugend. Ziemlich aufgeregt hat sie ihm von einem Streit mit Anke berichtet. Anke wolle sich an die Öffentlichkeit wenden, um die Machenschaften hinter den Kulissen des TV-Events aufzudecken. Er solle ihr hinterherfahren und sie mit allen Mitteln zum Schweigen bringen."

Der Zug fährt ein. Daniel will sich verabschieden, Wesemann hält ihn am Arm zurück. „So können Sie nicht fahren. Das sind doch ganz wichtige Fakten, die gegen einen Selbstmord von Anke Papenburg sprechen. Damit müssen wir zur Polizei gehen, am besten gleich hier in Köln."

Daniel macht sich los.

„Sie werden die Aktion wohl abgeblasen haben, denn am Samstagvormittag habe ich den Kerl schon wieder in der Kantine des Senders gesehen und am Abend hatte er irgendeine Prominentenführung durch den Sender."

Die Türen des ICEs schwingen auf, ein paar Reisende steigen aus.

„Vielleicht ist er mit dem Auto gefahren oder ist geflogen oder hat sich mitnehmen lassen ..."

Daniel will einsteigen, zögert einen Moment und gibt Wesemann dann seine Visitenkarte. *A star is born … Daniel Kuhlmann.* „Ein Überbleibsel von der Casting-Show. Sie können mich anrufen, wenn Sie etwas Wichtiges herausgefunden haben. Oder meine Hilfe brauchen."

Er steigt ein und dreht sich nicht mehr um.

Wesemann geht zu seinem Bahnsteig hinüber, setzt sich auf einen der Gitterstühle. Bevor er seine Gedanken sortiert hat, fährt auch schon sein Zug nach Hannover ein. Dann wird er eben im Zug nachdenken, doch schon nach wenigen Minuten ist er eingeschlafen, kriegt zwischendurch gerade noch mit, dass er vom Zugbegleiter nach seiner Fahrkarte gefragt wird, und in Hannover muss ihn sein Sitznachbar wachrütteln, sonst wäre er noch weitergefahren.

ACHT

Am nächsten Morgen berichtet Wesemann im Sender von der Pressekonferenz in Köln. Und natürlich von seinen weiterführenden Recherchen.

Kühl und gelassen bringt er an, dass er Anke Papenburgs Selbstmord für immer unwahrscheinlicher hält.

Das wertet ihn vor den Damen mächtig auf.

Marion nickt ihm anerkennend zu, bringt ihm sogar eine zweite Tasse Kaffee. Karola konzentriert sich auf ihre Arbeit.

Baxmann kommt aus seinem Büro. „Na, was hat die Pressekonferenz in Köln gebracht? Alle Klarheiten restlos beseitigt? Gibt's einen Bericht?"

Allmählich verfestigt sich Wesemanns Verdacht, dass Baxmann den Empfangsraum abhört.

Kaum steht Wesemann am Empfangstresen, erscheint er und mischt sich ein. So kann man sich natürlich nicht interessant machen. „Da müssen noch weitere Fakten gesammelt werden."

„Ich hab doch gleich gesagt, dass nichts dabei rauskommt."

Klugschwätzer, du hast mich doch selbst nach Köln geschickt. „So will ich das nicht sagen. Es haben sich durchaus neue Aspekte im Fall Anke Papenburg ergeben."

„Solange die Aspekte nicht in Form eines Berichts auf meinem Schreibtisch liegen, sind sie für mich Schnee von gestern, äh, Sie wissen schon, was ich meine. Also ran an die Arbeit!"

„An welche?"

„Ich erlasse Ihnen die Rückerstattung der Rennbahnkarten", sagt Baxmann, „wenn Sie vom Konzert auf der *Hämelschenburg* berichten."

„Die Rennbahnkarten waren doch sowieso …"

„Schwamm drüber", sagt Baxmann, „sprechen wir nicht mehr davon! Neue Aufgaben, neues Glück. Schlosscafé-Konzert auf der *Hämelschenburg*. Kultur. Heute Abend, ich kann leider nicht hin, hätte sonst selber einen Bericht darüber gemacht."

Dein letzter war vor zweieinhalb Jahren! „Wie viele Freikarten?", fragt Wesemann.

Karola steht auf und verlässt den Empfangsraum in Richtung Toilette.

„Gegen Freikarten sind Sie doch allergisch."

Baxmann lacht. „Gehen Sie einfach hin, oder soll ich Ihnen eine Empfehlung schreiben?"

Baxmann tätschelt Wesemanns Arm und geht in sein Büro zurück, lässt die Tür aber angelehnt.

„Was hast du jetzt vor?", fragt Marion.

„Ich mach's natürlich, brauche das Geld, muss mal wieder den Kühlschrank auffüllen."

„In Sachen Anke Papenburg?"

„Ich denke nach. Vielleicht geh ich noch mal runter an die Weser und spreche mit Ralle."

„Da kannst du doch genauso gut mit einem Bahnsteigautomaten reden, da kommt auch nichts Gescheites raus."

„Wow", sagt Wesemann, „toller Vergleich. Der taucht bestimmt in einem meiner nächsten Berichte wieder auf."

„Ich glaub, der ist von dir."

Marion lacht.

Karola kommt zurück, sieht die beiden lachen, verkriecht sich hinter ihrem Bildschirm.

„Wesemann", ruft Baxmann aus seinem Zimmer, „halten Sie mir die Damen nicht von der Arbeit ab, sonst muss ich Ihnen das Honorar kürzen."

„Minus mal Minus ergibt Plus."

Jetzt lacht auch Karola, sie nimmt einen Keks aus der Bahlsenpackung und schiebt die Packung an die Kante ihres Schreibtischs.

Wesemann nimmt seine Tasche, geht auf leisen Sohlen um den Tresen herum, fischt sich ein Brezelchen aus der Packung, sagt leise „Tschüss" zu Karola und auf dem Weg zur Tür „Töröőö" zum ganzen Sender mit allem Inhalt.

Ralle ist nicht an der Münsterbrücke. Wo könnte er stecken? Wesemann läuft den Langen Wall hinunter und biegt dann an der Fischpfortenstraße zum Marktplatz ein.

Ralle sitzt gern auf der Steinbank mit dem Rücken zum Hochzeitshaus und beobachtet die Touristen, wie sie sich am Glockenspiel über seinem Kopf erfreuen.

Aber es ist noch nicht einmal zwölf, da ist es noch über eine Stunde, bis das Glockenspiel erklingt und sich die Bronzetüren für das mechanische Rattenfängerspiel öffnen.

Wesemann sieht sich um, läuft einmal um die Marktkirche herum und geht dann die Bäckerstraße hinunter. Ralle steht an einem der Tische bei Tchibo. Wesemann holt sich einen Kaffee und stellt sich zu ihm. Ralle lacht ihn an, nickt ihm zu, fasst ihn am Ellbogen und schiebt ihn ins Kaffeegeschäft vor die Theke. „Töröőö!"Er zeigt auf den Apfelkuchen mit den vielen Rosinen hinter der Glaswand. Wesemann kauft rasch zwei Stücke, eins für sich und eins für Ralle und nimmt Ralle wieder mit hinaus.

„Schöner Tag“, sagt Wesemann.

„Hmm.“ Ralle hat den Mund voll Kuchen.

Bei Ralle muss man immer ganz direkt sein, für Umwege ist sein Gehirn schon zu klein geworden. „Du hast doch gesehen, wie sich Anke und der Mann um das Handy gestritten haben.“

Ralle nickt.

„Anke ist weggelaufen und der Mann hat nach dem Handy gesucht.“

Ralle bestätigt Wesemanns Annahme.

„Hat er das Handy gefunden?“

Ralle stopft und schüttelt den Kopf.

„Aber du hast nicht nach dem Handy gesucht?“

Ralle verschluckt sich, muss husten, will einen Schluck Kaffee trinken, seine Tasse ist leer, und Wesemann schiebt ihm seine Tasse hin.

„Ist doch sehr unwahrscheinlich, dass du der Sache nicht nachgegangen bist.“

„Nachgegangen? Ich bin niemand nachgegangen.“

Das war der falsche Ansatz, wenn sich Ralle aufregt, macht er dicht.

„Hast du nicht nachgesehen, ob du das Handy vielleicht finden könntest?“

„Nix! – Wein war gut.“

Wesemann versteht den Wink sofort. „Dann lass uns mal zu Rossmann gehen und eine Flasche Lambrusco kaufen.“ Wesemann hat nicht geahnt, wie schnell Ralle laufen kann, aber ins Geschäft will er nicht mit hinein und wartet lieber vor der Tür. Hausverbot.

Als Wesemann mit der Plastiktüte aus dem Laden kommt, streckt Ralle sofort beide Hände aus, doch Wesemann wechselt die Tüte auf seine andere Seite. „Lass uns zur Weser gehen, da lässt es sich ohne Mithörer reden." Wesemann will Ralle an den Ort der Auseinandersetzung zwischen Anke und Mister Unbekannt bringen, vielleicht kann er sich da leichter erinnern.

Das Hochwasser ist zurückgegangen, doch graue Fluten schießen noch immer unbändig zu Tal.

Wenn man direkt ins Wasser sieht, verliert man den sicheren Stand. Und den Verstand? Wie leicht könnte man kopfüber ...

Erstes Grün ist schon an den Bäumen zu sehen, in der grüngrauen Uferböschung zeigt sich bereits dottergelber Löwenzahn; Plastiktüten und leere Flaschen vom letzten Gelage haben sich an der Uferfassade der Elisabeth-Selbert-Schule gesammelt. Ralle scheint es nicht zu sehen.

Er wechselt die Seite, um näher an der Flasche zu sein, doch Wesemann hält die Tüte mit festem Griff.

Sie gehen noch ein paar Schritte, dann setzt sich Wesemann auf eine Bank.

„Hast du mir was zu erzählen?"

Wesemann blinzelt in die Sonne, die sich gerade hinter einer Wolke hervorwagt.

„Weiß nicht."

Wesemann holt die Weinflasche aus der Tüte und stellt sie zwischen sich und Ralle, hält sie aber gut fest. Ralle zieht sein Taschenmesser mit dem Korkenzieher aus der Tasche.

Wesemann muss grinsen: Drehverschluss!

„Also, hast du nach dem Handy gesucht?"

„Ja, ja." Ralle leckt sich über die trockenen Lippen.

„Und hast du es gefunden?"

Ralle nickt.

Wesemann gibt ihm die Flasche.

Ralle steckt sein Taschenmesser wieder ein und dreht den Flaschenverschluss auf. „Törööö!" Er trinkt zwei, drei Schlucke, wischt sich den Mund ab. „Keine Polizei."

„Ich werde dich schon nicht verpfeifen."

Ralle trinkt noch einmal. „Hab's Handy gefunden. Unterm Abfallkorb. Schönes Handy, teures Handy. Mist Handy."

„Warum Mist Handy?"

„Nix telefonieren. Überall draufgedrückt. Aber alles tot."

„Die modernen Handys sind richtig kompliziert."

„Sehr modernes Handy."

„Was hast du mit dem Handy gemacht?"

„Weggeschmissen." Ralle trinkt.

„Na, klar, du hast das schöne, teure Handy einfach weggeschmissen. Du hast es ja auch so dicke."

Ralle starrt aufs Wasser, blickt dann einer Möwe hinterher, sieht sich um und hält trotzdem den Mund.

„Ich könnte mir vorstellen, dass man so ein Handy ganz gut verkaufen kann", sagt Wesemann.

„Verkaufen", sagt Ralle. „Mist verkaufen!"

„Tja, Mist Information." Wesemann nimmt die Flasche an sich.

„Poko wollte zehn Euro geben, Mischa bloß fünf."

„Deine Freunde stehen wohl nicht so auf moderne Handys."

„Ich lass mich nicht verarschen."

„Du weißt nicht zufällig, wo das Handy jetzt ist? Ich würde dir schon ein paar Euro mehr dafür bieten."

Aus der Wendenstraße weht ein Duft nach Erbsensuppe herüber. Ralle schnuppert, rutscht auf der Bank einmal in die eine und dann wieder in die andere Richtung. „Mehr als zehn?"

„Das Doppelte."

„Zu wenig!"

„Ich biete dir ...", Wesemann zückt sein Portemonnaie und schaut ins Geldscheinfach, „... fünfzig Euro, wenn du mir das Handy hier sofort auf die Hand legst." Er streckt Ralle seine geöffnete Handfläche entgegen.

„Fünfzig?"

„Fünfzig Euro!"

„Erst das Geld", sagt Ralle.

„Erst die Ware", sagt Wesemann.

Ralle greift in seine Jackentasche, legt Wesemann dann einen kleineren Goldbarren auf die Hand.

Wesemann betrachtet das Handy. Sieht wirklich edel aus, doch Ralle steht auf, will seine Kohle.

Wesemann gibt ihm den Fünfziger. „Törööö!" Wesemann verlangt eine Quittung, Ralle tippt sich an die Stirn, sie verabschieden sich mit Handschlag. Jetzt hat Wesemann auch Hunger. Aber nicht auf Erbsensuppe.

Wesemann ist doch ziemlich aufgeregt. Sorgfältig steckt er das Handy in seine Jackentasche. Er isst bei Nordsee Scholle mit Kartoffelsalat, und sein Sodbrennen meldet sich schon auf dem Weg nach Hause. Kaum angekommen, greift er zu seiner Talcid-Tablette und räumt dann den Küchentisch frei, vielmehr schiebt er Zeitungen, Prospekte und Reklameangebote mit einer großzügigen Geste auf den Boden.

Er legt das goldene Handy mitten auf den Tisch, nimmt sich noch eine Talcid und setzt sich. Vorsichtig zieht er das Handy zu sich heran. Er nimmt es in die Hand. Nirgendwo ein Druckknopf oder Öffnungsmechanismus zu entdecken. Er legt es zurück, der Deckel des Handys springt auf. Wie von Geisterhand bewegt.

Wesemann schaut sich die Knöpfe genauer an. Um alles besser erkennen zu können, holt er eine Lupe. Eigentlich sieht alles fast so aus wie auf seinem Handy. Nur sind die Tasten kleiner, das Display ist größer und dann ist auch jede Taste noch mit Mehrfachfunktionen belegt, wie er an den kleinen, mehrfarbigen Symbolen erkennt. Links eine grüne Taste, rechts eine rote. Er kann doch eigentlich nichts falsch machen, wenn er auf die grüne Taste drückt. Kann er nicht? Er stellt noch schnell den Wecker, damit er die Abfahrtszeit zum Konzert auf der *Hämelschenburg* nicht verpasst. Dann zielt Wesemann sehr vorsichtig auf die angepeilte Taste, trifft drei Tasten gleichzeitig, irgendetwas piepst, das ganze Handy vibriert, es hört sich an, als führe eine U-Bahn in einen Tunnelschacht, von der Vibration bewegt, rotiert das Handy um die eigene Achse, und Wesemann drückt ganz schnell den roten Knopf.

Er wird Moritz anrufen. Moritz kennt sich mit so was aus. Moritz ist nicht zu Hause. Wesemann spricht auf den Anrufbeantworter und bittet seinen Sohn um einen Rückruf.

Schnell noch unter die Dusche, bevor er zur *Hämelschenburg* aufbricht. Das Duschgel ist aufgebraucht, er muss sich mit der flüssigen Seife vom Handwaschbecken einseifen. Da klingelt das Telefon. Mach dich jetzt nicht verrückt. Wesemann duscht in aller Ruhe zu Ende und trocknet sich ab. Sein Sohn hat zurückgerufen. Also war er doch zu Hause, nur zu faul … Wesemann zieht sich an, wählt dann Moritz' Nummer.

Der Anrufbeantworter springt an. Wesemann sagt: „Ich bin's, nun geh schon dran", und das Telefon wird abgenommen.

„Hast du schlechte Laune?", fragt Moritz.

„Ich bin in Eile."

„Dann ruf doch an, wenn du nicht mehr in Eile bist."

„Ich hab's immer eilig, die Termine drängen."

„Mach dich nicht kaputt!", sagt Moritz. „Hast du dir überlegt, ob du mir den MP3-Player abkaufen willst?"

„Darum geht es nicht."

„Schade."

„Ich hab so ein hypermodernes Handy, mit dem ich nicht umgehen kann."

„Warum kaufst du es dir dann?"

„Hab ich nicht gekauft, aber das ist eine lange Geschichte."

„Ich fasse es nicht, mein Vater schleicht durch die Stadt und zieht unbescholtenen Bürgern das Handy ab."

Der Wecker klingelt.

„Ich hab im Augenblick keine Zeit für deine Späße", sagt Wesemann senior zu Wesemann junior.

„Ich weiß, du bist in Eile."

„Kannst du mit so einem modernen Teil umgehen?"

„Müsste ich eigentlich. Da kann man nicht viel verkehrt machen, wenn man keine zwei linken Hände hat."

Danke, denkt Wesemann senior, sagt es aber nicht. Der Junior kichert trotzdem.

„Kannst du dir das Handy mal ansehen?", fragt der Senior.

„In den nächsten Tagen bin ich ziemlich ausgebucht."

„Ich kaufe dir vielleicht auch den MP3-Player ab."

„Ne, ne, darum geht es nicht. Wir könnten uns doch morgen Abend gemeinsam das Champions-League-Spiel bei dir ansehen. Den MP3-Player bring ich außer Konkurrenz mit."

„Also um acht?"

„Eher halb neun."

Nun muss sich Wesemann aber sputen. Schnell noch über die Schuhe geputzt und dann ab über die B 83 an der Weser entlang nach Emmern, dann das Tal der Emmer hinauf zur *Hämelschenburg*. Eine Landschaft wie aus einem sanften Traum. Felder, Wälder, Wiesen, Äcker, Berge und dazwischen immer wieder das aufblitzende Bächlein. Wesemann summt das Lied des Glockenspiels vom Hochzeitshaus: *Hier hab ich so manches liebe Mal mit meiner Laute gesessen.* Natürlich sind alle Parkplätze belegt. Er stellt den Wagen ab, wo er garantiert nicht stehen darf, nimmt seine Tasche und eilt zum Schlosscafé.

Ihm geht das Handy nicht aus dem Kopf. Vielleicht sollte er es HK Bertram aushändigen? Das wär's dann mit seiner exklusiven Story. Vielleicht bringt das Handy aber auch keinerlei neue Erkenntnisse, warum die Polizei also erst einschalten.

Wesemann ist angekommen, wird nach seiner Eintrittskarte gefragt, längeres Palaver, dann darf er ohne rein. Ein festlich geschmückter Saal, der Schein der flackernden Kerzen funkelt in den polierten Weingläsern auf den Tischen. Abendstimmung hinter den hohen Fenstern. Wesemann zückt sein Aufnahmegerät und fragt einige Besucher nach ihren Erwartungen.

Es wird still im Saal, eine Sängerin in roter Robe tritt auf, gefolgt von ihrem Klavierbegleiter in Schwarz.

Sie lächelt ins Publikum, konzentriert sich, der erste Ton wird auf dem Flügel angeschlagen, und Wesemanns Gedanken verlassen das Schlosscafé. Was hat er von Ralle erfahren? Anke Papenburg hatte eine Auseinandersetzung mit einem jüngeren Mann. Helle Haare, nicht groß, nicht klein, Boxer oder Ringer. Dr. Schreiber kann es nicht gewesen sein, das schmale Handtuch! Er war also wirklich in München. Bleibt aber noch der Unfall von Paul Papenburg, in den er vielleicht verwickelt sein könnte.

Angenommen, der Lover von der Jury-Zicke aus der Casting-Show hat sich um Anke gekümmert. Dann muss die Auseinandersetzung am Freitagabend gewesen sein, denn Samstag wurde er schon wieder in Köln gesehen. Aber Ralle kann sich nicht genau erinnern, ob er die Auseinandersetzung am Freitag oder Samstag gesehen hat.

Vielleicht bringt das Handy neue Erkenntnisse. Könnte doch sein, dass die eingebaute Uhr stehen geblieben ist, als das Handy auf den Boden fiel. Teure Handys müssen nicht unbedingt robust sein. Er wird von Daniel Kuhlmann den Namen des Lovers erfragen. Sicher ist im Internet irgendein Bild von diesem Typen aufzutreiben, das er ausdrucken und Ralle zeigen kann. So könnten sich die Puzzleteile zusammenfügen und einen sinnvollen Zusammenhang ergeben.

Es wird geklatscht, länger, die Sängerin verbeugt sich, ihr Klavierbegleiter ebenfalls, beide gehen ab. Schon Pause? Was soll Wesemann über das Konzert berichten, bisher hat er nichts mitgekriegt. Ab in die Künstlergarderobe. Was das Besondere an dem Konzert auf der *Hämelschenburg* für sie sei, fragt er die Sängerin. Die Atmosphäre natürlich, die aufmerksamen Zuhörer und die Liebenswürdigkeit des Veranstalters. Ob ein spezielles Programm für den Abend ausgewählt wurde? Ein solcher Abend verlange selbstverständlich eine besondere Planung und Vorbereitung …

Wesemann bedankt sich. Sein Kopf ist zu voll, er mag dem Konzert nicht weiter folgen. Und sein Bericht? Mit dem Programmheft und seiner fast zwanzigjährigen journalistischen Erfahrung wird er schon einen Beitrag zusammenschustern können. Er geht hinaus in den Abend, setzt sich auf eine Bank hinter der Schlosskapelle.

Das Blau des Himmels lässt eine Ahnung vom Licht des Tages nachklingen. Einige Laternen verbreiten bereits ihr diffuses Licht auf Wiesen und Wege, die Kapelle wird von Scheinwerfern in goldgelbes Licht getaucht, hinter der Kapelle sind die Konturen des Schlosses zu erkennen.

Weserrenaissance. Als typische Kennzeichen die reich gegliederten Schaufassaden mit Wappen, Masken und allen erdenklichen Verzierungen. Ein neues Selbstbewusstsein der Bürger. Ich bin ich, statt der mittelalterlichen Unterwerfung unter Kirche, Adel und Zunft. Und wer bist du Wesemann? War doch alles so schön geordnet, als Helga noch deine Oberhemden gebügelt hat. Aber dann? Ist alles irgendwie aus dem Ruder gelaufen. Der Halt ist weg, auch wenn es in der letzten Zeit ein ziemlich freudloser war. Sicher, die Oberhemden kannst du inzwischen selber einigermaßen gut bügeln und die Dose mit den Bratheringen zur Not auch alleine öffnen. Aber da fehlt etwas in deinem Leben. Vertrautheit, Verlässlichkeit und natürlich die Zärtlichkeit. Marion? Mach dich nicht lächerlich. Karola? Wäre sicher schön, aber sie braucht bestimmt noch Monate, um über ihre Trennung hinwegzukommen. Hoffentlich bist du bis dahin nicht vertrocknet, alter Knabe. – Streng dich an, Wesemann!

Erfolg macht sexy, stand neulich in der DEWEZET. Ein aufgeklärter Mord und alle Welt spricht von dir. Vielleicht geht's dann auch mit Karola leichter und vor allem schneller.

Wenn bloß ihr Verflossener nicht wieder bei ihr einzieht. Gleich Morgen wird er einen Lambrusco kaufen und noch mal mit Ralle sprechen. Wie gut, dass Ralle nicht auf *Esteban Reserva* besteht, der kostet bei Rossmann fünfachtzig.

„Es geht doch“, sagt Baxmann, „ein Beitrag mit Atmosphäre und Fachverstand. Da merkt man die Vorbereitung und den aufmerksamen Journalisten.“

Er will in sein Zimmer gehen, kommt dann aber in den Empfang zurück.

„So viel Zeit muss sein.“

Er greift über Marions Arme auf ihre Tastatur und öffnet eine Datei.

„Auf den Bericht können wir alle stolz sein. So wollen wir es immer haben, Wesemann!“

Ein festlich geschmückter Saal, der Schein der flackernden Kerzen funkelt in den polierten Weingläsern auf den Tischen. Abendstimmung hinter den hohen Fenstern. Musik, die Herz und Gemüt erreicht, dargeboten von Künstlern der Extraklasse. Ein zweiteiliger Konzertabend erwartet die aufmerksamen Zuhörer, dessen Spektrum von Brahms, Schumann und Strauß im ersten bis zu Operetten-, Musical-, Jazz- und Swingklängen im zweiten Teil reicht.

In der Pause einige Fragen an die Künstler: Was das Besondere an dem Konzert auf der Hämelschenburg für sie sei. Die Atmosphäre natürlich, die aufmerksamen Zuhörer und die Liebenswürdigkeit des Veranstalters. Ob ein spezielles Programm für den Abend ausgewählt wurde? Ein solcher Abend verlange selbstverständlich eine besondere Planung und Vorbereitung … Zum Schluss verbeugen sich Sängerin und Klavierbegleiter, beide gehen ab und lassen das Publikum in einer heiter ergriffenen Stimmung zurück. Lang anhaltender Applaus, zwei Zugaben. Hubert Wesemann aus dem Schlosscafé Hämelschenburg für radioTOTAL.

„Das ist Kultur", sagt Baxmann.

„Und so hört es sich auch an", murmelt Marion. Karola kichert. Frauen, die lachen, haben ein offenes Herz.

Es ist einundzwanzig Uhr dreißig, und das Champions-League-Spiel war gestern. Daniel Kuhlmann ruft endlich zurück.

Der Lover der Jurypräsidentin heißt Bob Morgenstern, ein Windei und Schleimscheißer, wie Daniel hinzufügt.

„Ist die neu?", fragt Wesemann, als Sohn Moritz vor der Wohnungstür steht. „War gar nicht mal so teuer!" Moritz hängt seine neue Lederjacke an einen Garderobenhaken. Wesemann vermutet, dass die Jacke erheblich mehr als seine letzten drei Anzüge zusammen gekostet hat.

Sie gehen in die Küche, Wesemann setzt Wasser für einen Tee auf. Sohn Moritz trinkt Earl Grey.

Heute möchte er aber ein Bier. Gegen die Feinstaubbelastung, wie er sagt, die nehme ständig zu in der Hamelner Innenstadt, besonders hier in der Deisterstraße. „Hat mir eine Kommilitonin erklärt."

„Mit der du im Steinbruch Hamelspringe warst?"

„Genau die, schöne Grüße übrigens."

Wesemann hat noch zwei Flaschen Bier im Kühlschrank, doch Moritz möchte lieber eine ungekühlte. Er deutet mit dem Zeigefinger auf seinen Magen.

„Fängst du auch schon damit an?", fragt Wesemann. „In deinem Alter ..."

„Wo ist denn das Superhandy?"

Wesemann steht auf, geht zu seinem Arbeitsplatz, kommt mit einer braunen Bäckertüte zurück. „Und der MP3-Player?"

Moritz holt einen handlichen grauen Gegenstand aus der Tasche seiner Lederjacke. „Ist nicht die jüngste Generation“, sagt er, als er zurückkommt, „aber für dich wird er reichen.“ Der Gegenstand erinnert Wesemann an ein Badethermometer, mit dem sein Sohn zu Babyzeiten in der Wanne geplanscht hat.

Wo damals der Legomann gesessen und immer „Volle Fahrt!“ gerufen hat, ist heute das leicht verkratzte Display des Players zu sehen.

Wesemann greift in die braune Tüte und legt das goldene Handy auf den Tisch. „Wow!“, sagt sein Sohn. „Wir können tauschen. Du kriegst meinen MP3-Player, und ich nehme das Handy.“

„Und wovon träumst du nachts?“ Wesemann ist ein wenig stolz, so gut gekontert zu haben.

„Ein geiles Teil!“ Moritz zieht das Handy mit einem Finger zu sich heran.

„Kannst du damit umgehen?“

Moritz öffnet das Handy. „Im Prinzip sind die Dinger alle gleich gebaut.“

„Und du bist sicher, nichts kaputt zu machen oder zu löschen?“

„Was ist schon sicher auf dieser Welt.“

Wesemann, dein Sohn, deine Sprüche!

„Soll ich nun, oder soll ich nicht?“, fragt Moritz.

„Ich hab den Tee vergessen“, sagt Wesemann. Er springt auf und nimmt das Teesieb aus der Kanne, schüttet sich eine Tasse ein und setzt sich zurück an den Tisch.

„Es funktioniert“, sagt Moritz. Er hat auf irgendeine Taste gedrückt und das Display zeigt eine dezente Beleuchtung. Moritz tippt auf weitere Tasten.

„Glück gehabt“, sagt er „ohne Vertrag und ohne Simlock. Da kannst du dir bei Aldi einen Prepaid-Tarif buchen und bist mit ein paar Euro angekommen in der Neuzeit."

Das Display wird dunkler, erlischt völlig. „Mist", sagt Moritz, „der Akku ist leer."

Wesemann steht auf und holt den Adapter von seinem Handy. Lässt sich leider nicht einstöpseln.

Moritz vermutet, einen passenden Adapter zu Hause zu haben. Will ihn auch holen, wenn ihm Vater das Auto leiht.

Wesemann trinkt in der Zwischenzeit seinen Tee und schaut auf arte einen Bericht über Hochzeitsbräuche der Inka.

Endlich, Moritz ist wieder da. Er schaltet den Fernseher aus.

Moritz versucht mehrere Anschlüsse, muss schließlich aufgeben, nimmt noch einmal Vaters Adapter, und der passt plötzlich mit ein bisschen Nachdruck.

Das Display leuchtet wieder auf, Moritz versucht ein paar Tasten, sagt „mit allen Schikanen" und dann „auch mit einer Memofunktion."

„Das heißt?"

„Funktioniert wie ein Diktiergerät zu deiner Zeit. Man drückt drauf und kann sich akustische Notizen machen."

Wesemann wird unruhig.

Kann auch von dem starken Tee kommen. „Hör doch mal rein."

„Da geh' ich nicht dran, das ist Privatsphäre. Du möchtest doch auch nicht …"

„Lass die Sprüche!" Wesemann ist aufgesprungen. „Das Handy gehörte wahrscheinlich der toten Anke Papenburg."

„Und warum hast du es dann nicht der Polizei gegeben?"

„Weil ich es gefunden habe und erst abhören möchte. Wie leicht geht bei der Polizei etwas verloren. Die haben doch Personalmangel."

„Auf deine Verantwortung."

Moritz drückt auf eine Taste, ein Rauschen ist zu hören, Wesemann sagt: „Lauter!", und das Rauschen verstärkt sich.

Plötzlich Stimmen.

Aufgeregte Stimmen.

Ein Mann und eine Frau.

Doch da legt sich das Geläut einer Kirche darüber und dann ist Schluss.

Moritz lässt die Aufnahme noch einmal ablaufen. Beide Männer hören gespannt zu.

„Das muss ganz in der Nähe der Münsterkirche aufgenommen worden sein", sagt Moritz.

„Abends um zehn Uhr. Die Glocken läuten immer zur selben Zeit, ein Überbleibsel aus napoleonischer Besatzung."

Moritz spielt die Aufnahme noch einmal ab und noch einmal.

„Es hört sich nach Streit zwischen dem Mann und der Frau an", sagt Moritz, „zumindest klingt es sehr aufgeregt."

„Jetzt mal Butter bei die Fische", sagt Vater Wesemann. „Das ist das Handy von Anke Papenburg. Sie gerät in Streit mit ihrem Verfolger. Das hat Ralle beobachtet. Geistesgegenwärtig drückt sie auf diese Dingsdataste ihres Handys, um die Auseinandersetzung festzuhalten."

„Leider kann man kein Wort verstehen. Vielleicht ist sie auch nur beim abendlichen Schmusen an der Weser auf die Taste gekommen und hat dann vergessen, die Aufzeichnung wieder zu löschen."

„Oder sie hat die Stimme ihres Mörders festhalten wollen. Das wäre eine Sensation."

„Du denkst wie ein Journalist."

„Muss ich, sonst könntest du nicht studieren."

Wesemann holt sich auch eine ungekühlte Flasche Bier aus dem halbvollen Kasten neben dem Kühlschrank, Moritz wedelt mit seiner leeren und bekommt eine neue.

„Die Polizei hat bestimmt alle technischen Möglichkeiten, die Stimmen aus der Aufnahme herauszukitzeln", sagt Moritz. „Da geht was, sage ich dir." Die beiden Männer stoßen mit den Bierflaschen an. Wesemann ein wenig zu heftig, und Bierschaum quillt aus dem Hals seiner Flasche.

Er sieht sich um, stellt die Flasche in die leere Teetasse. „Wenn die Not am größten, ist Gottes Hilfe am nächsten!"

„Wie war das mit den Sprüchen?" Moritz lacht.

Vater und Sohn haben nicht mehr oft miteinander zu tun, aber wenn sie sich begegnen, dauert es nicht lange, bis diese vertraute Wärme zwischen ihnen wieder entsteht. Papa sitzt am Bett und liest Räubergeschichten vor. Moritz steht mit dem Abizeugnis vor seinem Vater und sagt ganz leise danke.

Und dazwischen die vielen Jahre, die so schnell vergangen sind.

„Die Polizei muss sich noch ein wenig gedulden", sagt Vater Wesemann.

„Wenn sie den Fall vor mir löst, bin ich nur noch ein Berichterstatter unter vielen. Doch dafür habe ich zu viel Arbeit und Geld in die Aufklärung des Falls gesteckt. Kannst du nicht versuchen, die Aufnahme ein bisschen deutlicher zu bekommen?"

„Davon habe ich nun wirklich keine Ahnung."

„Aber vielleicht eine Ahnung, wer das könnte, außer der Polizei?"
„Nee, das ist mir zu heiß."
„Ich zahl dir auch fünfzig Euro für deinen Player."
„Lass mal, zwanzig reichen auch. Bin im Augenblick nicht so klamm."
„Für zwanzig kannst du den Player auch gleich wieder mitnehmen. Ich brauche ihn nicht." Wesemann steht auf und gibt seinem Sohn einen Zwanziger aus seinem Portemonnaie und legt dann noch einen Fünfer drauf. Schöner Abend.

Wesemann fährt zur Autowerkstatt. Will sich vergewissern, woher der Qualm im Radkasten kam. Die Werkstattadresse hat er vom Türmer, mit dem er den Turm der Marktkirche bestiegen hat. Ist eigentlich keine richtige Werkstatt, eher ein Garagengelände, auf dem ein nebenberuflicher Automechaniker zwei Garagen gemietet hat und nur besten Freunden die Autos repariert. Erklärt Faruk jedenfalls dem Finanzamt. Daher ist er bei jedem neuen Kunden äußerst vorsichtig, aber die Mundpropaganda des Türmers lässt alle seine Bedenken schwinden. Bis achtzig Euro kann er reparieren, sonst muss Faruk Wesemann anrufen, bevor er sich ans Reparieren macht.

Wesemann geht zum Sender. Unterwegs überlegt er sich seinen Auftritt. Wem will er imponieren? Marion? Dann müsste er es krachen lassen. Oder lieber Karola? Karola hat sicher ein feineres Gespür für die Zwischentöne, da könnte er seine Story behutsam aufbauen und dann mit leichter Selbstironie enden lassen. Selbstironie liegt ihm, er entscheidet sich für Karola.

„Guten Morgen, die Damen." Er stellt seine Tasche auf den Tresen.

„Guten Morgen", sagt Karola, Marion nickt ihm nur kurz zu.

Wesemann schaut sich um, beugt sich über den Tresen, Karola sieht Marion an, steht dann auf und schenkt Wesemann einen Kaffee ein. Sie setzt sich wieder an ihren Arbeitsplatz.

„Was liegt an?", fragt Wesemann.

„Nicht viel", sagt Marion, ohne von ihrer Tastatur aufzublicken. „Und bei dir?"

„Es tut sich was in Sachen Anke Papenburg."

„Ach", sagt Marion.

„Mir ist ihr Handy zugespielt worden."

„Das ist ja interessant", sagt Marion und springt auf. „Hat sich etwa aus den gespeicherten Adressen was ergeben?"

Wie beiläufig legt Wesemann das goldene Handy auf den Tresen. „Ich kann noch nicht allzu viel verraten", sagt er, „aber für mich wird ein Mord immer wahrscheinlicher."

„Du solltest der Polizei das Handy aushändigen", sagt Karola.

„Das bringt doch auch nichts", sagt Marion. „Wie kommst du darauf, dass es kein Selbstmord war?"

„Das Handy hat eine Memo-Funktion."

„Da hat Anke etwas hinterlassen?"

„Nicht direkt hinterlassen. Es ist viel Rauschen zu hören und dann ein Streitgespräch zwischen einer Frau und einem Mann. Sehr undeutlich."

„Lass mal hören." Marions streckt die Hand nach dem Handy aus.

„Wesemann! Wie gut, dass ich so ein feines Gespür für Ihre Anwesenheit habe." Baxmann kommt in den Empfangsraum, die Tür seines Büros knallt gegen das Aktenregal in seinem Zimmer.

„Ich habe Ihnen da ein tolles Thema reserviert.“ Er kommt näher, und Wesemann deckt das Handy mit der flachen Hand ab. „Die Glasbläser sind in der Stadt“, sagt Baxmann.

„Ist nichts Weltbewegendes, aber machen Sie was draus. Kann nur ein Mann von Ihrem Format. Holen Sie raus, was rauszuholen ist.“

Er gibt Wesemann das Fax mit der Presseankündigung. „Aber mit Feuer und Eifer.“

Baxmann geht zurück in sein Büro, Wesemann überfliegt das Fax, steckt es in seine Tasche.

„Mit Feuereifer, sozusagen!“, schiebt Baxmann noch nach. Und diesmal fällt die Tür hinter ihm wirklich ins Schloss, sicher das Resultat seiner gestörten Feinmotorik.

„Auf Anhieb kann man nichts verstehen“, sagt Wesemann, hält seine Hand aber noch immer über dem Handy. „Man kann die Personen nicht mal identifizieren.“

Karola ist jetzt auch neugierig geworden, gönnt sich eine Pause, nimmt ihre Kaffeetasse und stellt sich mit einigem Abstand ebenfalls an den Tresen.

„Aber mit ihren technischen Möglichkeiten wird die Polizei aus der Aufnahme rausholen, was rauszuholen ist, und damit kommt der Fall Anke Papenburg seiner Aufklärung erheblich näher.“

„Gute Arbeit“, sagt Karola.

„Wann bringst du das Handy zur Polizei?“, fragt Marion.

„Jetzt muss ich erst zu den Glasbläsern“, sagt Wesemann, „und heute Nachmittag hol' ich mein Auto aus der Werkstatt, hoffentlich.“

„Und da willst du das Handy überall mitschleifen?“ Marion kommt um den Tresen herum.

„In meiner Tasche ist es gut verwahrt."

Er nimmt seine Umhängetasche auf und will das Handy einstecken.

Marion hält seine Hand mit dem Handy fest.

„Wie oft hast du deine Tasche schon irgendwo stehen lassen und wusstest nicht mal mehr wo? Hier geht es vielleicht um Mord. Da kannst du nicht schludern."

Wesemann überlegt einen Augenblick. „Vielleicht hast du recht." Er macht seinen Arm los und geht zu Karola. „Du hast doch die Aufsicht über den Tresor des Senders."

Er legt das Handy auf den Tresen vor Karolas Kaffeetasse. Blitzschnell greift Marion zu und bringt das Handy an sich. „Ich hab immer gedacht, du würdest mir vertrauen", sagt sie zu Wesemann.

„Sicher, es geht nur um den Tresor."

„Es geht nicht um den Tresor, es geht darum, dass sie sich überall einmischt. Gut, gut, ihr ist der Mann abgehauen. Aber muss sie sich dann gleich zwischen uns drängen und sich an dich heranmachen?"

„Aber da ist doch gar nichts", sagt Wesemann, „weder mit ihr noch mit ..." Wesemann, das hättest du nicht sagen sollen. Karolas Mundwinkel gehen auf Talfahrt, sie nimmt ihre Tasse und begibt sich wieder an ihren Arbeitsplatz zurück.

„Tut mir leid", sagt Marion, halb zu Karola gewandt. „Er hat das alles eingefädelt." Sie spricht jetzt wieder Wesemann direkt an. „Du gehst mit mir ins Café, lädst mich zum Essen ein und wärst beinah mit mir zum Konzert in der *Hämelschenburg* gefahren. Aber zwischen uns ist ja nichts. – Wesemann, du spielst mit den Frauen, und das nimmt kein gutes Ende!"

Karola schnieft in ihr Taschentuch.

„Gib mir bitte das Handy zurück", sagt Wesemann.

„Ich weiß, was ich tue. Ich muss dich vor dir selber schützen. Anke Papenburg ist dein Fall. Du wirst ihn lösen und mit ihm Radiogeschichte schreiben. Und damit du vorher keinen Blödsinn machst, nehme ich das Handy an mich und werde es mit meinem Leben schützen. So viel bist du mir wert." Sie schaut zu Karola hinüber, fügt noch ein „uns" hinzu, doch Karola starrt weiter auf ihren Bildschirm.

„Ich melde mich", sagt Wesemann ein wenig verwirrt. Soviel Einsatz hätte er von Marion gar nicht erwartet.

Aber sie ist so jung, und Karola steht ihm irgendwie näher.

Er verlässt den Sender, draußen klingelt plötzlich sein eigenes Handy. „Nein, nicht nötig", sagt er in den Apparat. „Reparieren Sie nur das Wichtigste." Achthundert Euro? Vielleicht bei einer Titelstory von ihm im Spiegel oder Stern!

Faruk empfängt ihn mit besorgter Miene. Auto fährt, aber wer weiß, wie lange. Er hat da einen Cousin in Holtensen, der verkauft Autos. Gebrauchte Autos, gute Autos. Der hätte zufällig gerade …

Wesemann muss hundertundzwölf Euro zahlen. Ohne Rechnung. Und mit Rechnung? Kommt die Mehrwertsteuer noch drauf.

„Du hast die Werkstatt doch gar nicht angemeldet", sagt Wesemann. Faruk grinst und wünscht gute Fahrt.

Wesemann stellt das Auto auf dem Parkplatz hinterm Sender ab. Er eilt in die Osterstraße, sucht die Glasbläser. Er hat schlechte Erinnerungen an Glasbläser. Als Kind hat er mal eine Vorführung in der Schule gesehen. Der Mann hat Weihnachtskugeln geblasen, Hasen und Schwäne. Der kleine Wesemann wollte unbedingt einen Schwan. Ist in der Pause extra nach Hause gelaufen. Mutter war nicht da, Oma hatte keinen Überblick und hat ihm fünf Mark gegeben.

Mittags der Heimweg von der Schule. Ranzen auf dem Rücken, Turnbeutel in der einen Hand und gläserner Schwan in Zeitungspapier in der anderen. Ganz vorsichtig hat er seine Neuerwerbung nach Hause getragen. Allerdings ist er nur bis zur Marienstraße gekommen. Dann war da plötzlich Franz Kruuse mit seinen beiden Freunden. Franz Kruuse rief: „Aus dem Weg, Blödmann!", rempelte ihn mit der Schulter an, und der Schwan fiel zu Boden. Franz Kruuse und seine Freunde lachten. Heute hat Franz Kruuse einen Party-Service und fährt einen Mercedes Offroader der GL-Klasse. Seine Freunde sind irgendwie aus Wesemanns Blickfeld verschwunden.

Ein Drehorgelmann zieht vorbei. Aus einem kleinen leer stehenden Laden dringt ein furchterregendes Zischen. Doch es sind nur Handwerker, die irgendwelche Rohre zusammenlöten.

Wesemann tritt wieder vors Geschäft, sieht sich um. Helga? Das ist doch Helga! Er eilt der Frau in der frühlingsgrünen Jacke hinterher, fasst nach ihrer Schulter, fragt „Helga?" Die Frau dreht sich um. „Blöde Anmache", sagt sie. „Seien Sie froh, dass Sie nicht Helga sind!", meint Wesemann und geht ein paar Schritte zurück.

Komisch. Keine Hinweisschilder, keine aufgeregten Schulklassen, keine Kinder mit Glasschwänen in der Hand. Er schaut noch mal auf das Fax der Veranstalter. *Obertorstraße*. Such die mal in Hameln, da kannst du eher einen steppenden Bären finden. Die Obertorstraße ist in Bad Münder. Also zurück zur Sedanstraße, rein ins Auto und ab nach Bad Münder. Obertorstraße. Glasfestival. Hinweisschilder, Schulklassen und ein glühendes Höllenfeuer in einem kleinen Laden. Der Fachmann erklärt der Schulkasse gerade „tausendzweihundert Grad“, und Wesemann kommt das Gedicht *Die Füße im Feuer* in den Kopf.

Conrad Ferdinand Meyer: *Wild zuckt der Blitz. In fahlem Lichte steht ein Turm. Der Donner rollt. Ein Reiter kämpft mit seinem Ross, springt ab …*

Anke Papenburg.

Vielleicht liegt der Schlüssel zur Lösung des Falls doch im Dunstkreis des Reitunfalls ihres Vaters? Und das Handy? Sollte Moritz recht haben: Hat da jemand bei allzu lebhaftem Schmusen an der Weser auch die Memorytaste gedrückt? Wesemann schnappt sich einen der Flyer, die im Schaufenster ausliegen, darauf steht bestimmt genug für seinen Bericht.

„Die Farben aus Basisglas mit Metalloxyd sind absolut ungefährlich.“ Der Mann kennt sich aus mit Glas. Franz Kruuse kennt sich aus mit Fleischsalat. Baxmann kennt sich aus mit Menschenführung. Und womit kennst du dich aus, Wesemann?

„Da musst du pusten und auch dran drehen“, sagt gerade der Glasbläser.

Wesemann geht lieber hinaus.

Ein ungelöster Mordfall wartet auf seine Aufklärung, und er berichtet vom Blasen und Drehen. Tolles Event! Wesemann sieht sich nach den Glasschwänen um. Die gibt es nebenan in einem provisorischen Geschäft für Glaskunst. Dreimal so teuer wie vor vierzig Jahren.

Er fährt zum Sender, will das Handy abholen und zur Polizei bringen, überlegt es sich auf dem Parkplatz vor dem Sender aber anders und fährt erst nach Hause.

In der Post ein Brief von Helga. Eigentlich nur ein Blatt Papier mit drei Zeilen. *Haben alles aufgegeben. Wandern aus nach Neuseeland. Halt die Ohren steif, und vergiss nicht, die Blumen zu gießen.*

Dann noch ein angedeuteter Kussmund.

Er hat längst keine Blumen mehr in der Wohnung. Die letzte Pflanze ist ersoffen, weil er sie zu oft gegossen hat.

Es wird ein schöner Bericht über die Glasbläserei im Allgemeinen und in Bad Münder im Besonderen.

Es springt sogar noch ein Zeitungsbericht heraus. *Cooler Trip ins Höllenfeuer*. Man muss auch mal an die jungen Leser denken und sie dort abholen, wo sie gerade sind.

Der Nachmittag ist frei.

Wesemann badet seine Füße, stutzt den Bart wieder auf Dreitagelänge, und beschließt spontan, sich was Feines fürs Abendessen zu besorgen.

Er zieht seine Jacke an und geht hinunter zum Türken. Blankpoliert strahlen ihn die Auberginen an.

Wesemann ist bekannt für seinen investigativen Journalismus.

Er wollte schon immer mal wissen, wie die Reihe unter der blankpolierten Verlockung aussieht.

Auch makellos glänzend!

Und darunter?

Immer noch perfekt.

Und darunter?

„Haben Sie einen Wunsch?"

Ein kleiner Mann mit einer großen weißen Schürze steht plötzlich neben ihm und lacht ihn mit seinen dunklen Augen über dem Bürstenschnauzer an.

„Äh, ich wollte ..."

„Verstehe schon. Ratatouille machen? Du brauchst zwei Auberginen, sechs Paprikaschoten, vier Tomaten, zwei Zucchini …"

„Für mich alleine?"

„Du, armer Mann? Keine Familie?"

„Ganz allein." Obwohl Wesemann es mit leichter Ironie gesagt hat, steigt trotzdem Wehmut in ihm auf.

Der Verkäufer fasst nach Wesemanns Arm: „Für einen allein lohnt nicht Ratatouille!" Er zieht ihn mit sich in den Laden. Sagt „Moment" und verschwindet durch eine Seitentür.

Obst, Gemüse, eine Theke mit mehreren Sorten Schafskäse, Oliven, gefüllte Weinblätter, Fladenbrot, Linsen, weiße Bohnen, Reis …

„Wir haben heute auch Ratatouille." Schnauzbart kommt zurück mit einem Teller auf der Hand. „Meine Frau kocht bestes Ratatouille von Welt. Musst du unbedingt probieren." Er stellt den Teller neben die Glasvitrine mit dem Schafskäse, holt irgendwoher einen Stuhl und nötigt Wesemann, sich zu setzen. Das Ratatouille dampft, Schnauzbart legt ein Viertel Fladenbrot dazu und stellt noch ein Glas Rotwein daneben.

Bevor Wesemann etwas sagen kann, ist Schnauzbart schon wieder aus dem Geschäft verschwunden, um Kunden zu bedienen.

Es schmeckt Wesemann. Es schmeckt ihm sehr gut. Leicht säuerlich, mit geringer Schärfe und einem Hauch Knoblauch. Dazu eine … tja, das Gewürz kennt er nicht. Er wird Schnauzbart nach dem Gewürz fragen und dann sein Essen bezahlen, natürlich. Doch Schnauzbart will kein Geld annehmen, Wesemann vergisst in dem ganzen Hin und Her ums Bezahlen und Nichtbezahlen die Frage nach dem Gewürz, beschließt aber spontan, Lammkoteletts zu kaufen und einen Bericht über die türkische Ladenzeile an der Deisterstraße fürs Radio und für die Zeitungen zu machen. Er trinkt noch ein Glas Rotwein und noch eins. Bald nennen sich Geschäftsinhaber und Kunde beim Vornamen. Als Wesemann dann schließlich aufbricht, vergisst er fast seine Plastiktüte mit den türkischen Lammkoteletts. Hinter dieser Qualität können sich Neuseelands Lämmer nur verstecken, sagt Engin. Und einen Sonderpreis hat er ihm auch gemacht, vierzehn Euro statt siebzehnachtzig. Doch als Wesemann die Koteletts zu Hause in den Kühlschrank packt, kommt ihm der Einkauf doch ein wenig üppig vor. Was soll er nur mit so vielen Koteletts machen? Türkische Woche bei Wesemann? Er könnte jemanden einladen. Karola oder Marion? Karola. Dann ist allerdings Marion beleidigt. Irgendwo hat er auch noch die Telefonnummer von Frau Sattler. Sie würde anschließend bestimmt auch abwaschen. Wesemann, du bist ein Arsch! Er setzt sich an seinen Computer.

Hallo, Karola, diese E-Mail ist nicht für den Sender, sondern für dich persönlich. Im Überschwang meiner Gefühle habe ich wohl ein bisschen zu viel eingekauft. Lammkoteletts, nicht diese tiefgefrorenen Faustkeile aus Neuseeland, sondern allererste frische Qualität vom Türken meines Vertrauens. Hättest du Lust auf ein gemeinsames Essen bei mir? Eine Flasche Rotwein hätte ich auch noch anzubieten.

Wesemann greift zu Staubsauger und Wischtuch, findet hinter dem Papierkorb einen Prospekt der Fit-Station 24 im Gewerbegebiet.

Frauen stehen auf kernige Männer.

Wesemann setzt sich erst einmal und studiert den Prospekt. *Als Gast stehen Sie bei uns mit Ihrem Anspruch auf Wohlfühlen und Entspannung im Vordergrund. Jeder Gast soll in der bei uns verweilenden Zeit einen hohen Nutzen für seine Gesundheit und seine …*

Wesemann wird es nie erfahren. Sein Computer meldet eine eingegangene E-Mail. Von Karola. Sie schreibt kurz und bündig: *Nein.*

Wesemann pfeffert den Fitnessprospekt in den Papierkorb und lässt Staubsauger und Wischtuch, wo sie sind. Er wird sich einen gemütlichen Abend vor dem Fernsehgerät machen und den Hochseefischern bei ihrer schweren Arbeit zusehen. Bier auf Wein, sag' niemals nein!

ZEHN

Am nächsten Morgen vermeidet Wesemann den Blick in den Bierkasten neben dem Kühlschrank. Sein Kopf meldet Konzentrationsschwäche und Sehstörung. Er wird sich erst einmal wieder in Form bringen. Mit einem ordentlichen Kaffee und ein paar Scheiben ungetoasteten Toastbrots mit Nutoka.

Er sollte sich einen neuen Toaster zulegen, der alte hat sich bereits vor längerer Zeit mit einem Knall von der Stromzufuhr verabschiedet.

Das Telefon klingelt.

Der Sender. Marion. Sie ist sehr aufgeregt, atmet heftig. „Du musst kommen. Es ist etwas passiert."

„Was ist denn los?"

„Bitte, komm sofort!" Erst ein Schniefen und dann ein Knacken in der Leitung.

Um Gottes Willen, sie werden sich doch nicht … Ein neuer Kriminalfall für Wesemann:

Blutige Auseinandersetzung im Hamelner Radiosender. Sekretärinnen kämpfen mit allen Mitteln um die Gunst eines freien Mitarbeiters.
Plötzlich blitzt ein Messer auf, blutüberströmt sinkt K. – oder M. ? – zu Boden. Mit letzter Kraft haucht sie den Namen des Geliebten: W.

Das wär's noch: Sie haucht: *W Punkt.*

So ein Blödsinn. Bestimmt ist Baxmann nur der Computer abgestürzt, oder Marion hat den Schlüssel von ihrem Auto verloren, hoffentlich hatte Karola keinen Unfall.

Wesemann zieht seine Jacke an. Er macht sich einfach zu viele Sorgen. Nur damals bei Helga nicht, der hatte er vertraut.

Engin ruft: „Guten Morgen, Chef!“, als Wesemann vorbeiläuft. Rüber auf die andere Straßenseite. Keine Rauchfahne über dem Kastanienwall und vor dem Sender keine Einsatzfahrzeuge mit Blaulicht. Vielleicht haben sich die beiden Damen einen kleinen Sekt geleistet?

Wesemann stößt die Glastür auf.

Eine unerwartete Versammlung: Baxmann, die beiden Damen und HK Bertram mit einem Notizbuch. Bertram nickt Wesemann zu, wendet sich dann aber wieder an Karola. „Wann haben Sie den Einbruch bemerkt?“

„Wir senden ab sechs Uhr früh“, sagt Baxmann. „Als der Moderator der Frühsendung ankam, hat er zwar die offene Schranktür bemerkt, sich aber nichts dabei gedacht. Er ist morgens immer ein wenig tranig. Sobald er allerdings auf Sendung geht, ist er die gute Laune selbst.“

„Sie haben dann also den Einbruch bemerkt?“ Bertram wendet sich wieder Karola zu.

„Sie ist fast immer die erste im Service“, sagt Baxmann, „kann nicht so gut schlafen, hat einen persönlichen Schicksalsschlag zu verkraften.“

Bertram schaut Baxmann an. „Aber die Sprache hat es ihr nicht verschlagen?“

Baxmann schluckt.

„Ich habe natürlich sofort gesehen, dass etwas nicht stimmt“, sagt Karola. „Ich bin durch die Räume gegangen, hab alles gelassen, wie es ist und dann den Chef angerufen.“

„Und ich habe Sie angerufen“, sagt Baxmann.

„Der Einbrecher scheint ein Fenster auf der Seite des Bürgergartens eingeschlagen zu haben", sagt Karola. Sie hat Wesemann noch nicht ein Mal direkt angesehen. „Jedenfalls ist die Scheibe kaputt und auf dem Teppichboden unter dem Fenster liegen Scherben."

„Das sehe ich mir nachher mal an. Haben Sie schon eine Aufstellung gemacht, was fehlt?"

„Eine erste Zusammenstellung", sagt Karola. Sie geht zum Drucker und nimmt ein paar Blätter aus der Ablage.

Marion schiebt sich neben Wesemann. „Das Handy von Anke Papenburg wird natürlich nicht erwähnt", flüstert sie.

„Wo ist es denn?", flüstert Wesemann zurück.

„Weg."

Baxmann scheint das letzte Wort des Dialogs zwischen Marion und Wesemann verstanden zu haben. Er wendet sich an Bertram:

„Steht ein Mann in der Neubausiedlung und fragt den Bauarbeiter: ‚Warum heißt die Straße Waldweg? Hier ist doch überhaupt kein Wald.' – ‚Na drum', sagt der Bauarbeiter, ‚Wald weg'."

„Nicht schlecht", sagt HK Bertram, „bringt uns aber auch nicht weiter." Er überfliegt den Ausdruck, den Karola ihm gereicht hat. „Ein Laptop und das Geld aus der Kasse. Wie viel war in der Kasse?"

„So etwa vierundzwanzig Euro."

„Und der Laptop?"

„Können wir verschmerzen", sagt Baxmann, „war ein altes Ding. Und die vierundzwanzig Euro ziehe ich den Angestellten vom Weihnachtsgeld ab." Baxmann hat gute Laune. Wesemann hat schon gesehen, die neuen Mediadaten liegen auf dem Tresen, und der Sender schneidet bestens ab. Aufgrund von Baxmanns hervorragendem Management natürlich, das Programm und die Beiträge der freien Mitarbeiter sind da eher schmückendes Beiwerk.

HK Bertram klappt sein Notizbuch zu. „Ich schicke später die Spurensicherung vorbei. Aber wenn Sie mich fragen, da wird nicht viel zu machen sein. Der Schaden ist gering und die eingeschlagene Scheibe bezahlt die Versicherung. Ich glaub', ich mache einfach ein paar Fotos und kann die Spurensicherung im Stall lassen. Die Jungs hatten heute Nacht eine Fahrerflucht zwischen Haverbeck und Lachem."

„Da könnte ich der Polizei ein wenig behilflich sein", sagt Wesemann. Er holt seine Kamera aus der Tasche. Bertram zuckt mit den Schultern. „Ich hab nichts dagegen. Die Akkus in meinem Apparat sind sowieso ziemlich schwach."

Wesemann vermutet, dass er seinen Fotoapparat draußen im Wagen hat und sich nur den Weg sparen will. „Polizeiarbeit ist Fußarbeit!", hat einmal der Vorgänger von HK Bertram gesagt.

HK Bertram bleibt bei Baxmann und vor allen Dingen in Marions Nähe. Sie hat heute ein besonders intensives Parfüm aufgelegt. Vielleicht etwas zu intensiv.

Wesemann lässt sich von Karola das eingeschlagene Fenster im Konferenzraum zeigen. Er fotografiert sorgfältig aus verschiedenen Blickwinkeln.

„Mein schroffes Nein tut mir leid", sagt Karola sehr leise. „Ich bin einfach noch nicht so weit."

„War auch ein bisschen voreilig von mir", sagt Wesemann. Er fotografiert die Glassplitter auf dem Boden.

Aus der Entfernung und von ganz nah. „Ich werde mich zurückhalten."

„Bitte nicht", sagt Karola so leise, dass Wesemann es kaum verstehen kann, „es wäre schade."

Wesemann fotografiert jedes Detail im Konferenzraum. Die Stühle, den riesigen Tisch, die Grünpflanzen auf der Fensterbank und das Kaugummi am Türrahmen. Macroeinstellung natürlich.

Karola fasst ihn ganz leicht am Arm. „Ich glaube, das reicht." Sie lächelt sogar.

Sie gehen zurück in den Empfangsraum, Wesemann fotografiert die offen stehende Schranktür, hinter der immer die Spardose mit dem Kaffeegeld stand. Dann macht Wesemann noch mehrere Aufnahmen vom Tresor.

„Sie sollten den Fall nicht dramatisieren", sagt HK Bertram, „der Tresor wurde nicht angerührt."

Wesemann sieht Marion an. HK Bertram verabschiedet sich. „Ich schicke Ihnen dann meinen Bericht für die Versicherung."

„Wir sind eben ein gefragter Sender", sagt Baxmann, „nicht nur bei unseren Hörern." Er schmunzelt und geht in sein Büro.

Wesemann sieht Marion an. Sie nimmt sich einen Bahlsenkeks, ordnet die Programminformationen auf dem Tresen, wirft eine Zeitung in den Papierkorb, kann Wesemann dann aber nicht mehr ausweichen. „Tut mir leid", sagt sie mit ziemlich scharfem Unterton, der von vornherein jede Schuldfrage ausschließen soll. „Ich hab das Handy in die Schublade meines Schreibtischs gelegt. Hatte so viel zu tun. Wollte es in den Tresor legen, bevor ich gehe. Bin aber nicht mehr dazu gekommen, weil ich die Mediadaten noch rundmailen musste."

„Schade", sagt Wesemann. Er ist sauer, spürt, wie sich die Enttäuschung in Ärger wandelt, der langsam von den Füßen aus seinen Körper hinaufsteigt. Vor dreißig Jahren hätte Wesemann Marion jetzt wegen ihrer Nachlässigkeit angebrüllt und zur Sau gemacht. Doch kurz vor der Explosion wird heutzutage fast jeder Ärger bedauerlicher Weise abgefangen und in die Magengegend umgeleitet. Wesemann schluckt ihn herunter. Daher Talcid, Maloxaan und gelegentliche Heilerde und eine Wärmeflasche auf den Bauch. „Was liegt sonst noch an?“, fragt er und muss husten.

Marion verdrückt sich aus dem Empfang.

„Der Chef hätte gerne einen launigen Bericht über das schöne Waldschlösschen in Bad Münder“, bemerkt Karola, „er will sich im Golfclub einschleimen!“ Sie lächelt. „Gefragt, ob er Mitglied werden will, haben sie ihn nämlich nicht.“

„Ich und Golf“, bemerkt Wesemann, nimmt aber das ausgedruckte Informationsblatt aus Karolas Hand.

„Du musst die Koteletts aus der Plastiktüte nehmen“, sagt Karola, „sonst vergammelt das schöne Fleisch und das wäre doch schade.“

„Schon merkwürdig, dass ausgerechnet das Handy gestohlen wurde?“

„Vielleicht hat er das Handy zufällig gesehen und für einen Barren Gold gehalten?“

Wesemann begibt sich in Richtung Deister. Karola hat „schade“ gesagt. Ob er es noch mal versuchen soll? Natürlich nicht mit den alten Koteletts. Vierzehn Euro! Oder lassen sie sich doch noch verwenden? Er könnte sie heute Abend anbraten, dann halten sie länger. Hat Helga auch immer gemacht.

Links der Golfplatz, rechts das Waldschlösschen. Ordentlicher Parkplatz, muss auch sein bei den Schlitten, die hier geparkt werden. Im Augenblick nur ein kleinerer Audi, ein Mercedes und zwei BMW.

Das Restaurant ist herrlich gelegen mit zwei Terrassen zum Wasser hin. Auf der Tageskarte Frühstück, Salat und kleine Speisen, auf der Abendkarte hausgebeizter Lachs, Entenbrust, Fisch, Fleisch und zum Dessert auch Arme Ritter. Wesemann leistet sich eine große Tasse Kaffee zu zweisechzig.

Der neue Chef setzt sich zu Wesemann, lässt ein Crème brûlée mit Kumquatkompott für Wesemann aus der Küche kommen. Ob er das Rezept für seine eigene Einladung zum Abendessen abstauben kann? Ist sicher unverschämt, außerdem gibt's bei ihm Mousse au Chocolat. Aus dem Feinkostgeschäft. Oder Wodka mit Feige. Die Feigen aus Engins Laden. Da kann man nichts falsch machen.

In den letzten Jahren habe man baulich und gastronomisch neuen Wind in das alte, aus den zwanziger Jahren stammende, ehemalige Teichwärterhäuschen gebracht.

Der leichte Akzent lässt Wesemann auf griechische Herkunft des jetzigen Pächters schließen.

Man habe auf die Haute Cuisine verzichtet und sei aus der Tradition heraus bei der gut bürgerlichen, deutschen Küche geblieben, die er mit seinem Chefkoch weiterhin konsequent vertrete.

Ob die Golfer doch nicht so spinnert sind?

Wie ihm denn die Crème brûlée mit Kumquatkompott geschmeckt habe?

Wesemann wird einen schönen Bericht machen, Baxmann wird sich nicht beklagen können, obwohl er ihn lieber an die Rugbyspieler vermittelt hätte.

Wesemann kann sich nicht entschließen, direkt zum Sender zurückzufahren. Er parkt in der Tiefgarage unter der Rattenfängerhalle, steigt hinauf ans Tageslicht und setzt sich ans Weserufer. Links der Anleger für die Ausflugsschiffe. Rumpelnd und scheppernd rollt ein Mann eine Sackkarre mit vier vollen Bierkästen auf die Brissago. Die Möwen sind Antialkoholiker und drehen ab.

Das Wasser klatscht gegen die Kaimauer, Kormorane stehen auf der Schleusenmauer und lassen ihr Gefieder im Wind trocknen. Fast widerwillig schaut Wesemann zur Münsterbrücke hinüber. An einen der Stützpfeiler wurde Ankes Leiche angetrieben.

Wesemann steht vor einem weitreichenden Entschluss: Nachzudenken oder alles zu lassen wie es ist. Dann könnte er sich wieder aufs Geldverdienen konzentrieren, Anke Papenburg hätte ihre Ruhe und doch wäre nichts wie immer. Weil der Zweifel in ihm fressen würde. Durch seine Lethargie liefe eventuell ein Mörder frei herum. Hier in Hameln, in Köln oder sonst wo. Also nachdenken!

Was hat er bisher zu dem Fall gesammelt? Eine Menge lauwarmer Spekulationen. Ohne sie kommt man nicht aus, will man Zusammenhänge herausfinden. Aber irgendwann müssen die Spekulationen von Fakten untermauert werden. Fakten?

Fehlanzeige!

Und Ankes überraschend aufgetauchtes Handy ist geklaut worden.

Obwohl der Einbruch schon recht merkwürdig aussah. Irgendwie zu oberflächlich ausgeführt.

Ein Laptop mitgenommen, hier ein paar Schubladen aufgerissen, die Tür vom Aktenschrank eingetreten und vierundzwanzig Euro mitgehen lassen.

Und natürlich das Handy. Obwohl … vielleicht kam es dem Einbrecher überhaupt nur aufs Handy an. Oder das Handy war längst weg und der Einbruch eine Finte? Dann musste jemandem daran gelegen sein, das Handy auf schnellstem Wege verschwinden zu lassen.

Vom Handy wussten nur er selber, sein Sohn und Ralle natürlich. Im Sender Karola und Marion. Ralle konnte nicht wissen, dass er das Handy im Sender gelassen hatte. Karola? Da gibt es keine Berührungspunkte mit Anke. Jedenfalls sind ihm keine bekannt. Und Marion? Sie kannte Anke. Sie könnte noch eine alte Rechnung mit Anke offen haben. Sie sind sich öfter auf der Piste begegnet, hat Marion berichtet. Anke könnte Marion zum Beispiel den Freund ausgespannt haben. Marion lässt sich keinen Freund ausspannen! Und wenn ihr etwas gegen den Strich geht, handelt sie spontan. Sie wird nicht Monate oder Jahre auf eine Gelegenheit warten, sich an Anke zu rächen.

Ein Auto hält, eine Frau trägt zwei Kuchenplatten aufs Schiff.

Wesemanns Gedanken kehren zu Marion zurück. Wird sie für ihn nur verdächtig, weil er Karola zur neuen Favoritin erkoren hat? Marion wollte unbedingt auf das Handy aufpassen, hat sich sogar recht aggressiv gegen Karola verhalten, als sie ihren Willen nicht gleich durchsetzen konnte. Hat sie das Handy verschwinden lassen, um jemanden zu schützen? Vielleicht hat sie befürchten müssen, dass die aufgezeichneten Stimmen von der Polizei herausgearbeitet werden könnten. Damit hätte man die Person, von der Anke angegriffen wurde, eventuell identifizieren können. Also muss Marion ahnen, wer in die Auseinandersetzung am Weserufer verwickelt war.

Jetzt mal in die Tüte gedacht: Marion und dieser Fernseh-Lover stünden in irgendeiner Beziehung zueinander. Er könnte Marion eine Karriere beim Fernsehsender in Köln versprochen haben, wenn sie einen kleinen Auftrag für ihn erledigen würde. Sie hätte alles für ihn arrangieren können, sicher wäre Anke zu einem Treffpunkt gekommen, wenn Marion sie darum gebeten hätte. Dann brauchte dieser Morgenstern Anke nur noch aufzulauern, ein Stoß und platsch, keiner wird dem Sender in Köln mehr durch negative Schlagzeilen schaden.

Man kann nicht immer alles ergründen, aufbauen und dann wieder umstoßen. Fest steht: Marion hatte ein Interesse, das Handy verschwinden zu lassen.

Es werden weitere Kuchen aufs Schiff getragen und zwei leere Bierfässer an Land zurückgebracht.

Wenn er weiterkommen will, muss er im Umfeld von Marion recherchieren. Leichter gedacht als getan. Wenn er sich Marion intensiver nähert, wird er Karola damit nicht gerade glücklich machen. Und Marion lässt ihn sicher sofort abblitzen, sobald seine Schnüffeleien zu offensichtlich werden. Es gibt nur einen Weg, er muss Karola ins Vertrauen ziehen. Sie weiß sicher einiges über Marions Privatleben. Aber wird sie sich ins Vertrauen ziehen lassen? Und wenn sie vermutet, dass sein Interesse nicht ihr, sondern der Recherche gegolten hat? Wesemann, dann lass alle Hoffnung fahren.

Er steht auf, stellt sich ans Wasser und schaut in die schäumenden Fluten. Nie war er Anke so nah. Plötzlich spürt er, dass jemand hinter ihm steht. So deutlich, wie man es nur in entscheidenden Momenten wahrnehmen kann. Jetzt ein Stoß, und alles ist vorbei. Er kann nicht besonders gut schwimmen, schluckt viel zu viel Wasser, gerät in Panik und ... Wird man ihn vermissen? Kein Stoß. Jemand tippt ihm auf die Schulter. Wesemann tritt vorsichtig einen Schritt zurück und dreht sich abrupt um. „Haste mal 'ne Kippe?“ Das muss Ankes Bruder sein. Rote Irokesenbürste, schwarze Lederjacke mit Nieten, um den Hals eine grobgliedrige Kette mit kleinem Vorhängeschloss. Er ist älter als Anke, bestimmt schon über dreißig. Am liebsten würde ihm Wesemann eins in die grinsende Fresse hauen, doch er hat Prinzipien. Zum Beispiel: Leg dich nie mit jungen kräftigen Männern an. Er atmet ein paar Mal durch.

„Hab' meine letzte Kippe gerade Ralle geschenkt", sagt er und lässt Ankes Bruder stehen.

Er holt sein Auto aus der Tiefgarage und fährt nach Hause. Gutes Omen, der Parkplatz vor der Haustür ist frei. Schlechtes Omen: Nur Rechnungen und Kontoauszüge im Briefkasten.

Wesemann kocht sich erst mal einen Kaffee und liest die Zeitung vom überraschenden Wahlausgang in Malawi bis zum Auswärtssieg des MTV Coppenbrügge. Komisch, alle Berichte, die er nicht selber schreibt, kommen ihm immer unprofessionell und langatmig vor.

Wesemann nimmt seine Thermoskanne und setzt sich an den Computer. Keine E-Mail vom Sender, keine E-Mail von einer Zeitungsredaktion, Wesemann, du wirst arbeitslos. – Er holt seine Umhängetasche, kramt den Notizblock heraus. Lover der Jurypräsidentin, Bob Morgenstern, den Namen hat ihm Daniel Kuhlmann durchgegeben. Warum kann er sich selbst diesen einfachen Namen nicht merken?

Das Telefon klingelt. Helga. Doch nicht ausgewandert. Noch nicht. Sie plane einen großen Hausflohmarkt, um den Flug zu finanzieren. In Wesemanns Ohren klingt Flug wie Fluch. Ob sie sich in den nächsten Tagen die Kartons mit den Eulen und Elefanten aus seinem Keller holen könne. Wesemanns Wohnung hat keinen Keller. „Wo könnten die Kartons denn sonst sein?“, fragt Helga.

„Abgesoffen?“ Diese kleine Spitze konnte sich Wesemann nicht verkneifen. Das Telefongespräch ist damit natürlich beendet.

Wesemann setzt sich wieder vor seinen Computer, tippt Ben Morgenstern ein. Fünftausendzweihundertzehn Eintragungen bei Google. Er versucht es mit Ben Morgenstern Köln. Hundertachtunddreißig Eintragungen, auch etwas mit Rundfunk, Moderation und so. Aber nichts mit Fernsehen. Ben Morgenstern Casting-Show. Nichts. Absolut nichts

Wesemann schaut noch einmal auf seinen Block. Bob nicht Ben. Und er wird sofort fündig. Meist Gruppenaufnahmen, mehrere Nahaufnahmen vom Karneval mit Bob. Als Pinguin. Von der Person ist leider nichts zu erkennen. Schließlich findet Wesemann ein Foto in der Hauszeitung des Senders vom Betriebsausflug der Marketingabteilung an den Rhein. Nach Rüdesheim. Bob Morgenstern ist der dritte von links. Wesemann kopiert den Ausschnitt als PDF-Datei, vergrößert ihn und druckt ihn aus. Er sieht sich den Mann auf dem Foto genauer an. So Mitte dreißig, Wesemanns Typ wär' er nicht, ein bisschen größer als er, Figur aus der Muckibude und die Haare zu einem Rattenschwänzchen im Nacken zusammengebunden.

Wesemann schaut noch einmal in sein E-Mail-Postfach. Nichts. Er macht sich auf in die Altstadt. Die ersten Läden holen bereits ihre Rollständer mit den Ansichtskarten ins Geschäft. Ralle wird sich sicher nach einem Abendessen umsehen.

Wesemann eilt die Osterstraße hinunter, dann durch die Fischpfortenstraße hinüber an die Weser. Von Ralle ist nichts zu sehen. Wesemann setzt sich auf eine der

Bänke ans Ufer. Plötzlich hört er im Rücken schweres Atmen. Ralle. Er setzt sich neben ihn. „Hab' dich gesehen." Ralle hat den fehlenden Schnürriemen in seinem linken Schuh durch einen Bindfaden ersetzt.

Wesemann schnuppert. „Knoblauch?"

„War beim Griechen. Hab' Gutscheine gesammelt. Zehn Stück für ein Euro. Wollten nur einen Gutschein pro Essen annehmen. Da habe ich ‚Törööö' gemacht. Essen war lecker. Und viel."

„Du Schlitzohr!", sagt Wesemann. Ralle grinst, muss rülpsen, ist aber so entgegenkommend, den Kopf in eine andere Richtung zu drehen.

„Willste was wissen?", fragt Ralle.

„Der Wein war wohl nicht inklusive?", fragt Wesemann.

„Zu wenig!"

„Erst meine Frage und deine Antwort. Auf meinem Rückweg kannst du mitkommen und ich geh' schnell zu Rossmann rein."

„Einverstanden", sagt Ralle.

Noch ein Rülpser.

Wesemann zieht den Fotoabzug aus der Tasche, reicht ihn Ralle.

„Der dritte von links." Ralle nimmt einen Finger zum Abzählen. „Und?", fragt er dann.

„Ist er das?"

„Wer?"

„Mit dem sich Anke um das Handy gestritten hat?"

„Der?", fragt Ralle und sieht sich das Foto noch einmal genauer an. „Nein. Ja. Weiß nich'. War doch schon dunkel." Ralle kneift die Augen zusammen, er strengt sich an für den Schlummertrunk. „Aber die Haare …"

„Dafür gibt's Perücken."

„Mehr weiß ich nich'", sagt Ralle.

Wesemann seufzt und steht auf. Sie gehen hinüber in die Bäckerstraße. „Wie schade", sagt Wesemann, „Rossmann hat schon geschlossen."

„Grieche auf", sagt Ralle, „hab' noch zwei Gutscheine. Ein für dich und ein für mich."

Doch Wesemann gibt Ralle lieber fünf Euro, und ihre Wege trennen sich.

„Bis demnächst!", ruft ihm Ralle hinterher.

Wesemann hat Zeit, auf dem Nachhauseweg nachzudenken. Dr. Schreiber kommt nicht in Frage, zu lang und zu schmal. Aber der Mann vom Fernsehen? Es könnte natürlich auch eine zufällige Bekanntschaft gewesen sein, mit der Anke in Streit geraten ist. Wie hat Moritz gesagt: „... mein Vater schleicht durch die Stadt und zieht unbescholtenen Bürgern das Handy ab." So ein teures Handy hat sicher viele Neider. Aber Anke hat sich in der Dunkelheit nicht einfach so am Weserufer herumgetrieben. Sie hatte bestimmt eine Verabredung. Wenn es der Mann vom Fernsehen war, muss Anke am Freitagabend ertrunken sein, denn am Samstagmorgen wurde Morgenstern bereits wieder in Köln im Sender gesehen. Und am Samstagabend auch. Laut Polizeiauskunft war Anke allerdings am Sonntagmorgen noch keine vierundzwanzig Stunden tot.

Immer wieder kehren Wesemanns Gedanken zu dem merkwürdigen Einbruch im Sender und Marions auffälligem Verhalten zurück. Er muss handeln. Aber wie und wo anfangen? Zuerst wird er einmal die liegen gebliebene Post öffnen, nachdem er die Schuhe unter die Garderobe gepfeffert und sich ein Glas Rotwein eingeschenkt hat. Dann kommt die Tagesschau dran. Und dann eine Sendung auf 3sat über einen indischen Hungerkünstler, der nach eigenen Angaben siebzig Jahre nichts gegessen hat. Gleich im Anschluss daran eine Diskussion über Hartz IV. Was der Staat so an Sozialausgaben sparen könnte.

Die Rechnungen sind noch immer ungeöffnet, entpuppen sich nach dem Öffnen als harmlose Werbeangebote. Überall nur Täuschung. Wesemann reißt den Kontoauszug auf, keineswegs katastrophal, bloß die vielen kleinen Abbuchungen nerven. Haftpflichtversicherung, Zusatzversicherung für Zahnersatz, Beitrag für die Gewerkschaft, Tanzschule QuickSlow mit dreihundert Euro. Auch kein Pappenstiel, aber aus dem Vertrag kommt er vor Jahresende nicht raus.

War auch so eine Nullnummer. Nach zwei Abenden war Helga nicht mehr greifbar. Darf ich bitten? Darfst du, Wesemann, aber wen?

Ein Lächeln beginnt ganz allmählich in Wesemanns rechtem Mundwinkel und breitet sich dann über sein ganzes Gesicht aus. Er trinkt noch einen Schluck Rotwein, schmunzelt, schaltet das Fernsehgerät ab und überlegt. Wenn er es richtig anfängt, könnte es gehen. Doch es muss ganz vorsichtig angegangen werden. Mit einer falschen Frage kann er alles verlieren und mit der richtigen viel gewinnen. „Eh, Alde, haste Lust auf ein bisschen Schwofen?" Darüber könnte Karola bestimmt nicht lachen. Oder doch?

Wesemann schmeißt die Lammkoteletts in den Abfalleimer und lässt sich Wasser in die Badewanne ein. Mit Aloe vera zur Entspannung und für eine schönere Haut.

ELF

Am nächsten Morgen will Wesemann in aller Ruhe frühstücken. Doch kaum hat er den ersten Schluck Kaffee getrunken und einen Bissen von seinem Nutokabrot in den Mund gesteckt, steht er auf, holt ein Tuch und wischt die Lampe über dem Tisch ab. Der Staub war ihm vorher nie aufgefallen. Anschließend wischt er auch noch die Fensterbänke ab, danach das Regal über dem Herd. Doch das Tuch verschmiert nur den Staub mit dem klebrigen Fett. So lässt sich das Regal nicht reinigen. Er müsste es mit heißem Wasser und Spülmittel versuchen. Dazu fehlt ihm die Energie. Er lässt es sein, setzt sich stattdessen wieder vor seine Kaffeetasse. Morgen ist auch noch ein Tag.

Er genießt die Ruhe, den Tagesanfang ohne Hektik. Oder eigentlich doch nicht. Die Telefonleitung muss gestört und der DSL-Anschluss gekappt sein. Kein Anruf, keine E-Mail, niemand will etwas von ihm.

Wesemann verzichtet auf ein weiteres Nukotabrot und macht sich auf den Weg zum Sender. Im Vorübergehen will er sich bei Engin einen von den appetitlich roten Äpfeln kaufen. Engin schenkt ihm den Apfel, lässt sich kein Geld aufdrängen, verspricht, es mit dem nächsten Einkauf zu verrechnen.

Wesemann bedankt sich, überquert die Straße und beißt in den Apfel. Augenblicklich fällt ihm seine Zusatzversicherung für Zahnersatz ein. Der Apfel ist steinhart. Ein Gipsapfel, den man den Apfelbäumen unterschiebt wie den Hühnern Gipseier, um sie zu verstärkter Produktion zu animieren? Tolles Thema. Wesemann betrachtet den Apfel genauer. Der sieht irgendwie nicht normal aus. Allmählich dämmert es ihm, er hat nach einem dieser biblischen Äpfel gegriffen. Richtig, Granatapfel! Soll 613 Kerne haben, genauso viel wie das Alte Testament Gesetze. Er sieht sich um, Engin steht vor seinem Laden und winkt ihm freundlich zu. Wesemann steckt den Apfel in seine Umhängetasche.

Im Sender ist es merkwürdig ruhig. Hat Baxmann die Lizenz zum Senden verloren? Direkt neben der Eingangstür, halb verdeckt von einem Prospektständer, sitzt ein junger Mann auf einem kleinen Hocker. Wesemann nickt ihm kurz zu, ruft dann seinen Empfangsdamen ein freundliches „Guten Morgen!" zu. Karola schenkt ihm ein kleines Lächeln, Marion nickt nur zweimal kurz. Begrüßung im Morsealphabet.

„Alles klar?" Jetzt sieht ihn auch Karola nicht mehr an.

„Das ist Timo", sagt Marion, ohne den Blick von ihrem Bildschirm zu lösen, „Timo Hristov, unser neuer Praktikant."

Wesemann dreht sich um zu dem jungen Mann neben der Tür. Struppige, blonde Haare, Akne-Narben und durchsichtiger Flaum auf der Oberlippe. Timo lächelt Wesemann unsicher an, vor seinen Füßen liegt die Tasche mit dem alten Aufnahmegerät, die Baxmann jedem Neuen zur Verfügung stellt.

„Er soll einen Bericht über den Aufstieg Hamelns zum Hochschulstandort machen", sagt Marion.

„Und ich?"

„Flaue Zeit", Baxmann kommt aus seinem Büro, „sehr flaue Zeit. Wir müssen alle sparen."

Timo ist sofort aufgesprungen. Baxmann gibt ihm die Pressemitteilung.

„Heißt das ...", fragt Wesemann.

„Nun seien Sie nicht so eigennützig. Gönnen Sie dem Nachwuchs doch auch mal eine Chance."

„Und mein Bericht über das Waldschlösschen ..."

Timo Hristov hat das Schreiben überflogen. „Tolles Thema. Danke. Soll ich mit einem Stadtrundgang anfangen?"

„Oh Gott", sagt Wesemann.

„Fassen Sie das Thema locker an, aber nicht so flapsig", rät Baxmann. „Vielleicht lässt sich eine Verbindung zwischen Fachwerkstadt und Fachhochschule finden. Oder so ähnlich." Baxmann verschwindet wieder in seinem Büro.

Timo Hristov scheint nicht weiter zu wissen.

„Ruf bei den Firmen an, von denen die Hochschule gefördert wird", schlägt Wesemann vor, obwohl ihm nicht nach Vorschlagen ist. „Frag nach den Plänen für die geplante Gründung der Hochschule Weserbergland. Damit kannst du was anfangen."

„Danke", sagt Timo. Er nimmt seine Tasche, geht zur Tür, wendet sich noch einmal kurz um. „Danke, Kollege!"

Wesemann sieht ihm nach. „Der muss noch viel lernen", sagt Marion, „er ruft bestimmt von seinem privaten Anschluss bei den Firmen an und bezahlt alles aus eigener Tasche."

„Das sind doch die Leute nach Baxmanns Geschmack", meint Wesemann.

„Sprichst du wieder mit mir?", fragt Marion.

„Warum nicht."

„Du weißt schon ..."

„Ach, das war zwar unangenehm, aber nicht so tragisch." Wesemann nimmt sich ein rotes Bonbon aus der Glasschale. „Als Rundfunkmensch habe ich natürlich eine Kopie vom Handy-Memo gezogen." Diesen taktischen Schachzug hat er sich gestern in der Badewanne ausgedacht.

Für einen Augenblick verharrt Marion in ihrer Bewegung, ihre Finger schweben über der Tastatur und ihre Gesichtszüge scheinen eingefroren. „Du hast ..."

„War kein Aufwand", sagt Wesemann, „ich hab doch die Apparaturen. Und schlechter als das Original ist meine Kopie auch nicht geworden."

Marion hat sich wieder gefangen. „Dann ist wohl nicht alles verloren." Sie tippt weiter. Eine leichte Röte hat sich auf ihrem Gesicht ausgebreitet. Irgendwie sieht sie dadurch noch hübscher aus. „Hast du die Kopie schon der Polizei übergeben?"

Wesemann nimmt sich noch ein gelbes Bonbon. „Das ist nicht so einfach", sagt er, „was soll ich der Polizei denn dazu sagen? Die weiß doch gar nichts von dem Handy."

„Vielleicht lässt sich auf der Aufzeichnung auch gar nichts Vernünftiges erkennen."

„So leicht gebe ich mich nicht geschlagen. Ich lasse die Kopie von einem richtigen Fachmann bearbeiten. Mal sehen, was dabei herauskommt."

„Warten wir es ab!", sagt Marion in einem merkwürdigen Tonfall und dann wie immer: „Was sollen wir auch sonst tun?" Sie steht auf und geht mit zwei, drei ausgedruckten Seiten in Baxmanns Büro.

Karola schaut Wesemann über ihren Bildschirm an. „Du möchtest sicher einen Kaffee?"

„Wenigstens du erinnerst dich an mich!"

Karola stellt eine Kaffeetasse auf den Tresen und gießt den Kaffee aus einer Thermoskanne ein.

„Nimm's nicht so schwer", sagt sie, „der Alte braucht dich, auch wenn er es nicht wahrhaben will."

Wie kommt er jetzt bloß aufs Tanzen. „Hast du noch deine Doppelkopfrunde?"

„Ich hab's aufgegeben", sagt Karola. „War doch zu blöd, immer alleine unter den Paaren."

„Wenn man plötzlich ohne Partner ist, verliert man schnell den gewohnten Freundeskreis."

„Ich bin dabei, mich neu zu orientieren. Noch einen Kaffee?"

Wesemann schiebt ihr seine Tasse hin. „Ich möchte dich etwas fragen."

„Sind die Lammkoteletts denn noch immer nicht gegessen?" Karola lacht.

„Ich habe vor Monaten einen Tanzkurs gebucht, da sind noch acht Stunden offen."

„Ach."

„Die beiden verloren gegangenen Kursabende kann man sicher dazu buchen."

„Durchaus möglich."

„Wäre eigentlich zu schade, den Kurs einfach verfallen zu lassen."

„Und da hast du gedacht ..." Karola zieht sich ein wenig vom Tresen zurück.

„Genau."

„Du hast dich bloß nicht getraut?"

„Stimmt."

Karola nimmt die Thermoskanne. „Ich werde Marion für dich fragen, ob sie den Kurs mit dir machen möchte."

„Nein", sagt Wesemann, „nicht mit Marion. Ich meine dich."

„Du willst mit mir zum Tanzkurs gehen?" Karola stellt die Kanne neben die Kaffeemaschine. „Einfach so mit mir zum Tanzkurs?"

„Hast du überhaupt Lust zu tanzen?"

„Ich tanze leidenschaftlich gerne, war aber noch nie in einer Tanzschule."

Die Tür von Baxmanns Büro geht auf, Marion kommt heraus, pfeffert ihre Ausdrucke in den Papierkorb.

Karola schreibt etwas auf einen Zettel, nimmt Wesemanns Kaffeetasse vom Tresen und schiebt ihm unauffällig den Zettel zu.

Wesemann verabschiedet sich, winkt der muffelnden Marion einen Gruß zu und ist draußen. Auf dem Zettel steht mittwochs oder donnerstags. Und dann noch ein kleiner Zusatz: Ich zahle selber.

Im Laufen kann Wesemann schlecht denken, dabei holpern die Gedanken zu sehr. Er geht hinüber in die Altstadt, holt sich eine Schokolade und stellt sich vor den Laden des Kaffeerösters. Er muss weiter nachdenken. Über Anke Papenburg. Er muss doch davon ausgehen, dass alle Fakten so sind, wie sie auf dem Tisch liegen. Natürlich kann er nicht sicher sein, dass Ralle alles richtig beobachtet oder berichtet hat. Der Fernsehfritze ist schon mal verdächtig. Andererseits hat höchstwahrscheinlich Marion das Handy verschwinden lassen oder weiß zumindest, wer dahintersteckt. Dann wird sie sich auch die Aufzeichnung angehört haben. Das Rauschen, die undeutlichen Stimmen, das Glockengeläut. Wird sie versuchen, die Aufzeichnung verständlich machen zu lassen? Wohl kaum. Wenn sie mit der Sache etwas zu tun hat, weiß sie, was zu hören wäre. Außerdem würde ein solcher Versuch einen weiteren Mitwisser schaffen. Also Marion und ...? Der neue Praktikant? Vielleicht ist Baxmann das Jüngelchen von ihr schmackhaft gemacht worden. Blödsinn, Wesemann! Eifersüchtig? Oder ist dir das Nikotin aus dem übervollen Aschenbecher zu Kopf gestiegen? Wesemann stellt den Aschenbecher auf den Nachbartisch.

Er braucht jetzt einen kleinen Fußmarsch zur Entspannung und zum Durchlüften der Gehirnzellen.

Er kommt bis zum nächsten Café in der Osterstraße.

Der zentrale Punkt seiner Überlegungen bleibt Marion.

Es fällt ihm schwer, den Gedanken zu Ende zu denken. Aber er wird gezielt in ihrem Umfeld recherchieren müssen.

Wenn sie ihn erwischt, kann er sich als unerwünschte Person des Senders betrachten.

Ob er vielleicht Karola einweihen soll? Das kann er später immer noch entscheiden.

Sein Talcid ist aufgebraucht, er muss in die Apotheke.

Wesemanns Handy klingelt.

Marion.

Der Praktikant ist zurück. Hat vergeblich die Hochschule Weserbergland gesucht. Baxmann hat ihn zusammengefaltet. Jetzt hat der Praktikant keine Lust mehr.

Und Baxmann braucht den Bericht.

„Ich bin nicht nachtragend", sagt Wesemann, „und mein Konto erst recht nicht." Er trinkt seinen Kaffee aus, geht in die Apotheke und dann zum Sender zurück.

Timo sitzt wie ein Häufchen Elend auf dem Hocker neben der Tür.

Er schwitzt. Als Marion Wesemann sieht, springt sie sofort auf und kommt an den Tresen. „Ich hab dem Chef gleich gesagt, dass wir ohne dich nicht auskommen, aber nein, er weiß ja immer alles besser."

Karola versteckt sich hinter ihrem Bildschirm.

„Wesemann, Sie schon wieder …“ Baxmann steht plötzlich im Empfang.

„Aber Marion hat mich doch herbeordert“, sagt Wesemann ein wenig verlegen.

„Habe ich davon gewusst?“ Baxmann sieht Marion an.

„Aber, Chef“, sagt Marion, „was sollen wir denn ohne Wesemann machen? Er ist nun mal unser bester Mann.“

„Spielt sich da etwas ab, von dem ich nichts weiß?“ Baxmann sieht Marion fragend an, dann Karola, den Praktikanten und schließlich Wesemann.

Karola zuckt ganz leicht mit den Schultern, der Praktikant schwitzt immer noch.

„Alles rein geschäftlich“, sagt Marion.

„Nun ja, äh“, sagt Baxmann, „wir brauchen den Bericht von der Hochschule Weserbergland. Wesemann, fahren Sie hin und machen Sie was draus, bevor es ein anderer tut.“

„Und für den Kleinen hätte ich auch was.“ Marion wedelt mit einem Computerausdruck, „Die AOK bietet einen Schulranzen-TÜV an. Das ist doch was für ihn.“

„Bin ich entmachtet und habe noch nichts davon gemerkt?“, fragt Baxmann.

„Es ist doch alles in Ihrem Sinne und zum Wohl des Senders.“

„Na, schön, ich bin dann in meinem Büro.“ Und weg ist Baxmann.

Wesemann starrt Marion mit offen stehendem Mund an, wird sich dessen bewusst und macht ihn schnell wieder zu.

„So spielt man mit Studenten!“

Marion zwinkert Wesemann zu, holt ihm einen Kaffee und legt ihm einen Bahlsenkeks daneben.

Karola sieht Wesemann über ihren Bildschirm an. Wesemann weicht ihrem Blick nicht aus.

Ein leichtes Lächeln überfliegt ihr Gesicht, bevor sie sich wieder ihren geschäftlichen Aufgaben widmet.

„Ich werde dann mal zur AOK gehen", sagt Timo.

„Nein, so nicht", sagt Wesemann, „ruf vorher an, informier dich und bereite sie auf deinen Besuch vor."

„Irgendwelche Fallstricke?", fragt Timo.

„Kaum." Wesemann nimmt Timo bei der Schulter und sie gehen gemeinsam hinaus. Kollegen.

Zu Hause hat Wesemann die Lederjacke noch nicht ausgezogen, da sitzt er auch schon am Computer. Eine E-Mail an Karola.

Morgen Abend 1. Tanzstunde. Treffen wir uns um 19:15 an der Ecke Süntelstraße/Gartenstraße?

Wesemann müsste noch nachfragen, ob er die bereits bezahlten Kursgebühren überhaupt angerechnet bekommt. Und wenn nicht … auch egal.

Als er seine Jacke ausgezogen hat, zeigt sein Bildschirm eine eingegangene E-Mail an. Karola.

Morgen 1. Tanzstunde geht klar. Wir treffen uns kurz vorher. In der Tanzschule.

Wesemann telefoniert mit den leitenden Angestellten der Berufsakademie.

Macht sich auf den Weg und holt noch drei Originaltöne aus berufenen, fachakademischen Mündern. Es wird dann ein etwas gequälter Bericht, Wesemanns

Gedanken schweifen zu oft ab. Aber irgendwann ist auch so ein Bericht fertig.

Was lange währt, wird endlich Hochschulstandort. Der Wissenschaftsrat in Bonn hat die Genehmigung für den Hochschulbetrieb erteilt. Die geplante Hochschule Weserbergland wird aus der seit neunzehnhundertneunundachtzig bestehenden Berufsakademie Weserbergland hervorgehen und zum Wintersemester zweitausendzehn, zweitausendelf ihren Studienbetrieb aufnehmen. Die neue Hochschule wird duale und berufsbegleitende Studiengänge in den Bereichen Betriebswirtschaftslehre, Wirtschaftsinformatik und Wirtschaftsingenieurwesen …

Da klingt Timo Hristovs Bericht vom Schulranzen-TÜV schon erheblich lockerer, als er über den Sender geht.

Man sieht sie jeden Morgen vor Schulbeginn mit ihren schweren Schulranzen durch die Straßen ziehen. Fünfundsiebzig Prozent der Schüler tragen einen viel zu schweren Ranzen auf dem Rücken. Kinderärzte warnen vor Haltungsschäden. Deshalb bietet die AOK den Schulranzen-TÜV an …

Dann sogar sein erstes Interview:

Den Ranzen hat meine Mutter mit meiner Oma ausgesucht, aber dann bin ich doch mitgegangen, weil die so einen ollen Geschmack haben …

Und dann der Schluss:

So wird der Kauf eines Schulranzens zum Ereignis für die ganze Familie. Es sollen sich sogar schon Väter für seinen Kauf freigenommen haben. Timo Hristov für radioTOTAL.

ZWÖLF

„Wir beginnen mit dem Caret des langsamen Walzers. Rechts vor, seit, Schluss, links rück, seit, Schluss." Wesemann hat einen ganz neuen Kurs für Karola und sich gebucht. Er wollte keine abgelegten Reste aus der Vergangenheit. „Und noch einmal rechts vor ..." Er hat Karola noch nie im Rock gesehen. Und sie ihn wohl noch nie in seiner elegantesten Kombination mit dunkler Hose und hellem Leinenjackett. Karola bewegt sich richtig elegant, so sanft und leicht. Wenn er sich bloß nicht so hölzern anstellen würde. Und dieser dämliche Kerl mit der übertriebenen Sonnenbräune hat ihr auch schon zugelächelt.

„Vor, seit, Schluss und rück, seit, Schluss." Eine dreiviertel Stunde lang. Dann ist endlich Pause. Man begibt sich an die Bar. Wesemann würde Karola gerne etwas ausgeben, doch bevor er fragen kann, hat sich Karola bereits einen Campari-Soda bestellt. Wesemann schließt sich an.

„Schön, dass du gekommen bist." Er prostet Karola zu.

„Ich hab' es mir lange überlegt, aber nichts gefunden, was dagegen sprechen könnte."

Wesemann versucht, möglichst lässig auf dem unbequemen Hocker zu sitzen, was ihm nur mit der einen Seite seines Hinterns gelingt, die andere hängt frei in der Luft.

„Baxmann fand deinen Bericht über die Weserbergland Hochschule richtig gut", sagt Karola.

„Schön", meint Wesemann und streckt den Oberkörper.

„Aber von Timos Schulranzenbericht war er geradezu begeistert."

„Auch schön." Wesemann fällt ein wenig in sich zusammen.

„Dafür hat Marion deinen Bericht im Sendeplan dann ganz dick mit rotem Stift markiert."

Es geht weiter mit dem Tanzunterricht. Tango. „Vor, vor, Wiegeschritt - rück, seit, Schluss."

Wesemann achtet auf seine Füße, Karola tritt ihm auf die linke Schuhspitze, Wesemann sagt „Entschuldigung" und Karola lächelt. „Bitte Körperkontakt, sonst sieht es aus wie auf einer Spargelhochzeit."

Die Tanzlehrerin hat gut reden.

Er kann doch Karola nicht so einfach an sich pressen. Was soll sie denn von ihm denken?

Sie denkt nicht, sie schmiegt sich an ihn. Wesemann schwebt über die Tanzfläche und über den Wolken, die Tanzlehrerin sagt „Na also", und die Stunde könnte ewig so weitergehen.

Doch um kurz nach neun bedankt sich die Tanzlehrerin, wünscht einen guten Heimweg und entlässt ihre Schüler.

Wesemann lädt Karola zu einem Rotwein beim Italiener ein, doch Karola schlägt einen Kaffee im Bistro vor.

„Du musst nicht denken, dass ich mich zwischen dich und Marion drängen will", sagt Karola, „mir geht es ausschließlich ums Tanzen."

„Ich habe nichts mit Marion."

„Sie legt sich in letzter Zeit aber mächtig für dich ins Zeug."

Karola nippt an ihrem Kaffee und sieht Wesemann über den Rand ihrer Tasse an.

Wesemann überlegt. Soll er weiter rumeiern oder Karola lieber in seine Überlegungen einweihen. Was hätte er vom Rumeiern?

„Marion hat vielleicht einen Grund, sich gut mit mir zu stellen."

„Hast du überraschend geerbt?"

„Ich kann mich doch auf dich verlassen?"

„Du kannst dich auf meine Verlassenheit verlassen, aber auf sonst nichts."

„Ich kann den Zeitpunkt für Marions Stimmungswandel genau festmachen", sagt Wesemann, „weil ich ihn provoziert habe. Ich habe ihr von der Kopie der Handy-Aufzeichnungen erzählt und plötzlich war ich interessant für sie."

„Daran soll's gelegen haben?"

„Ich vermute, dass Marion hinter dem Verschwinden des Handys steckt und ganz genau weiß, wer auf dem Handy verewigt wurde."

„So ähnlich habe ich mir das auch schon überlegt, aber ich wollte mich nicht in deine Recherche einmischen."

„Wenn der Tod von Anke Papenburg ein Mord war, und Marion den Mörder kennt, hängt sie vielleicht selber mit drin."

„Das kann ich mir nicht vorstellen", sagt Karola.

Eine kleine Frau wischt die Nachbartische ab. „Wir schließen in fünfzehn Minuten."

„Was weißt du denn von Marion?"

Karola nimmt ihr Portemonnaie aus der Handtasche, um zu bezahlen. Wesemann versucht erst gar nicht, sie daran zu hindern und zahlt seinen Kaffee. Gemeinsam verlassen sie das Bistro.

„Über Marion?" Karola nimmt ihre Autoschlüssel aus der Handtasche.

„Ich bring dich noch bis zu deinem Wagen", sagt Wesemann.

„Über Marion weiß ich fast gar nichts. Sie wohnt nicht in Hameln und hat wohl einen Freund, der sie gelegentlich übers Handy anruft."

„Und sonst?"

„Komisch", sagt Karola, „sonst wirklich nichts." Sie verzögert ihre Schritte, sie sind an ihrem Auto angekommen.

„Ich möchte dich um etwas bitten", sagt Wesemann, „aber es ist wirklich nur eine Bitte, und die kannst du auch ablehnen." Karola sieht ihn an. „Kannst du mir Marions Adresse besorgen?"

Karola überlegt einen Augenblick. „Ich glaube nicht, dass ich damit gegen irgendwelche Dienstvorschriften gravierend verstoße."

„Dann könnte ich mich ein wenig in ihrem Umkreis umsehen!"

Karola lässt die Verriegelung an ihrem Auto aufspringen, haucht Wesemann einen Kuss auf die Wange. „Wenn es denn der Wahrheitsfindung dient …" und steigt ein. Sie winkt Wesemann noch einen kurzen Gruß zu und fährt davon.

Wesemann hat auch seinen Stolz. Er wird sich *radioTOTAL* nicht aufdrängen. Im Internet sucht er nach privaten Sendern, bei denen er sich mit seinen Berichten ins Gespräch bringen könnte. Aber regionale Berichte bleiben regionale Berichte. Was interessiert Hamburg, Bremen oder Kassel die diamantene Konfirmation in Nettelrede? Mit der Aufklärung eines Mordfalls und einem exklusiven Bericht darüber könnte er punkten. Morde geschehen schließlich überall. Diamantene Konfirmationen eigentlich auch, bloß sind die keine Aufmacher in den Radionachrichten oder Eye-Catcher auf den Titelseiten der Zeitungen.

Karola schickt ihm eine E-Mail. *Fahr nach Hummerbruch, Grasweg, Nummer unbekannt. Ich freu' mich auf nächsten Mittwoch.*

Ich auch, schreibt Wesemann zurück, *Cha-Cha-Cha!*

War er schon mal in Hummerbruch? Wesemann kann sich nicht erinnern. Er ruft den Ort im Internet auf, findet eine Karte und ein Satellitenbild. Felder, Wald und ein paar Häuser. Wie magisch wird sein Blick von einem der wenigen roten Vierecke am unteren Rand der Karte angezogen.

Schon lange sucht Wesemann nach einer neuen Wohnung im Internet. Nicht im Internet, eher in Hameln, soviel Präzision muss sein, aber mit Balkon und weniger Krach. Hummerbruch? Vielleicht zieht er in die ländliche Idylle. Dann hätte er wenigstens einen vernünftigen Grund, seine Spritkasse mit neuen Kosten zu belasten. Vielleicht eine gemeinsame Wohnung mit Karola?

Weit weg von Häme und dämlichen Fragen.

Wesemann schnappt sich seine Tasche mit dem Fotoapparat und macht sich auf den Weg. Über Groß Berkel nach Extertal und dann links ab. Wen sucht er überhaupt? Marion! Marion was? Der Nachname ist ihm entfallen, Marion ist eben Marion. Es war irgendwas mit Land. Morgenland? Abendland? Heiland? Richtig: Heilmann.

Auf sein Gedächtnis und seine Kombinationsgabe kann sich Wesemann eben verlassen.

Er fährt durch kleine Waldstücke, gelb blühende Rapsfelder, noch mehr Rapsfelder, endlich Hummerbruch. Kaum hat Wesemann den Ort erreicht, ist er auch schon wieder draußen. Er muss wenden, fährt dann langsamer zurück, biegt bei der ersten Möglichkeit rechts ab und findet den Grasweg. Ganz am Ende auf der rechten Seite ein altes Backsteinhaus. Der Garten ist arg verwildert, Blumen blühen, ein Holunderstrauch, blaue Schwertlilien, den Weg vom windschiefen Jägerzaun zur grünen Haustür säumen weiße Pusteblumen.

Neben dem ausgehängten Gartentürchen ein Briefkasten. Heilmann. Darüber ein weißes Klebeband. Noch ein Name. Tutasz.

Ein wilder Name. Dabei macht Marion so einen gesitteten Eindruck.

Jetzt hat Wesemann einen zweiten Namen. Und was macht er damit? Er wird sich etwas dazu einfallen lassen müssen. Er geht ein paar Schritte, um nachzudenken. Hinter dem Haus steht ein fester Anbau mit einer soliden Tür. Die breite Reifenspur eines Lastwagens führt vom Fahrweg direkt bis vor die Tür. Vielleicht heizen sie noch mit Holz und Kohlen, die in dem Anbau gelagert sind. Wesemann geht weiter am Wald entlang. Ein Buchfink schmettert vom trockenen Ast einer Buche sein *Bin, bin, bin ich nicht ein schöner Bräutigam?* Eine Rabenkrähe fliegt auf und lässt eine halb zerfressene Maus am Wegrand zurück. Hoch über den Feldern zieht ein Bussard seine Kreise.

Wesemann ist entschlossen, nicht einfach aufzugeben. Er geht zurück, steigt über das ausgehängte Türchen und klopft an die Haustür. Er hätte sich vergewissern sollen, dass Marion auch wirklich im Sender ist. Nichts rührt sich. Er klopft heftiger. Noch einmal. Im Haus sind Geräusche zu hören. Ein jüngerer untersetzter Mann öffnet die Tür: „Ja?“ Das ärmellose Unterhemd lässt den Blick auf seine muskulösen

Oberarme frei, sein kahl geschorener Kopf glänzt im Sonnenlicht.

Wesemann hat es die Sprache verschlagen. Er hat den Mann schon einmal irgendwo gesehen.

„Wir kaufen nichts, wir haben alles", sagt der Mann mit einer etwas harten Aussprache.

Wesemann, du musst Zeit gewinnen. „Ich benötige nur eine Auskunft." Er kramt sein Notizbuch aus der Tasche, schlägt es auf. Warum steht da Granatapfel? Wollte er einen Bericht über einen Granatapfel machen?

„Geben Sie sich keine Mühe, wir sind auch nicht bekehrbar!"

Wesemann, präg' dir die Person ein. „Ich suche eine Familie Granata, sie soll vor Jahren im Grasweg gewohnt haben."

„Granata?", fragt der junge Mann im Unterhemd. „Nicht dass ich wüsste. Wir sind noch nicht lange hier."

Nicht gleich aufgeben, Wesemann. „Oder so ähnlich. Vielleicht auch Hanuta?" Das war ein Fehler, ist ihm unbedacht herausgerutscht.

„Verschwinden Sie!"

Der Mann macht die Türe zu, Wesemann klettert wieder über das Gartentürchen, muss niesen. Irgendein Duft kitzelt ihn in der Nase. Waldmeister! Der einzige Stoff, den Wesemann weder riechen noch zu sich nehmen mag.

Helgas Lieblingsgetränk: Berliner Weiße mit einem großen Schuss Waldmeistersirup.

Jetzt hat er Baxmann lange genug schmoren lassen. Er fährt in den Sender. Marion empfängt ihn mit einem gewinnenden Lächeln, steht sofort auf, um ihm einen

Kaffee zu servieren. Karola nickt ihm mit einem kleinen Lächeln zu.

Wesemann trinkt, würde gern mit Karola reden, doch Marion drängt sich dazwischen. „Gibt's etwas Neues?“

„Das wollte ich dich gerade fragen.“ Wesemann schaut auf Baxmanns Bürotür. Sie ist zu.

„Der Chef ist auf Fortbildung“, sagt Marion, „er verhandelt mit dem Golfclub in Bad Münder über seine Aufnahme.“

„Welches Handicap?“, fragt Wesemann.

„Was weiß ich“, sagt Marion.

„Zwei linke Hände und vier linke Füße!“, wirft Karola ein.

Alle lachen.

Die Eingangstür wird aufgerissen, Timo kommt herein, knallt seine Tasche mit dem Aufnahmegerät auf den Tresen und schaut auf Wesemanns Kaffeetasse.

„So weit“, sagt Marion und streicht Wesemann dabei mit der Hand leicht über den Arm, „sind wir noch lange nicht. Wir sind doch keine Milchbar.“

„Ich bin erster stellvertretender Chefreporter“, Timo strafft sich, „hat der Chef gesagt.“

„Traue niemals deinem Chef“, sagt Wesemann, „nur seiner Honorarzahlung.“

„Darüber wollte ich auch schon mit ihm sprechen.“ Timo wirkt plötzlich unsicher. „Aber der Chef meint, ich könnte doch froh sein, überhaupt einen Praktikumsplatz erwischt zu haben. Heißt das, es gibt gar nichts?“

„Droh ihm mit Arbeitsverweigerung“, meint Wesemann, „dann hat er nichts für nichts.“

Timo überlegt. „Er würde mich sicher rausschmeißen.“

„Das wäre aber nicht nett von ihm." Wesemann schaut zu Karola hinüber. Beide können sich ein Lachen kaum verkneifen.

„Gibt's einen neuen Auftrag?", fragt Timo.

Marion geht an ihren Arbeitsplatz, kommt mit einem roten Aktenordner zurück.

Sie entnimmt ein Blatt und legt es vor Wesemann auf den Tresen.

Wesemann liest: „Was ist die Seele? Auftaktveranstaltung einer neu eingerichteten Veranstaltungsserie über philosophische Themen, die das Hamelner Viktoria-Luise-Gymnasium zusammen mit dem Staatlichen Studienseminar anbietet ... Das ist doch was für dich, Timo!" Wesemann schiebt seinem jungen Kollegen den Pressetext zu.

„Bohäh", sagt Timo, „vielleicht hätte ich ein Praktikum bei der freiwilligen Feuerwehr machen sollen?"

„Nicht gleich aufgeben." Marion nimmt noch ein zweites Blatt aus der Mappe. „Mach doch was über den Münchhausen von Hameln. Der hat die ganze Stadt genarrt und neben Baxmann haben sicher auch die Zeitungen ein Interesse an einem Bericht. Das könnte dein Einstieg bei der DEWEZET sein."

„Ich würde mich lieber um die angekündigten schnellen Internetverbindungen für den Kreis Hameln-Pyrmont kümmern. Davon verstehe ich mehr. Außerdem brauche ich etwas in meinem Bereich."

„So kannst du als angehender Journalist aber nicht denken", wendet Wesemann ein, „du musst dich als kritischer Beobachter des Zeitgeschehens sehen und die Themen nach Relevanz auswählen."

„Ich weiß, aber Philosophie geht nun mal gar nicht."

„Schon gut", sagt Marion, „mach das Internet, ich schreibe dem Chef eine Notiz."

Wesemann trinkt seinen Kaffee und nimmt sich die Blätter zur Philosophie und zu Münchhausen.

„Ohne dich geht's wirklich nicht", sagt Marion, als sich Wesemann auf den Weg macht.

Am Abend klingelt bei Wesemann das Telefon. Er sollte mal einen Bericht über diese unseriösen Marketinganrufer machen, die nur Versicherungen aufschwatzen wollen.

Aber es ist Karola.

„Ich hoffe, du willst nicht unsere Tanzstunde absagen?"

„Nein, nein, dafür hat mir das Tanzen zu viel Spaß gemacht."

„Das Tanzen mit mir?"

Einen Augenblick Stille in der Leitung.

„Ich weiß nicht, ob ich mich da überhaupt einmischen soll. Irgendwie kommt mir die Sache nicht astrein vor, und Marions Adresse habe ich dir auch schon gegeben. Also hänge ich sowieso schon mit drin."

„Als Komplizin habe ich dich bisher noch gar nicht gesehen."

„In der Mittagspause wollte ich mir ein wenig die Beine vertreten und bin hinterm Haus in den Bürgergarten gegangen. Ich laufe so rum, denk an nichts Besonderes und schau mehr auf den Weg als auf die Menschen. Da sehe ich in Richtung 164er Ring hinter einer Baumgruppe Marion. Und jetzt halt dich fest. Sie spricht mit Ankes Bruder, verhandelt eine Weile und steckt ihm dann etwas zu. Für einen Augenblick hat es in der Sonne aufgeblitzt, und ich habe sofort an das goldene Handy denken müssen."

„Ankes Bruder?"

„Ich weiß nicht, wie er heißt."
„Bist du sicher?"
„Mein Gott, jeder in Hameln kennt Ankes Bruder. Bei dem Handy bin ich mir natürlich nicht sicher."
„Ich werde mich drum kümmern", sagt Wesemann. „Wie geht es sonst?"
„Sonst habe ich dir eigentlich nichts zu erzählen. Einen schönen Abend noch."
„Dir auch!"
Wesemann legt auf, überlegt noch ein bisschen und entschließt sich, seinen Sohn anzurufen.
Das Telefon läutet und läutet, der Anrufbeantworter springt an, und Wesemann fällt ein, dass sein Sohn am Freitagabend Volleyball mit der geologischen Studiengruppe spielt.

Also macht er sich an die Arbeit, ruft HK Bertram an, besorgt sich noch ein paar Auskünfte aus dem inneren Zirkel seiner weit verstreuten Informanten und schreibt den Text für seinen Münchhausenbericht.

Zwei Superthemen sendet *radioTOTAL* am Sonntag. Erst den Praktikantenbericht über die Pläne der Telekom, den Landkreis Hameln-Pyrmont flächendeckend mit schnellem Internet auszurüsten.
Im Hintergrund das Tippen auf einer Computertastatur:

... teilte Wirtschaftsminister Jörg Bode mit.

„Im Bereich Südniedersachsen, zu dem auch Hameln-Pyrmont gehört, wird das Netz durch die Deutsche Telekom umgehend ausgebaut werden", erläuterte der Geschäftsführer Technik der Telekom Marco Feuerstein.

„In Südniedersachsen können dann mehr als einundvierzigtausend Haushalte schnelle Internetverbindungen nutzen." Das Land Niedersachsen fördert das schnelle Internet mit vierundzwanzig Millionen Euro, wobei sich die Gesamtinvestitionen auf sechzig Millionen belaufen.

Damit ist auch Hameln in der Neuzeit angekommen. Timo Hristov für radioTOTAL.

Die Millionenbeträge müssen ihm gestunken haben, weil er selbst für Luft und gute Worte arbeiten soll.

Doch dann Wesemanns Bericht über Münchhausen in Hameln:

Er kam nicht auf der Kanonenkugel und trotzdem hatte er viel Ähnlichkeit mit dem Baron Münchhausen, der angebliche Redakteur des ZDF, der in Hameln mit den Dreharbeiten zu seinem dreiteiligen Spielfilm beginnen wollte.
Er quartierte sich in einem noblen Hotel ein und führte verschiedene Vorgespräche, auch mit dem Hotelmanagement.
„Er kam uns sehr glaubwürdig vor. An drei verschiedenen Orten der Märchenstraße sollte sein Spielfilm entstehen, so auch in Hameln."
Doch außer Spesen nichts gewesen, das Hotel wird wohl auf den Kosten von tausend Euro sitzen bleiben.Denn der angebliche ZDF-Redakteur wurde bundesweit per Haftbefehl gesucht und ist nur durch die Aufmerksamkeit eines echten Kameramanns, dem die unprofessionelle Arbeitsweise des Redakteurs auffiel, aufgeflogen.
Jetzt sitzt der falsche Redakteur in der Justizvollzugsanstalt. Zurück bleiben in Hameln lange Gesichter.
Die Hameln Marketing und Touristik GmbH ist enttäuscht: „Schade. Wir hätten uns gefreut, wenn das ZDF wirklich in Hameln gedreht hätte. Unser Rattenfänger-Musical sollte sogar im ZDF-Fernsehgarten vorgestellt werden. Aber nun ..."

Hohn, Spott und zurückgelassene Schulden. Aber wie es immer ist, schließlich kommt die Wahrheit ans Licht. Oder diesmal vielleicht nicht? War es eventuell ein Dreh mit der versteckten Kamera? Mal sehen, wer sich besonders tollpatschig angestellt hat. Hubert Wesemann für radioTOTAL.

Wenig später ruft Moritz an. Ihm ist das Fahrrad geklaut worden. Ob er sich vielleicht Vaters Auto leihen könne. Er müsse heute Abend ganz dringend nach Hannover.

Warum nicht mit der S-Bahn nach Hannover?

„Weil ich deine kleinen Füße geerbt habe."

Wesemann lacht ein wenig.

„Weißt du was über Ankes Bruder?", fragt er ganz direkt, weil er dem Ladezustand von Moritz' Telefon nicht traut.

„Zippo, den Schrecken der braven Hamelner Bürger?"

„Zippo?"

„Eigentlich heißt Ankes größerer Bruder Bodo, doch irgendwann hat er sich einen neuen Namen zugelegt, weil's cooler ist."

„Zippo wie das Feuerzeug?"

„Genau."

„Stell ich mir schwierig vor für einen Nichtraucher."

„Willst du nun was hören oder originell sein?"

„Lass deine Funken sprühen."

„Zippo hat es nie geschafft, normal zu werden. Wenn ich an ihn denke, fällt mir immer Karneval ein. Irgendwann muss er sich in der Schulzeit verkleidet und dann vergessen haben, sich wieder abzuschminken."

„Er soll auch gesessen haben?"

„Am Anfang fanden es alle lustig, mit Zippo rumzuhängen. Als er dann aber von der Schule flog und anfing, Hasch zu rauchen und Drogen zu vertickern, haben sich die meisten zurückgezogen. Getrunken hat er auch. Als er eines Tages aufflog, kam er in den Jugendarrest, wurde entlassen und hat sein Bauchladenangebot erweitert. Aber alles nichts Großes, kleine Mengen, nichts Hartes, er hatte eben doch Schiss vor seinem Alten."

„Paul Papenburg ist tot."

„Wo Zippo jetzt rumhängt, weiß ich nicht so genau. Gehört nicht zu meinem Bekanntenkreis, ist auch ein paar Jahre älter. Ich habe gehört, er fährt so einen uralten gelben Post-Käfer. Auf jeden Fall steht er auf jedem Flohmarkt am Weserufer und bietet Elektronikschrott und DVDs an. Kannst du mir nicht doch den Wagen leihen, ist nur für zwei, drei Stunden?"

„Und wenn der Sender anruft?"

„Dann komm ich ganz schnell zurück, dauert höchstens eine halbe Stunde."

Jetzt muss Wesemann senior wirklich herzhaft lachen. „Würdest du Ankes Bruder zutrauen, sich auf richtig krumme Dinger einzulassen?"

„Wenn du Zigaretten aus Lettland für ein dickes Ding hältst. Davon hat er immer ein paar Stangen im Angebot. Hab ich gehört, du weißt, ich rauche nicht. Aber sonst ..."

„Aber sonst?"

„Zippo geht es eigentlich so beschissen, dass er wohl jede Gelegenheit wahrnehmen muss, um an Geld zu kommen. Von seinem Alten hat er nie etwas angenommen, und die ganze Familie hat eher einen Bogen um ihn gemacht, als ihm zu helfen. Aber etwas Genaues weiß man nicht."

„Morgen Vormittag könnte ich dir den Wagen für ein, zwei Stunden ausleihen."

„Montagmorgen haben die Discos geschlossen. Aber danke für dein Angebot, ich weiß es zu schätzen."

„Was tut man nicht alles für die Familie."

„Ich habe zufällig deinen Bericht über den Münchhausen von Hameln gehört. War richtig spacig. Vielleicht sattele ich doch noch um auf Journalist."

Was wäre Wesemanns Woche ohne die Tanzstunde mit Karola? Langsamer Walzer wird wiederholt. Nicht schlecht. Aber dann der Tango. Endlich wieder Karola spüren, sie an sich drücken. Als er zum dritten Mal hintereinander links vor mit dem rechten Fuß beginnt, fragt Karola an seiner Schulter, woran er denkt.

„An dich!" Karola weicht nicht zurück, sie scheint sogar seine linke Hand ein wenig fester zu drücken. Oder ist es die rechte?

Beim Cocktail an der Bar kommen sie auf Wesemanns Ermittlungen zu sprechen. Er erzählt ihr von seinen Rechercheergebnissen über Ankes Bruder.

„Könnte das alles etwas mit Ankes Tod zu tun haben?", fragt Karola.

„Wenn ich das wüsste." Wesemann schaut Karola in die Augen und vergisst Anke, Hameln und die Welt.

„Meine Damen und Herren, die Rumba." Die Tanzlehrerin beendet die Pause.

Der Typ von der Sonnenbank ist besonders witzig. „Ich kenne keine Rumba, nur Rumtopf", sagt er und kneift Karola ein Auge zu.

Blöder Kerl, aber Karola lächelt. Einen solch platten Witz hätte er sich niemals in Karolas Gegenwart geleistet.

„Seit, vor, Platz, Pause – seit, rück, Platz, Pause ..."

Wesemann gefällt der Tango besser als die Rumba, außerdem kommt er immer beim Zählen der Pause durcheinander und prescht viel zu schnell vor.

Als sie die Tanzschule verlassen, hängt sich Karola bei Wesemann ein. Wesemann, streng' deine Gehirnzellen an, dann könntest du dich vielleicht fürs nächste Wochenende mit ihr verabreden.

„Ich hab gedacht ..." Jetzt aber dalli, dalli! „... ich fühle Ankes Bruder am Samstag mal ein wenig auf den Zahn. Da ist Flohmarkt am Weserufer und Zippo hat bestimmt einen Stand."

„Gute Idee", sagt Karola.

„Hättest du eventuell Lust mitzukommen?" Noch schnell eine plausible Begründung nachschieben. „Das wäre dann fast dienstlich, sozusagen aus ermittlungstechnischen Gründen und weniger auffallen würde es auch. Bei mir alleine würde die Suche so gezielt aussehen."

„Mein Nochmann hat die Frechheit besessen, neben allem anderen auch noch die Hälfte unserer Geschirrhandtücher für sich zu beanspruchen."

„Hm."

„Ich habe den Strohblumenstrauß aus unserer Diele in vier Küchenhandtücher gepackt und an seine neue Adresse geschickt. Er wird große Freude haben, die Spelzen aus dem Gewebe herauszupicken."

„Wir könnten nach dem Flohmarktbesuch eine kleine Rundfahrt mit dem Schiff auf der Weser unternehmen, so im Sonnenschein auf dem Deck sitzen und die Welt an uns vorbeiziehen lassen."

„Du hast gewonnen", sagt Karola. Sie sind an ihrem Wagen angekommen, und Karola lässt die Türknöpfchen springen. „Flohmarkt um zwölf. Dann habe ich mein Fitnessprogramm bereits hinter mir."

„Fitnessprogramm?"
„Am Wochenende jogge ich immer so drei bis vier Stunden durch den Wald. Willst du mitkommen?"
„Drei bis vier Stunden durch den Wald?" Wesemann, zick jetzt nicht rum, ergreif die Gelegenheit! „Na, ja, natürlich ..."
„War nur ein Scherz." Karola gibt ihm einen Kuss auf die Wange. „Dann also am Samstag um zwölf am Schiffsanleger."
Wesemann winkt ihr hinterher.

Baxmann reklamiert den Bericht über die Seele. Wesemann schickt ihm die Aufnahme:

I*n einer Sonderveranstaltung der philosophischen Vortragsreihe im Hamelner Viktoria-Luise-Gymnasium steht die Seele des Menschen im Mittelpunkt.*
Ist sie göttlicher Funken oder bloß ein neuronales Gewitter? Der Referent will sich dem Thema über einen kleinen Umweg nähern. „Wann ist der Mensch seelenlos?", stellt er als Frage in den Raum. Betretenes Schweigen.
Doch dann meldet sich ein gut aussehender Mittfünfziger und berichtet über seine Tätigkeit als freier Mitarbeiter eines regionalen Rundfunksenders. Kein Lob, keine Unterstützung und ständiges Herumnörgeln an seinen Beiträgen. Dazu noch äußerst mäßige Bezahlung, kein Parkplatz vor dem Sender und Anrufe zu Unzeiten in der freien Zeit. Betretenes Schweigen bei den Zuhörern, doch wohlwollende Zustimmung beim Referenten. Wie die Ausführungen des Mannes aus dem Publikum zeigten, wäre die Seele zwangsläufig an Materie gebunden. Die Reduzierung der Seele durch Neurowissenschaftler auf materielle und chemisch physikalische Vorgänge sei demnach unzureichend. Das Ich-Bewusstsein des Menschen könne weder durch künstliche

Intelligenz noch durch andere Stimulationen erzeugt werden. Anerkennung der geleisteten Arbeit und bessere Bezahlung könnten im vorliegenden Falle allerdings als hilfreiche Seelenmassage angesehen werden.
Tosender Beifall des Auditoriums in der Aula des Viktoria-Luise-Gymnasiums.
Hubertus Wandersmann für radioTOTAL

Natürlich wird sich Wesemann längere Zeit nicht mehr im Sender sehen lassen können.

Aber diesen Befreiungsschlag war er seiner Seele schuldig.

Außerdem kann man den Beitrag durchaus auch als Jugendförderung ansehen. Dieser Timo Hristov ist doch ein ganz netter Kerl und hat auch seine Chance verdient.

Karola berichtet bei der nächsten Tanzstunde vom Erdbeben im Sender, Baxmanns hochroter Birne und seinen cholerischen Schimpfattacken. Natürlich habe sich Marion sehr für Wesemann eingesetzt und alles auf seinen etwas merkwürdigen Humor zu schieben versucht. Doch Baxmann habe nichts davon wissen wollen und sie der Mittäterschaft bezichtigt. Timo sei mitten in der Selbstfindungsphase und im Augenblick mehr an einem Psychologiestudium als am Journalismus interessiert.

Am sehr späten Abend ruft dann noch Baxmann an. Persönlich. Er habe die Faxen satt und werde sich nicht weiter vor seinen Mitarbeitern lächerlich machen lassen. Für ihn sei die Zusammenarbeit damit beendet. Es sei denn, Wesemann könne mal mit einem wirklichen Knüller exklusiv beim Sender aufkreuzen. Aber aus der Sache Anke Papenburg sei wohl genauso wenig geworden wie aus allen anderen angekündigten Sensationsberichten vorher. „Gute Nacht!"

Am Samstag dann der Flohmarkt am Weserufer. Karola trägt einen mintfarbenen Hosenanzug und einen leichten Schal um den Hals. Sie sieht zum Anbeißen aus und hat sich nur um knapp zehn Minuten verspätet. Am Weserufer herrscht ein fröhliches Gedränge. Viele Stände mit Kindersachen, dann die semiprofessionellen Antikhändler, Bücher werden angeboten, Kleidung natürlich, alte Radios und neuwertige Küchenartikel. Wesemann drängt es natürlich, Zippo zu entdecken, doch Karola nimmt auf jedem Tisch das Angebot genau in Augenschein. Sie sammelt, wie sie Wesemann verrät, Milchkännchen. Bevorzugt die Bunzlauer Keramik. Aber natürlich auch Hutschenreuther, Kahla, Arzberg oder andere Marken. Doch sie entdeckt nur Milchkännchen, die allein dem Zweck dienen, Milch aufzubewahren und keinerlei Sammlerwert aufweisen.

Wesemann verweilt einen Augenblick an einem Stand mit alten Kameras.

So eine Holzkamera auf einem Stativ wäre sicher sehr dekorativ. In einer größeren Wohnung. Eine Wohnung für zwei. In seiner jetzigen Wohnung würde so eine Kamera nur stören und als Kleiderständer zweckentfremdet werden.

Fast am Ende des Flohmarktes, zur Eisenbahnbrücke hin, steht Zippo an einem kleinen Tisch mit DVDs, PC-Teilen und Computerspielen. Er sieht ziemlich übernächtigt aus. Karola beginnt an einem Nachbartisch ein Gespräch mit einer Hausfrau über verschiedene Nadelstärken, die bei einer Nähmaschine gebraucht werden. Wesemann nimmt eine Kuckucksuhr in die Hand und vertieft sich in ihr Innenleben. Möglichst unbemerkt behält er Zippos Stand im Auge. Die Kuckucksuhr soll vierzig Euro kosten. Bei Barzahlung achtunddreißig, der Flohmarkthändler lacht. Unter Zippos Tisch steht eine alte Sporttasche, fest verschlossen. Zwei Kinder fragen ihn nach dem Preis für ein Computerspiel. Zippo will dreißig Euro, die Kinder bieten vier, Zippo wendet den gelangweilten Blick dem Solarboot zu, das die Eisenbahnbrücke durchquert.

Zippo schaut wieder auf den Tisch, das Computerspiel ist weg, er pfeift auf zwei Fingern, fünfzig Meter weiter am Stand mit den Miniaturautos schnappt sich der Händler die vorbeirennenden Jungen. Sie müssen das Computerspiel zurückbringen.

Wesemann schlendert zu Zippos Auslagen hinüber, nimmt zwei, drei DVDs in die Hand, legt sie zurück, greift nach einem der alten Handys. „Nokia", sagt Zippo, „gute Marke, acht Euro."

„Schon ziemlich alt", sagt Wesemann.

„Funktioniert aber noch super, bloß die Akkus sind leer."

„Eigentlich bin ich auf der Suche nach einem richtig schicken Teil, darf auch ruhig was kosten, soll ein Abi-Geschenk sein."

Karola hat ihr Fachgespräch unter Hausfrauen beendet und ist wie unbeteiligt hinter Wesemann getreten.

„Was verstehen Sie denn unter ‚was kosten'?" Aus Zippos Augen, Mund und Gesten spricht die pure Langeweile.

„So'n richtig trendiges Teil ist schon seinen Preis wert."

„Hundert, zweihundert …?"

„Ich seh' schon", Wesemann macht eine abwertende Handbewegung in Richtung ausgelegter Handys, „hier liegt nur Schrott."

„Sind wir hier in einem Handyladen oder auf einem Trödelmarkt?"

„Ich sollte es mal bei eBay versuchen." Wesemann wendet sich dem Stand mit den Nähnadeln und den Garnrollen zu.

„Moment." Von jetzt auf gleich ist Zippo plötzlich munter geworden. „Vielleicht hätte ich was für Sie." Er beugt sich unter den Tisch, öffnet die Sporttasche und legt Wesemann ein goldenes Handy direkt unter die Nase. „Nokia Sechstausendsiebenhundert, Classic Edition, achtzehn Karat Goldauflage, unterstütze GSM- und UMTS-Netze. Speicherkapazität hundertsiebzig Megabyte, erweiterbar bis acht Gigabyte. Bluetooth, Freisprechfunktion, Kamera mit fünf Megapixel, Umgebungslichtsensor, Videoaufnahmen, Radio, polyphone Klingeltöne und alles, was der Mensch so noch braucht."

„Schickes Teil", sagt Wesemann. Er nimmt das Handy auf, seine Finger zittern leicht, Karola greift nach seinem Arm, ein beruhigendes Gefühl.

Wesemann betrachtet das Handy von allen Seiten.

„Soll ich im Auftrag eines Freundes verkaufen", sagt Zippo.

„Und ganz bestimmt nicht geklaut?"

„Seh' ich so aus?"

Wesemann will etwas sagen, Karola drückt seinen Arm, Wesemann hält den Mund.

„Unter hundertachtzig ist da nichts zu machen. Kostet neu vierhundert."

Eigentlich würde Wesemann jetzt gern sagen, dass er das Handy Marion zur sicheren Aufbewahrung anvertraut und Karola beobachtet hat, wie es im Bürgergarten von Marions Hand in Zippos gewandert ist. Doch da spürt Wesemann wieder Karolas festen Griff, und er weiß, dass er sein Wissen für sich behalten sollte. Nichts ist zu belegen und mit Behauptungen lässt sich Zippo bestimmt nicht verunsichern.

Wesemann zückt sein Portemonnaie, zählt das Geld und bietet sechzig Euro. Zippos Blick wandert wieder zur Eisenbahnbrücke hinüber. „Hundertzwanzig! Und keinen Cent weniger!"

„Fünfundsechzig", sagt Wesemann, „mehr Geld habe ich nicht dabei."

„An der Post in der Bäckerstraße ist ein Geldautomat." Jetzt hat die Gleichgültigkeit Zippo wieder fest im Griff. „Weil Sie es sind: Hundert, aber damit setze ich mich bei meinem Freund schon ganz schön in die Nesseln."

„Siebzig?"

„Neunzig geht so eben noch, aber das ist mein letztes Wort."

„Achtzig?"

„Boh, Alter, du ziehst mir die Haut über die Ohren."

Wesemann nimmt die Scheine aus dem Portemonnaie und reicht sie über den Tisch.

„Scheiß Geschäft", sagt Zippo, nimmt aber die Scheine.

DREIZEHN

Wesemann zieht Geld aus dem Automaten der Sparkasse. Gegenüber das Jugendstilhaus der ehemaligen Reichsbank. Im Erdgeschoss der Sender. Sicher lauert Baxmann schon auf ihn, um sich an ihm abzureagieren. Doch welche Eigenschaften zeichnen einen investigativen Journalisten aus? Mut und Stärke! Wesemann überquert den Kastanienwall und betritt das Gebäude. Nichts ist eilig, nichts brennt, er kann sich Zeit lassen. Wie viele Stufen hat die Flurtreppe? Wie viele Male kann man diese Treppe im Turm derMünsterkirche unterbringen? Und wie oft könnte man sie in den Eiffelturm einbauen? Damals, mit Helga in Paris. An jeder Ecke Musette, Chansons und seine geliebte Akkordeonmusik, hatte er geglaubt. Die meisten französischen Straßenmusiker waren allerdings Mexikaner, und die spielten diese eigenartigen Panflöten. Auf dem Flohmarkt haben sie dann für eine Menge Geld eine kleine Gallé-Vase gekauft. Gallé!

Reicht das Geld für die nächsten Tage? Er könnte rasch noch mal rüber zur Sparkasse und weitere fünfzig Euro ziehen. Sicher brauchen auch Geldautomaten ein Training. Timo kommt ihm entgegen.

„Moin."

Er springt die Treppe hinunter, immer drei Stufen auf einmal. „Wenn Sie den Chef suchen, der ist auf Dienstreise. Äh, ich meine in Pyrmont."

War das ein Scherz?, fragt sich Wesemann, dann war er nicht schlecht.

„Schade", sagt Wesemann, „wollte mich mit ihm abstimmen." Wesemann, du sollst nicht lügen.

Er betritt den Sender, kommt sich irgendwie nackt vor, so ohne seine Aufnahmetasche. Er stellt sich an den Tresen, begrüßt die Damen. Marion antwortet schmallippig. Karola schüttelt lächelnd den Kopf, kommt nach vorne. Sie gießt Wesemann einen Kaffee ein.

„Ob dem Chef das recht wäre?", mosert Marion.

„Manches lasse ich mir auch vom Chef nicht verbieten", sagt Karola.

„Wie geht's?", fragt Wesemann Karola.

„Gut, und dir?"

„Besser."

„Wenn du so grinst", sagt Karola, „spielst du als nächstes deine Alte aus."

„Was?", fragt Marion, ohne aufzublicken.

„Doppelkopfsprache", sagt Karola.

„Was hast du also in der Hinterhand?"

„Ich war am Samstag auf dem Flohmarkt."

Wesemann greift in die Tasche seiner Lederjacke und legt das goldene Handy auf den Tresen.

„Da ist mir dieses kleine, flache Ding zugespielt worden." Wesemann trinkt von seinem Kaffee, betrachtet aus den Augenwinkeln Marion. Sie scheint Wesemanns Ausführungen zu ignorieren. Anweisung vom Chef?

„Ist das nicht ...", fragt Karola.

„Ich denke schon", sagt Wesemann.

„... das goldene Handy von Anke Papenburg."

Marion, der Stachel sitzt. „Völlig unversehrt", sagt Wesemann.

Marion tippt noch ein paar Buchstaben in den Computer, dann hält es sie nicht mehr an ihrem Platz.

Sie steht auf und kommt auch nach vorn an den Tresen. Sie streckt die Hand nach dem Handy aus, zieht sie aber wieder zurück und betrachtet es aus gemessenem Abstand.

„Wo hast du ... wer hat dir ... das ist aber ... so ein Zufall."

„Kann man wohl sagen." Wesemann fühlt in sich eine gewisse Überlegenheit aufsteigen. „Aber ein guter Journalist ist immer zur rechten Zeit an der richtigen Stelle."

Karola schenkt ihm noch einmal Kaffee nach.

„War es der Einbrecher, der es dir verkauft hat?" Marion kann ihre Augen nicht von dem goldenen Teil lösen.

„Von dem Einbrecher?", fragt Wesemann.

Jetzt sieht Marion auf, Wesemann direkt in die Augen. Doch sie kann seinem Blick nicht standhalten.

„Es gibt sicher einige dieser Handys in Hameln", sagt Marion. „Mein Geschmack ist es nicht, zu aufdringlich. Aber es gibt 'ne Menge Leute, die auf so was abfahren."

„Ich habe das Handy von Zippo gekauft, Ankes Bruder."

„Wesemann!"

Die Tür fliegt auf und Baxmann kommt herein.

„Haben Sie sich verlaufen?"

„Ich wollte mich nur über die Programmstruktur eines privaten Rundfunksenders informieren", sagt Wesemann, greift irgendeinen der herumliegenden Flyer und schlägt ihn auf. *Werden Sie Mitglied bei den Igelfreunden.* Er legt den Flyer über das Handy und steckt beides zusammen in seine Jackentasche. „Ich geh dann mal wieder, bin informiert genug."

„Wesemann, eins auf den Weg", sagt Baxmann, „ich bin nicht nachtragend. Ein richtig guter, exklusiver Bericht, und wir sind wieder die besten Freunde."

„Vielleicht sollte man oben aufs Dach ein Fähnchen aufstellen", sagt Wesemann, „das könnte sich dann so lustig im Winde drehen." Noch bevor Baxmann die passende Antwort gefunden hat, ist Wesemann schon raus.

Das Fernsehen sendet einen Bericht über die deutsche Ostseeküste. Sieht noch genauso aus wie im letzten Bericht. Wesemann trinkt sein Becks aus der Flasche. Der Computer läuft im Sparmodus, könnte doch sein, dass eine wichtige E-Mail reinkommt. Dann fährt der Computer automatisch wieder hoch.

Eine E-Mail kommt nicht rein. Es klingelt an der Tür. Sicher: „Wir möchten mit Ihnen über die Bibel sprechen." Wesemann trinkt noch einen Schluck. Es klingelt erneut. Irgendwie zaghafter als bei den Heilsverkündern. Wesemann steht auf, geht zur Türsprechanlage. „Ja?"

„Ich bin's."

„Schön", sagt Wesemann, „wer ist ich?"

„Marion."

„Marion?" Wieso hat er sie nicht gleich erkannt. Weil er auf ihren Besuch nicht vorbereitet war. Er drückt auf den Türöffner, läuft ins Zimmer zurück, um die größte Unordnung mit ein paar Handgriffen zu beseitigen. Zwecklos. Die Unordnung wehrt sich mit Macht. Gerade stellt Wesemann die angebrochene Bierflasche in den Kühlschrank, da klopft es schon an der Wohnungstür. „Komm doch rein", ruft er und knipst das Fernsehgerät mit der Fernbedienung aus. Er dreht sich um.

Marion! Marion? So hat er sie noch nie gesehen. Sie trägt ein weißes Minikleid und leichte weiße Sandalen mit hohen Absätzen. Das Kleid ist wie eine Gardine gerafft, so würde er es beschreiben, mit einem tiefen Ausschnitt, doch in dem Ausschnitt ist eine nochmals geraffte Blende, die nichts zeigt, aber alles erahnen lässt. An ihren Ohren baumeln silbernfarbene Kreolen und in der Hand trägt sie eine kleine Tasche, die aussieht wie eine Bowlingtasche für Kids.

Wesemann kennt Marion nur in Büroklamotten. Aber jetzt. Sie sieht einfach süß aus. „Setz dich!" Wesemann weist auf den alten Ledersessel mit der dunkelgrünen Fleecedecke, doch Marion bleibt stehen. Sie will es sich also nicht gemütlich machen, was will sie dann?

Wesemann steht linkisch herum, kann seine Augen nicht von Marion wenden. „Darf ich dir etwas anbieten? Bier, Wein, Wasser?"

„Im Augenblick nicht."

Das klingt irgendwie nach später. Er sieht ihr ins Gesicht. Nach seinem Geschmack ist das Make-up ein bisschen zu dick aufgetragen. Hat sie geweint? Ihre Augen sind leicht gerötet. Vom Fahrtwind? In dem Outfit fährt doch keiner mit dem Fahrrad herum.

„Wolltest du wirklich zu mir?" fragt Wesemann.

„Ja, sicher." Marion tritt von einem Fuß auf den andern. Liegt bestimmt an den hohen Absätzen.

„Du hast doch das goldene Handy von Zippo gekauft?"

„Hab ich." Wesemann mag nicht mehr stehen und setzt sich in die Ecke seines Sofas.

„Darüber wollte ich mit dir sprechen." Marion schluckt, setzt sich dann in die andere Ecke des Sofas. „Ich muss mit dir über Ankes Handy sprechen."

„Ach", sagt Wesemann, steht auf, holt sich sein angebrochenes Bier aus dem Kühlschrank. „Du auch?"

„Lieber ein Mineralwasser."

„Ist aber nicht kalt."

„Macht nichts."

Wesemann gießt Marion ein Mineralwasser ein. Sie trinkt. Sieht sich um. Sagt: „Nett." Trinkt noch einmal.

„Könnte komfortabler sein", sagt Wesemann. Er wartet. Marion sagt nichts. Wesemann trinkt sein Bier aus, holt sich ein neues.

„Ich muss dir was gestehen", sagt Marion.

Wesemann prostet ihr mit der Flasche zu.

„Ich habe Zippo das Handy verkauft."

„Neiiiiiiiiiin", sagt Wesemann, „wäre ich jetzt nicht drauf gekommen."

„Ich hatte einfach einen finanziellen Engpass."

„Wer hat den nicht."

„Konnte mir nicht mal mehr den Sprit für mein Auto leisten, und wie sollte ich ohne Auto zur Arbeit kommen?" Sie rückt ein Stück an Wesemann heran, um sich verständlich zu machen. „Privat lief nicht alles so, wie es sollte. Ich hab Schulden gemacht und dann sollte ich plötzlich auch noch Steuern nachzahlen. Jetzt ist aber alles klar, und ich bin wieder flüssig. Gar nicht so leicht, an ein paar Euros zu kommen, wenn man sie dringend braucht."

„Warum hast du mich nicht gefragt?"

„Wie hätte das denn ausgesehen."

„Oder Karola?"

„Weißt du eigentlich, wie das ist, wenn zwei Frauen Tag für Tag in einem Büro zusammenhocken? Und dann so einer kommt wie du? Da ist dann plötzlich dicke Luft. Plötzlich verstummen die freundschaftlichen Gespräche unter Frauen. Keine will sich eine Blöße geben. Jede will die Favoritin sein." Sie rückt noch ein Stückchen näher.

„Warum habe ich dann nichts davon gemerkt?"

„Komm“, Marion setzt ein zartes Lächeln auf, „du weißt doch, dass du der Hahn im Korb bist.“

„Was hat dir Zippo für das Handy bezahlt?“

„Gestern hat er mich angerufen und sich mit mir verabredet. Hundertzwanzig hat er für das Handy bekommen, sagt er, zwanzig Euro gingen davon noch an mich.“

Wesemann überlegt. Hundertzwanzig? Er hat doch bloß achtzig bezahlt. Er will Marion wohl zeigen, welche kaufmännischen Fähigkeiten in ihm schlummern. Kein Wunder, dass er auf keinen grünen Zweig kommt.

„Wenn du jetzt wieder flüssig bist, ist doch alles in Ordnung.“

„Ich möchte nicht, dass du mich verachtest.“ Ihre Augendeckel klimpern. „Es wäre doch schade, wenn unsere Beziehung durch meine Unachtsamkeit so dämlich enden würde.“

Beziehung?

Hat Wesemann etwas verpasst?

Marion rückt noch ein Stück näher heran. Jetzt kann sie mit der Schuhspitze ihres übergeschlagenen Beins schon Wesemanns Schienbein berühren.

„Du hast es sicher schon längst vermutet: Ich habe den Einbruch in den Sender fingiert.“

„Wozu?“

„Um an das Handy zu kommen.“

„Warum war dir das Handy denn so wichtig? Hattest du eine Vermutung, wer darauf verewigt wurde?“

„Wie meinst du das denn? Anke ist doch tot.“

„Aber durch den festgehaltenen Streit hätte Ankes Mörder …“

„Ich brauchte wirklich nur das Geld, darum habe ich den Memospeicher auch gelöscht, bevor ich das

Handy an Zippo verkauft habe.“ Noch ein paar Zentimeter und Marion kann Wesemann die Hand auf den Oberschenkel legen. Ganz unabsichtlich natürlich, bloß als vertrauensbildende Geste.

Wesemann kennt sich nicht so besonders gut mit der Psyche von Frauen aus.

Hat jedenfalls Helga gesagt. Aber blöde ist er nun auch nicht. Er wird sich auf das Spiel einlassen, mal sehen, was dabei herauskommt.

„Verzeihst du mir?“, fragt Marion.

„Natürlich“, sagt Wesemann. Er schaut Marion tief in die Augen. „Da nun alles geklärt ist, könnten wir doch allmählich zum gemütlicheren Teil des Abends übergehen.“ Jetzt rückt er ein Stück näher an Marion heran.

„Gern“, flüstert Marion, „ich hab nur noch eine kleine Bitte.“

Mal sehen, was jetzt kommt.

„Ich möchte das Handy gern zurückkaufen.“

„Kauf dir doch ein neues. Kannst ja die einhundert Euro von Zippo als Anzahlung nehmen.“

Sie lässt sich nicht aus dem Konzept bringen.

„Du müsstest doch wissen, wie Frauen sind. Wenn sie sich mal in etwas verguckt haben, kommen sie nicht mehr davon los. Und dann muss es auch das eine sein und kein anderes.“

„Verguckt in ein Handy?“

„Es passt so wunderbar zu mir.“

„Ich hätte noch einen alten MP3-Player von meinem Sohn im Angebot.“

„Mach dich nicht lustig über mich.“

„Was wärst du denn bereit zu zahlen?“

„Die hundertzwanzig Euro natürlich und …“

„Und?“

„Und ...“, Marion dreht sich zu ihm, legt ihre Wange an seine Bartstoppeln, seufzt, flüstert, „... du sagst mir, was du willst und wie du es willst.“

„Am liebsten von oben nach unten und wieder zurück.“

„Wie du es befiehlst, mein Gebieter!“ Marion drückt ihre Lippen auf seinen Mund, eine Hand legt sich in seinen Nacken, sie schiebt sich mit dem ganzen Körper über ihn. Springt dann plötzlich auf und sagt: „Scheiße, ich kann das nicht.“ Sie schnappt ihre kleine Bowlingtasche und stürmt zur Wohnungstür hinaus.

Wesemann hört das Geklapper ihrer Absätze aus dem Treppenhaus, plötzlich eine Unregelmäßigkeit, sie wird ins Stolpern geraten sein, eine atemlose Pause, dann nichts mehr.

Wesemann tritt ans Fenster. Marion läuft auf nackten Füßen über die Straße, ohne auf den Verkehr zu achten, ein silbergrauer Smart muss hart bremsen, ein Radfahrer fährt eine Kurve um Marion herum, und Marion springt in einen schwarzen BMW, der nach wenigen Sekunden mit quietschenden Reifen davonfährt.

Wesemann zieht es nach Hummerbruch. Er parkt sein Auto am Waldrand und schlendert den Grasweg entlang, vorbei am Backsteinhaus von Marion und ihrem Freund. Der Buchfink hat das Singen aufgegeben und pickt Körner am Wegesrand. Das Haus macht einen unbewohnten Eindruck, allerdings sind Briefkasten und Zeitungsröhre leer.

Müssen also erst vor kurzem geleert worden sein, denn Werbung erreicht auch den letzten Winkel mit seinen Superangeboten an Hackfleisch und Großbildfernsehern.

Wesemann lenkt seine Schritte in den Ort hinein. Kleinere Häuser mit ausreichendem Platz drumherum für Garagen, säuberlich angelegte Gärten, Gartenzwerge und Miniaturwindmühlen. Sicher kommt hier zweimal in der Woche der Bäcker mit seinem Verkaufswagen vorgefahren, Fleisch lagert man in der Tiefkühltruhe, und Salat und Gemüse zieht man in eigenen Beeten.

Die ganze Gegend atmet Zufriedenheit. Kein Mensch ist zu sehen. In der Ferne hört man einen Traktor, in der Luft sind Schwalben und auf einem Gartenzaun füttert ein Hausrotschwanz seinen Nachwuchs.

Wenn es in dem kleinen Backsteinhaus am Ortsrand etwas Auffälliges gibt, wird man es im Ort mit Sicherheit wissen. Also fragen. Aber wen?

Wesemann sieht sich um. Gelbe Müllsäcke liegen vor den Türen. Die Häuser sind bewohnt. Endlich Bewegung in einem Garten.

Eine ältere Frau im geblümten Kleid mit vorgebundener Schürze tritt vors Haus und schlägt die Fußmatte aus.

„Guten Morgen", sagt Wesemann. Die Frau grüßt zurück. „Schöne Lupinen haben Sie im Garten."

„Das sind Lupinen", sagt die Frau, und Wesemann weiß, das wird ein schweres Gespräch. Aber, was soll er machen?

Die Frau legt die Matte vor die Haustür, kommt ein paar Schritte auf Wesemann zu. „Sie sind nicht von hier?"

„Ich komme aus Hameln", sagt Wesemann. „Ich bin auf der Suche nach einem neuen Zuhause für meine Frau und mich. Ich bin ein bisschen durchs Weserbergland gefahren und hier hat es mir besonders gut gefallen."

„Sind Sie zu Fuß aus Hameln gekommen?" Die Frau ist am Gartenzaun angelangt und späht die Straße hinunter.

„Das Auto parkt am Waldrand."

„Und Ihre Frau hat keine Lust, sich ihren neuen Wohnort genauer anzusehen?"

„Wir sind beide berufstätig, und meine Frau hat für heute leider keinen Urlaub bekommen."

„Urlaub braucht man hier nicht, hier ist jeden Tag Urlaub. Nur im Frühsommer nicht, da fährt Frohwein Jauche auf die Felder. Der alte Frohwein, nicht der junge, der arbeitet in der Stadt, der ist auch schon Anfang vierzig, aber eine Frau will einfach nicht anbeißen ..."

„Wegen der Jauche?"

„Der junge Frohwein hat einen Tick, schreit immer unanständige Wörter herum, aber angefasst hat er noch niemanden."

„Ich würde mich für das Backsteinhäuschen, die Straße runter, auf der linken Seite, interessieren."

„Ach, wird das schon wieder vermietet?"

„Ich will es eigentlich kaufen." Das schafft Vertrauen.

„Und was sagen die Bewohner dazu?"

„Bewohner? Ich hab gedacht, das Häuschen wäre frei."

Ein älterer Mann kommt auf seinem Fahrrad vorbei, er fährt so langsam, dass er jeden Augenblick umzukippen droht. „Moin, Gertrud."

„Moin, Walter."

„Gertrud, ich bin's, Werner!"

„Bestell ihm einen schönen Gruß."

Der Radfahrer fährt weiter.

„Sie wollen also umziehen?", fragt Gertrud.

„Wir möchten vielleicht das kleine Haus unten an der Straße kaufen."

„Nette Bewohner, wirklich nette Leute. Ein Paar. Noch jung, aber immer höflich. Einmal hat mich der junge Mann sogar mit seinem Lieferwagen nach Extertal mitgenommen. Da gab es Frühlingszwiebeln im Angebot für neunundneunzig Pfennig das Beutelchen."

„Cent."

„Ach, ja", sagt Gertrud, „die Währungsreform."

„Sonst ist nichts Besonderes über die Bewohner bekannt? Kind, Hund oder laute Musik?"

„Ich bin doch nicht neugierig", sagt Gertrud, prüft, ob das Schloss des Gartentürchens auch ordnungsgemäß eingehakt ist und wendet sich dann ihrer Haustür zu.

„Danke für die Auskunft und einen schönen Tag noch."

Gertrud geht ein paar Schritte, bleibt dann stehen, scheint zu überlegen und kommt an den Zaun zurück. „So ganz geheuer sind mir die Bewohner allerdings nicht."

„Ach?", fragt Wesemann.

Gertrud streicht sich ihre Schürze glatt. „Heute gibt's Kartoffelsalat mit Spiegeleiern. Da habe ich es nicht so eilig."

„Danke, aber ich bin noch satt vom Frühstück."

„Ich koche immer warm für meinen Diethard und mich. Jeden Tag, aber natürlich nur kleine Portionen."

Ganz oben an der Straße biegt der Müllwagen in den Grasweg ein.

„Ich geh dann mal", sagt Wesemann, „hab mir nur einen halben Tag frei nehmen können."

„Immer am letzten Donnerstag im Monat."

„Heute ist Mittwoch."

„Da kommt so ein Lastwagen von der Avus."

„Avus?" Wesemann überlegt. „Vielleicht von der Autovermietung Avis?"

„Jeden letzten Donnerstag im Monat. Der fährt dann rückwärts auf das Grundstück und parkt ganz dicht vor der Tür des Anbaus. Hören kann man fast nichts, aber irgendetwas wird ausgeladen und nach einer halben Stunde fährt der Wagen auch schon wieder weg."

Der Müllwagen kommt heran. Die Unterhaltung am Gartenzaun erstirbt, die gelben Säcke werden aufgesammelt und eingeladen, der Müllmann grüßt mit einem Kopfnicken und läuft zum nächsten Haus.

„Und sonst?", fragt Wesemann.

„Nichts."

„Kommen Sie", sagt Wesemann und tätschelt Gertruds Hand, „Ihnen entgeht doch nichts."

„Lassen Sie das", Gertrud nimmt ihre Hand vom Zaun, „Diethard hat ein Luftgewehr."

„Er wird damit doch nicht …"

„Kratowski, der Hufschmied aus Dörenhagen, hat im Suff mal was erzählt, aber der Kratowski erzählt viel, wenn der Tag lang ist. Er streicht sich selber auch immer gern heraus. Er könnte an billige Zigaretten kommen. Mein Diethard qualmt schon seit Jahren nicht mehr, und ich hab noch nie geraucht."

„Wie wollte er denn an die billigen Zigaretten kommen?"

„Der Mann aus dem kleinen Backsteinhaus ist wohl Pole. Oder Tscheche. Vielleicht auch Russe. Wie der Klitschko. Den seh' ich mir immer an, wenn er wieder einen umhaut."

„Welchen Klitschko?"

„Den Klitschko eben."

„Und was hat der Klitschko, äh, der Mann aus dem Häuschen mit den billigen Zigaretten zu tun?"

„Hab ich das noch nicht gesagt? Bei ihm werden von Zeit zu Zeit Pokerabende veranstaltet, sagt Kratowski. Da fließt dann viel Bier und Wodka und zur vorgerückten Stunde würde der Hausherr seine Spielschulden großzügig mit unverzollten Zigarettenstangen begleichen. Wo er die bloß herhat? Wir haben hier nicht mal einen Kiosk."

Wesemann kann sich nicht mehr konzentrieren. Er murmelt ein „Danke für die Auskunft."

Gertrud sagt: „Nicht dafür." Ihr Diethard klopft an die Fensterscheibe.

Wesemann geht zurück zu seinem Auto. Natürlich sieht er sich noch mal ganz unauffällig das Backsteinhäuschen unten am Wiesenweg an. Nichts und Niemand. Doch, Reifenspuren zum Anbau, die bringen allerdings auch keine neuen Erkenntnisse.

Er setzt sich in sein Auto, denkt einen Augenblick nach und startet dann den Wagen. Fährt durch den Wiesenweg, alle gelben Säcke wurden inzwischen eingesammelt, nur ein blauer Plastiksack ist liegen geblieben, von Gertrud ist nichts mehr zu sehen.

Wesemann will in Richtung Extertal nach rechts abbiegen. Zufällig schaut er an der Kreuzung in den Rückspiegel. Da ist aber einer dicht aufgefahren. Könnte ein VW-Käfer sein. In gelb. Wo kommt der denn auf einmal her? Von rechts der Müllwagen. Die Jungs haben Feierabend und ein ordentliches Tempo drauf. Wesemann spürt einen leichten Ruck an seinem Auto, als sei der Wagen hinter ihm gegen die Stoßstange gefahren. Dann geht alles blitzschnell. Als der Müllwagen nur noch wenige Meter von der Kreuzung entfernt ist, wird Wesemanns Auto plötzlich auf die

Kreuzung geschoben. Der Müllfahrer hupt, Wesemann gibt geistesgegenwärtig Gas, und der Müllwagen rauscht wenige Zentimeter hinter ihm vorbei. Wesemanns Auto ist im Graben gelandet. Er atmet schnell, sein Herz schlägt wild. Ruhig atmen. Tief Luft holen. Allmählich erwachen die ausgefallenen Körperfunktionen wieder zum Leben. Er bewegt die Finger seiner rechten Hand, dreht den Kopf von rechts nach links und zurück. Stück für Stück überprüft er jeden Bereich des Körpers. Gott sei Dank, er ist nicht verletzt. Er blickt in den Rückspiegel, steigt aus, geht auf die Straße, schaut in alle Richtungen. Vom gelben VW ist längst keine Spur mehr zu sehen, der Müllwagen verschwindet gerade in der Ferne hinter einer Kurve.

Das war kein Fahrfehler. War das ein Anschlag auf sein Leben? Er besieht sich sein Auto. Allein kommt er nicht aus dem Graben. Zurückgehen und Gertrud um Hilfe bitten? Er hat eine bessere Idee. Er wird HK Bertram anrufen. Wenn er ihm den Tipp mit den geschmuggelten Zigaretten gibt, wird er ihn zum Dank doch sicher aus dem Graben schleppen. Oder zumindest schleppen lassen.

HK Bertram hat sehr, sehr viel zu tun. Er kann nicht kommen. Zumindest nicht gleich. Tausend Stangen Zigaretten bestimmt. HK Bertram hat noch immer viel zu tun. Eventuell sogar zehntausend. HK Bertram will sich auf den Weg machen.

Wesemann wundert sich, wie ruhig er den Anschlag überstanden hat. Da beginnen erst seine Hände zu zittern, dann die Lippen und schließlich die Knie. Er muss sich ins Auto setzen. Ob er zurückgehen soll, um Gertrud um eine Tasse Kaffee zu bitten? Er kann noch nicht wieder aufstehen.

Ein Bus kommt und hält an der Kreuzung. Schulkinder steigen aus. Das Auto im Graben wird zur bestaunenswerten Sensation. Und der fremde Mann natürlich auch. Wesemann blättert intensiv in der Betriebsanleitung des Autoradios.

Ein Moped mit stinkender Rauchfahne knattert über die Kreuzung. Der Mann hält, stellt einen Fuß auf den Boden. „Kann ich helfen?", ruft er Wesemann zu.

Wie will der mit seinem Moped das Auto aus dem Graben ziehen?

„Ich könnte den ADAC für Sie anrufen." Der Mann reckt sein Handy in die Luft.

Daran hättest du auch selber denken können, Wesemann. Handy und ADAC.

„Oder ich sag Alfons Bescheid, der kommt dann mit seinem Trecker."

Und reißt die Stoßstange vom Auto, doch der Mopedfahrer telefoniert bereits. Er sagt: „Kommt gleich", steckt sein Handy ein und knattert davon.

Endlich ist Wesemann wieder Herr seiner Nerven. Er steht auf, hält sich aber am Auto fest. Wie rein und klar die Luft über der weiten Landschaft ist. Über den Weserbergen kreisen zwei Milane. Der VHS-Kurs über Vogelkunde hat sich doch gelohnt.

Ein Flugzeug zieht quer über den blauen Himmel einen weißen Strich. Er würde auch gern mal wieder verreisen. Nach Granada. Mit Karola. Herrliche Paläste, lichte Innenhöfe, Wasserspiele, ein Gläschen Sekt vor der Siesta und dann leicht angeduselt auf die weißen Laken sinken und Karola …

Der Traktor kommt. Man kann ihn noch nicht sehen, aber hören. Auf dem Fahrersitz dann eine Frau. „Alfons ist Saatgut kaufen. Ich kann das auch." Sie bindet den Corsa mit einem dicken Hanfseil, das kaum durch die Abschleppöse des Autos geht, an den Traktor. Wesemann setzt sich in sein Auto, die Frau startet den Traktor, und Wesemann fürchtet nicht nur um seine Stoßstange. Doch dann fährt die Frau butterweich an, der Corsa bewegt sich und wird langsam, aber sicher auf die Straße zurückgezogen. Der Schulbus kommt zurück, der Busfahrer winkt ihm zu, denkt Wesemann, doch er grüßt nur die Traktorfahrerin.

Die Traktorfahrerin löst das Hanfseil, wirft es in den Traktor, Wesemann bedankt sich, will noch ausführlicher werden, doch die Frau hat das Essen auf dem Herd und muss los.

Und jetzt? Ob er sich einfach verdrückt und HK Bertram ins Leere laufen lässt? Das würde der HK ihm nie verzeihen und die Informationsquelle wäre versiegt. Oder noch mal anrufen? Lieber nicht. Wesemann parkt seinen Wagen am Straßenrand, die Stoßstange hängt ein wenig schief, aber sonst scheint alles in Ordnung zu sein. Er setzt sich auf einen gefällten Baum jenseits des Grabens.

Der Schulbus kommt in stündlichem Abstand. Als er die dritte Ladung Schüler entlassen hat, taucht der unauffällige Dienstwagen von HK Bertram auf.

„Und?“, fragt Bertram.

„Auf geht's“, sagt Wesemann und steigt zu HK Bertram in den Wagen. Er dirigiert ihn zu dem kleinen Backsteinhaus. HK Bertram parkt ein wenig außerhalb der Sichtweite, dann gehen sie beide auf das Haus zu. Wer soll klingeln? Wesemann lässt HK Bertram den Vortritt. Doch nichts rührt sich im Haus. Selbst nach mehrmaligem Klingeln und Klopfen sind keine Geräusche zu hören.

Wesemann führt HK Bertram um das Haus herum zum Anbau. Hat wohl keinen Sinn, erklärt er HK Bertram. Die Stahltür sei fest verschlossen und nur mit schwerem Gerät käme man da rein.

HK Bertram greift nach der Klinke, drückt sie herunter und die Tür lässt sich problemlos öffnen. Der Raum ist leer. Nicht ganz. In der Mitte steht ein Kickertisch und in einer Ecke sind Bierkästen gestapelt. Davor mehrere Kartons mit Wodkaflaschen. Alles leer.

HK Bertram sieht sich in dem Raum um.

„Besenrein!"

„Dann kommt die Lieferung vielleicht nächste Woche."

„Aber ich komme nicht", sagt HK Bertram, „noch eine Leerfahrt auf Kosten der Steuerzahler kann ich nicht verantworten."

„Zehntausend Stangen, vielleicht sogar zwanzigtausend."

„Nicht mit mir", sagt HK Bertram. „Ich muss übrigens in eine andere Richtung."

„Als ich?"

„Ein bisschen Laufen wird Ihnen nicht schaden, lüftet die Gehirnzellen."

„Und Autofahren verdirbt den Charakter!" Wesemann macht sich auf den Weg zu seinem Wagen.

VIERZEHN

Endlich ist Wesemann wieder zu Hause. Er ruft Faruk an. Neue Stoßstange kostet tausendfünfhundert, aber ein entfernter Verwandter habe gerade zufällig eine passende Stoßstange im Angebot. In Anthrazit. Wenn er wolle, könne er auch gleich sechs Stück haben. Eine kostet dreihundert, sollte er allerdings alle sechs auf einmal abnehmen, könnte er ihm einen Sonderpreis machen.

„Dreihundert?", fragt Wesemann. „Mit oder ohne Einbau."

„Einbau geht extra", sagt Faruk.

Hätte er doch bloß nicht gefragt. Wesemann macht einen Termin aus, beendet das Gespräch, will den Apparat in die Ladeschale legen, doch das Telefon klingelt noch in seiner Hand.

Karola.

Spricht ganz leise, wohl mit vorgehaltener Hand. „Ich halte das bald nicht mehr aus. Marion zelebriert eine ausgewachsene Depression, und Timo wankt von einer Pleite in die andere. Gestern hat er einen Bericht über Karlheinz A. Geißlers Buch *Zeit* machen sollen und was ist dabei herausgekommen? Ein Bericht über Heiner Geißlers übervollen Terminkalender."

Wesemann kichert. „Ekel", sagt Karola. „Wenn du schon nichts gegen Marions Depression machen kannst, könntest du dich doch wenigstens wieder mit Baxmann vertragen."

„An mir liegt es nicht."

„Soll ich ihn mal darauf ansprechen?"

„Wenn du dir auch eine Depri einfangen willst."

„Schau doch mal, ob du ein Thema findest. Ich würde es ihm dann einfach vorlegen."

„Ich könnte ihm eine Lovestory in der Tanzschule anbieten."

„Wehe", flüstert Karola. „Ich muss auflegen, er kommt gerade."

„Sehen wir uns Sonntag?"

„Wieso Sonntag?"

„Zum Tanztee in der Tanzschule?"

„Selbstverständlich die besten Konditionen für Ihre Werbung. Eine hervorragende Akzeptanz bei Ihrer Zielgruppe. Schicken Sie uns Ihre Unterlagen einfach zu, wir machen ihnen ein unverbindliches Angebot."

„Wer war das denn?", hört Wesemann gerade noch Baxmann fragen, doch dann ist die Telefonverbindung unterbrochen. Also schreibt Wesemann noch eine E-Mail, damit Karola den Tanztee nicht vergisst.

Es gibt doch ungeheuer viele Frühaufsteher, geht es Wesemann durch den Kopf, als er sich am Samstagmorgen um halb zehn auf den Weg zum Flohmarkt am Südbad macht. Und bei schönem Wetter sind es noch mehr als viele.

Er schlendert an den Verkaufsständen vorbei, trifft ab und zu einen Bekannten, grüßt, unterhält sich ein bisschen, kauft einen alten Füllfederhalter mit Goldfeder. An einem Stand mit Glas und Porzellan entdeckt er ein wunderschönes Milchkännchen. Bauchig, mit Röschen und kleinen Girlanden. Wesemann dreht das Kännchen um. Zwei gekreuzte blaue Schwerter als Markenzeichen. Meißener Porzellan. Jetzt nur nicht nervös werden. Das Teil soll fünfunddreißig Euro kosten. Durch geschickte Verkaufsverhandlungen drückt Wesemann den Preis bis auf zweiunddreißig. Er lässt sich das Kännchen dick in Zeitungspapier einpacken und steckt es in seine Jackentasche.

Die Frau vom Willkommensteam der Münsterkirche bietet selbst gemachte Marmelade an. Erdbeer, Brombeer und Felsenbirne.

Felsenbirne will er probieren und steckt das Glas in die andere Jackentasche.

Allmählich nähert sich Wesemann Zippos Stand.

Er will zunächst nicht auffällig sein und legt noch einen Zwischenstopp am Stand mit den Kleinwerkzeugen und Uhren ein.

Batteriewechsel fünf Euro, inklusive Batterie.

Zippo langweilt sich.

Vor ihm auf dem Tisch brät Kleinkram in der Sonne. Übersichtlich aufgebaut zwölf bis fünfzehn Mal das Computerspiel Moorhuhn, eine Jubiläumsedition. Neu und originalverpackt für sechs Euro. Der Originalpreis klebt noch drauf: Neunfünfzig.

„Hallo", sagt Wesemann.

„Hi."

„Vom LKW gefallen?"

Wesemann deutet auf die Computerspiele.

„Von welchem LKW?" Zippo schaut angriffslustig.

„Sagt man doch so, oder?"

„Besser nicht."

Zippo schaut einer mageren Blonden hinterher.

„Ich hatte neulich eine Begegnung mit einem auffälligen Fahrzeug, die mich stutzig gemacht hat."

„Mit dem Handy alles in Ordnung?" Jetzt hat sich Zippo an ihn erinnert.

„Was man so in Ordnung nennt."

„Ist Flohmarktware, keine Garantie und keine Rücknahme."

„Du fährst doch einen alten gelben VW-Käfer?"

„Was geht dich das an?“ Zippo will ihn vom Stand haben.

„Mit dem Fahrer hätte ich was zu besprechen.“

„Dann such ihn dir.“

„Ich hab Zeit“, sagt Wesemann, „wenn nötig, bis zum Ende des Flohmarkts.“

„Du nervst“, sagt Zippo.

„Kann es sein, dass mich der gelbe VW-Käfer …“

„Woher soll ich das wissen?“

Wesemann wird ärgerlich. „Gibt es sonst noch einen alten gelben VW-Postkäfer in Hameln oder Umgebung?“

„Mein VW-Käfer ruht mit einem Blümchen hinter dem Rückspiegel auf dem Autofriedhof.“

„Mein aufrichtiges Beileid.“

„Ich musste zum TÜV, und da haben sie ihn nicht mehr vom Hof gelassen. Scheiße.“ Er tritt gegen den Fahrradanhänger, den er unter dem Verkaufstisch abgestellt hat.

„Was kosten die sechs Batterien?“

„Zwei Euro.“ Zippo nimmt eine angebrochene Bierflasche aus dem Fahrradanhänger.

„Gutes Angebot“, sagt Wesemann und geht.

Nur eine gründliche Recherche ist eine gute Recherche. Wesemann schnappt sich die Gelben Seiten und sucht nach Abwrackunternehmen im Umkreis. Er findet fünf Firmen, bei denen Zippo seinen VW-Käfer verschrottet haben könnte.

Wesemann ruft an. Er brauche eine Beifahrertür für seinen alten VW-Käfer, am liebsten in Gelb. Zwei Schrottplätze haben VW-Autotüren vorrätig, aber nur die Autoverwertung in Afferde kann ihm eine gelbe anbieten.

Wesemann fährt in Richtung Afferde. Am Ortsausgang biegt er links ab, entdeckt gleich darauf einen größeren Schrottplatz, der von einem hohen Maschendrahtzaun umgeben ist. Ein Tor steht weit offen, doch Wesemann parkt seinen Corsa lieber außerhalb der Umzäunung. Die Anlage ist mit Videokameras und Bewegungsmeldern gespickt wie der Hochsicherheitstrakt einer Strafanstalt. Ein Hinweisschild weist den Weg zum Büro. Wesemann betritt den umgebauten Wohnwagen und lächelt. Kann nie schaden. Sie ist knapp fünfzig, mit leichtem Überbiss und nachwachsendem dunklen Haaransatz unter sonst strohblond gefärbter Mähne. Ein Dekolleté mit protzigem Silberkreuz auf faltigem Brustansatz. „Guten Tag! Ich hätte gerne eine Auskunft."

„Fahrzeugmarke, Kennzeichen, Kraftfahrzeugbrief oder Kraftfahrzeugschein, Perso oder Reisepass mit Lichtbild, bei Fremdabholung schriftliche Vollmacht und gezahlt wird bar."

„Ich bin Journalist und recherchiere in einem vermeintlichen Kriminalfall."

„Journalist?" Die Frau sieht ihn an, lächelt, als wollte sie gleich zubeißen. „Ich kenne Sie! Sie haben doch von der Oldtimer-Rallye im letzten Jahr berichtet."

„In der Presse und im Rundfunk."

„Ich höre nur CD, aber den Artikel habe ich damals gelesen."

Auf dem Schreibtisch piepst eine Sprechfunkanlage. Eine männliche Stimme meldet sich: „Der Blaue auf A 434 geht rüber nach C 116."

„Roger, Manni", sagt die Bürofrau. „In der nächsten Viertelstunde bitte keine Störungen."

Wesemann tastet hinter seinem Rücken nach der Türklinke.

„Sie verstehen sich doch mit Aufsätzen, ich meine längeren Aufsätzen, Büchern vielleicht. Ich hab meine Lebenserinnerungen aufgeschrieben." Die Bürofrau bietet Wesemann mit einladender Geste einen Stuhl an. Er setzt sich. „Interessante Erinnerungen, britische Soldaten, aber auch manch ein VIP aus Hameln, nette Bars und andere Etablissements. Fast dreißig Jahre war ich in der Branche. Da erlebt man so einiges. Ich habe mein Werk *Die Venus von der Weser* genannt."

„Sicher sehr interessant." Wesemann hat mal was von einer koreanisch-tibetanischen Doppelstellung gelesen.

Ob er sie danach fragen soll?

„Ich habe alles schonungslos aufgeschrieben, aber jetzt liegen die Seiten schon seit zwei Jahren unter meinem Kopfkissen." Sie blinkt mit ihren veilchenblauen Augendeckeln.

„Als Journalist wissen Sie doch sicher, wie man ein solches Buch veröffentlicht. Ich würde mich auch erkenntlich zeigen und mich dabei ganz nach Ihren Wünschen richten. Ich heiße übrigens Yasmina."

„Ein schöner Name."

Ihre Apfelbäckchen glühen.

„Bei Gelegenheit könnte ich mir das Manuskript sicher einmal ansehen."

Yasmina tippt auf die Sprechanlage. „Manni, kannst du mich für die nächste Viertelstunde vertreten, ich muss dringend was besorgen."

„Es ist aber nicht so eilig", meint Wesemann, doch Yasmina bleckt nur die Zähne, und Wesemann verschluckt seinen nächsten Widerspruch.

Manni kommt, Yasmina übergibt ihm ihren Stuhl, sagt „bis gleich" und ist auch schon raus.

Manni sieht Wesemann an: „Gezahlt wird bar."

„Ich bin eher privat hier“, sagt Wesemann, doch das hätte er wohl besser nicht gesagt.

„He, Macka, eins will ich dich gleich sagen: Wenn du auch bloß einen Finga nach dat Yasmina ausstreckst, spielste toten Mann im Matsch.“

Immer weiter schiebt sich Mannis kahler Schädel in Wesemanns Richtung.

„Sind Sie aus dem Ruhrgebiet?“

„Hört man dat?“

„Kaum.“

„Und wat willste von dat Yasmina?“

„Ich soll ihr bei der, äh, Buchführung helfen.“

„Wenn dat man stimmt!“ Manni lehnt sich wieder auf seinem Stuhl zurück. Wesemann nimmt sich eine alte Zeitschrift ohne Titelseite, und Manni lässt ihn nicht mehr aus den Augen.

Wesemann liest mehrmals denselben Artikel über Vaterschaftstests, ohne das Gelesene erfassen zu können, widmet sich dann den Horoskopen, und da ist Yasmina auch schon zurück.

Noch ein wenig außer Atem bedeutet sie Manni, den Platz hinter dem kleinen Schreibtisch wieder freizugeben.

Manni will nicht aufstehen, Yasmina sagt: „An die Arbeit“, und tritt Manni vors Schienbein.

Ohne Wesemann aus den Augen zu lassen, steht Manni auf. „Denk dran, gezahlt wird bar.“

„Verschwinde!“, sagt Yasmina.

Als sich die Tür hinter Manni geschlossen hat, greift Yasmina in die mitgebrachte Jutetasche und holt einen Stapel handgeschriebener Blätter heraus.

„Wenn Sie mal drüberschauen wollen.“

Sie legt Wesemann den Papierstapel in den Schoß, schaut ihm dabei tief in die Augen.

„Das muss man gewissenhaft machen", sagt Wesemann, „das geht nicht so auf die Schnelle." Er muss hier raus!

„Das habe ich mir schon fast gedacht und Kopien gemacht, damit nichts verloren geht." Sie schwingt ihren mächtigen Busen ganz leicht gegen Wesemanns Oberarm. „In vierzehn Tagen dann bei mir?" Sie greift in ihr Dekolleté, holt eine kleine Karte heraus und gibt sie Wesemann. „Ganz privat!" Auf der Karte entsteigt eine nackte Venus einem angedeuteten Schaumbad, doch das Signet des Etablissements ist durchgestrichen. „Die Karte ist von früher - aber die Adresse stimmt noch."

Wesemann steht der Schweiß auf der Stirn. Yasmina nimmt den Papierstapel, steckt ihn zurück in die Jutetasche und drückt ihm die Tasche in die Hand. Sie haucht ein „Danke" in sein linkes Ohr.

Wesemann muss an die frische Luft, sofort, egal wie. Er erhebt sich, will sich an ihren Brüsten entlang schieben, der Überbiss schnappt nach ihm, Wesemann kann ihrem Biss nur knapp entgehen. Oder wollte sie ihn küssen? Egal, nur weg!

Schon hat Wesemann die Türe aufgestoßen, da fällt ihm seine Mission wieder ein. Er dreht sich um, hält die Tasche abwehrbereit in Brusthöhe zwischen sich und Yasmina. „Also schön", sagt er, „ich sehe mir das Manuskript gerne mal an." Yasmina strahlt beim Wort Manuskript. „Aber vorher brauche ich für meinen eigenen Kriminalfall eine Auskunft."

„Jede!" Yasmina weist wieder auf den Besucherstuhl, doch Wesemann gibt die geöffnete Tür nicht aus der Hand. „Ist in letzter Zeit ein gelber VW-Käfer reingekommen?"

„So ein alter Post-Käfer?"

„Genau den suche ich."

„Der steht auf H 4. Aber was wollen Sie mit so einer Schrottkiste. Ich fahre ein BMW-Cabrio."

„Das war schon alles", sagt Wesemann und springt von den beiden Gitterstufen auf den Schotter des Abstellplatzes.

„Nicht vergessen: In vierzehn Tagen!" Yasmina steht in der Tür des Wohnwagens. „Und wenn Sie nicht zu mir kommen, komme ich zu Ihnen! Hausbesuche waren meine Spezialität! Ich finde Sie, habe mir Ihr Autokennzeichen schon aufgeschrieben." Yasmina lacht, ein Taxi hält vor dem Büro und ein junger Mann will in den Wohnwagen.

„Lass dich bloß nich noch mal blicken, sonst biste tote Weserleiche und kapott!"

Wesemann kann niemanden entdecken, doch die Worte hat er ganz genau verstanden.

Sonntagnachmittag und Wesemann schließt die Wohnungstür hinter sich ab. Gewaschen, gebügelt, diskret parfümiert, drei Fisherman's im Rachen. Er geht zu Fuß, wenn alles gut geht, braucht er keinen eigenen Wagen für den Rückweg.

Merkwürdig, geht es ihm durch den Kopf, dass der Tanztee noch immer Tanztee heißt und nicht *Dance-Event* oder noch besser *Break Hearts and Bones*.

Karola sieht hinreißend aus. Unglaublich, wie sich Frauen zwischen Berufsleben und Freizeit verändern können. Hier schwungvoll farbenfroh und dort cool und dezent. Nun ja, er hat dafür auf dem Flohmarkt in neue Socken mit gewagter Speedy-Gonzales-Stickerei investiert. Aber Karola ... er gönnt sie keinem andern. Darum wird's auch ein anstrengender Nachmittag. Keinen einzigen Tanz kann er auslassen, sonst stürzen sich die Kerle auf sie wie ausgehungerte Fliegen auf die Marmelade. Über seine Ängste kann Karola nur lachen, sie sieht das nicht so eng.

Nach zwei Stunden ist das Vergnügen überstanden. Karola hängt sich bei Wesemann ein, als sie die Tanzschule verlassen. Ihm klebt das schweißnasse Hemd auf der Haut, und er ist froh, ein paar Schritte durch die frische Luft laufen zu können.

Karola will etwas loswerden, das spürt Wesemann. Vielleicht eine kleine feine Erklärung zur Lage ihrer Herzensangelegenheiten? Sie sagt: „Marion."

Wesemann kann seine Enttäuschung kaum verheimlichen.

„Marion steckt in Schwierigkeiten", meint Karola. „Sie hat sich vor ein paar Tagen krank gemeldet und am Freitag erschien sie mit einer riesigen Sonnenbrille im Sender. Ich konnte erkennen, dass sie darunter dicke, blaue Flecken verstecken wollte."

Einen Augenblick muss Wesemann überlegen. Sie hat doch freiwillig seine Wohnung verlassen. Er hat sie doch nicht rausgeschmissen! „Ich war's jedenfalls nicht", da ist er sich sicher.

„Sie sei eine Treppe hinuntergefallen, meinte sie. Aber diese Version glaube ich nicht."

„Woran glaubst du?"

„An eine verdammt harte Rechte. Ich hab so was angedeutet, aber Marion war sofort eingeschnappt. Ihr Privatleben ginge mich überhaupt nichts an."

„Richte ihr gute Besserung von mir aus", sagt Wesemann, „oder besser nicht."

Karola sieht ihn für einen Moment überrascht an, doch dann fasst sie wieder Vertrauen und ihre Hand streichelt ganz leicht seinen Arm. „Und dein Privatleben?", fragt sie.

„Brach, brächer, am brächesten."

Sie sind an Karolas Auto angekommen. „Ich könnte mich ein wenig darum kümmern, aber nur ein ganz klein wenig."

„Ich habe sogar noch eine Flasche Sekt im Kühlschrank."

Karola lacht. Sie schließt ihren Wagen auf. „Dann also zu dir."

„Wenn du keine Angst vor dem Abwasch und der Bügelwäsche in meiner Wohnung hast."

Karola lacht. „Ich kenn dich doch ..."

Wesemann steigt zu ihr ins Auto. „Und dein Wagen?", fragt Karola.

„Wird von einem Chauffeur hinterhergefahren." Jetzt lacht auch Wesemann.

Wesemann hat aufgeräumt. Er hat vergessen, die Hausschuhe wegzuräumen, und die Wohnzimmertüre hätte auch noch abgewischt werden müssen. Aus Höflichkeit schaut sich Karola nicht um, als sie die Wohnung betritt, aber Wesemann merkt doch, wie sie aus den Augenwinkeln die Gesamtsituation erfasst. Er bietet ihr einen Platz auf dem Ledersofa an, geht in die Küche, die Flasche Sekt und zwei Gläser. Am Morgen noch extra poliert.

Sie prosten sich zu, sehen sich in die Augen und Karola sagt: „Schön hast du es hier."

„Meinst du?"

„Die Wohnung strahlt an allen Ecken deine Persönlichkeit aus."

„Also das pure Chaos."

Beide lachen, trinken, lachen. Karola hickst. „Hast du vielleicht eine Scheibe Brot oder so was? Sonst haut mich der Sekt einfach um."

„Nein, ich habe keinen Krümel im Brotfach. Warte einfach ab."

„Wesemann, Wesemann, du bist ja ein ganz Schlimmer."

„Natürlich habe ich mir Gedanken über das Thema *Kleiner Hunger am Abend* gemacht", sagt Wesemann, „und etwas vorbereitet. Und da du zum ersten Mal in meiner Wohnung bist, werde ich uns zur Feier des Tages etwas kochen."

„Muss nicht sein, ruf doch einfach den Pizzadienst an."

„In zehn Minuten bin ich zurück", sagt Wesemann. „Es gibt Pfannkuchen. Möchtest du sie mit Salami, Schinken oder Käse?"

„In dieser Reihenfolge!" Karolas Augen funkeln, sie greift zur Fernsehzeitschrift und macht es sich in ihrer Sofaecke bequem.

Wesemann geht in die Küche, nimmt eine Plastikflasche aus dem Küchenschrank. Flasche schütteln, Milch einfüllen, noch mal schütteln, dann etwas ruhen lassen. Er streicht Margarine in die Pfanne, wartet ungeduldig, bis sie geschmolzen ist, gießt den fertigen Teig darüber und legt Salamischeiben auf die stockenden Pfannkuchen. Beim nächsten ist der Schinken dran, dann folgt der Käse, dann wieder Salami und noch ein halber Pfannkuchen mit Schinken.

Als Wesemann zurück ins Wohnzimmer kommt, hat Karola schon den Tisch gedeckt. „Nur die Servietten habe ich nicht gefunden", berichtet sie Wesemann.

Für sie also zuerst der Pfannkuchen mit Salami. Wesemann nimmt sich den halben Pfannkuchen mit Schinken. Wer weiß, wie viel Hunger Karola hat. Er füllt noch einmal die Gläser mit Sekt, bietet als Alternative einen Rotwein aus Engins Laden an. Karola will beim Sekt bleiben. Wesemann beißt in seinen Pfannkuchen, bekundet seine Zufriedenheit mit einem wohlgefälligen Nicken und hat doch schon beim ersten Bissen gemerkt: Das war ein Teig für süße Pfannkuchen. Hätte er locker mit Zimt und Zucker servieren können, mit Wurst oder Käse schmecken sie ein wenig merkwürdig. Wesemann überlegt, welcher Volksgruppe er eine solche Geschmacksverirrung in die Schuhe schieben kann. ‚Das isst man so in …' Doch ihm fällt nichts ein, und so kaut er lieber schweigend weiter.

Karola empfindet es unerwartet völlig anders: „Schmecken gut, deine Pfannkuchen. Ich hätte gar nicht gedacht, dass du kochen kannst."

Für einen Augenblick überlegt Wesemann, was sie wohl nach zwanzig, dreißig Ehejahren gesagt hätte.

„Der Hunger treibt's rein", sagt Wesemann.

Zum Nachtisch serviert er Mousse au Chocolat. Aus Engins Laden.

Wesemann räumt ab, Karola hilft, will sicher einen Blick in seine Küche werfen.

Sie unterhalten sich über die Tanzschule, Baxmann und den Sender.

Als die Flasche Sekt leer ist, holt Wesemann doch noch den Rotwein. Und ein paar Nüsschen und Salzstangen. Als Höhepunkt eine Glasschale mit Mon Chérie, die er direkt vor Karola platziert.

Dann geht er noch einmal in die Küche und kommt kurz darauf mit einem in Zeitungspapier eingepackten Gegenstand zurück. „Für dich", sagt er und stellt das Päckchen vor Karola auf den Tisch. „Ist nur eine Kleinigkeit."

Karola wickelt das Zeitungspapier ab, hält das Milchkännchen in der Hand und betrachtet es von allen Seiten. „Du bist wirklich sehr aufmerksam."

„Ich gebe mir Mühe." Wesemann nimmt Karola das Kännchen aus der Hand, dreht es um und gibt es ihr zurück.

Natürlich erkennt sie sofort die beiden gekreuzten blauen Schwerter. Doch wie sie schaut, stimmt da etwas nicht. Sie lächelt ein bisschen zu aufgesetzt.

„Das ist kein Meißen?"

„Warum nicht?"

„Weil du so schaust."

„Wie schau ich denn?"

„Wie billige Fälschung, Volltrottel, Hausmüll."

Sie greift nach seiner Hand, drückt sie ganz leicht. „Meißen ist es wirklich nicht, aber von dir und darum erhält das Milchkännchen in meiner Sammlung einen Ehrenplatz. Du bist einfach lieb."

Der Abend vergeht voller Leichtigkeit und Vertrautheit. Schließlich kommen sie wieder auf die Tanzschule zu sprechen. Wesemann gesteht ihr, dass er die Promenade beim Tango immer noch nicht richtig beherrscht. Karola demonstriert die Schrittfolge mit Zeigefinger und Mittelfinger auf der Tischplatte. Wesemann zeigt sich schwer von Begriff. Schließlich steht Karola auf, um die Schrittfolge am Objekt zu demonstrieren. Zufällig hat Wesemann gleich eine CD mit Tangoklängen zur Hand. Sie tanzen miteinander, zuerst auf Abstand die Schrittfolge der Promenade, dreimal, viermal, dann den ganzen Tango, einen zweiten, einen dritten. Eng aneinander geschmiegt. Schließlich bewegen sie sich kaum noch. Ganz sanft dirigiert Wesemann Karola zum Sofa, lässt sich aufs Polster fallen und zieht Karola ganz nah zu sich heran. Mit zärtlichen Küssen erobert er jedes Fleckchen ihrer Haut, das er erreichen kann, streichelt sehr sanft ihren Rücken. Sie seufzt wohlig in seinen Armen. Wesemann zieht mit den Fingern die Konturen ihrer Lippen nach, lässt sie über ihr Kinn hinunter zur Kehle wandern. Karola wird sanft und weich. Vorsichtig öffnet er den obersten Knopf ihres Kleids, doch als er den zweiten öffnen will, hält Karola seine Hand fest. „Bist du mir böse, wenn ich nicht möchte?", flüstert sie ihm ins Ohr.

Natürlich ist er ihr nicht böse, er ist nur sauer, frustriert, abgeturnt und das möchte er Karola auch ganz klar zu verstehen geben. Schließlich ist es in einer Woche schon zum zweiten Mal, dass er zu nichts kommt.

„Nein", flüstert er zurück, „ich mag dich so wie du bist."

„Es ist mir einfach noch zu früh", sagt Karola. „Außerdem tut mir der Rücken weh." Sie richtet sich auf, streckt sich, Wesemanns linkes Bein ist eingeschlafen.

Karola küsst ihn auf die Nasenspitze, setzt sich neben ihn. „Wir brauchen uns doch nicht zu beeilen", sagt sie, „in unserm Alter."

Wesemann sagt: „Natürlich nicht."

Er denkt an sauren Hering, die neue Beule in seinem Auto, die tote Taube auf der Straße und alles ist wieder gut.

Wo Frauen das bloß lassen …

„Der Abend ist noch jung", sagt Karola munter, „kannst du Offiziersskat?"

„Nein." Wesemann ist ein wenig maulig.

„Ich kann auch gehen."

„Ich hätte nur ein Brettspiel. Malefiz."

„Das ist doch das Spiel mit den Blockaden?"

Wesemann nickt, und sie spielen bis um halb zwei, bevor ihn Karola bittet, ein Taxi zu bestellen.

Sie verabschieden sich mit einem langen Kuss, bis der Taxifahrer an der Tür klingelt.

„Beim nächsten Mal lade ich dich zum Abendessen zu mir ein“, sagt Karola an der Tür.

„Ich könnte schon morgen“, sagt Wesemann.

„Ich aber nicht“, sagt Karola und ist weg.

Es muss noch mitten in der Nacht sein. Das Telefon klingelt. Es ist halb zehn. Baxmann.

„Sind Sie krank, Wesemann?“

„Nicht, dass ich wüsste.“

„Oder wollen Sie sich rar machen, um das Honorar in die Höhe zu treiben.“

„Wenn's klappt.“

„Hab ich mir schon gedacht, Wesemann, aber nicht mit mir. Nicht mit mir.“

„Wenn das so ist ...“

„Mensch, Wesemann, wir wollen uns doch nicht über Geld streiten. Journalismus ist schließlich eine Herzensangelegenheit. Da schaut man nicht auf den Cent.“

„Sie fahren einen fast neuen BMW, und mein Corsa liegt in den letzten Zügen.“

„Wir hätten da noch ein altes Firmenfahrrad. Haha, haha.“

Wesemann knipst die Kaffeemaschine an, er braucht dringend eine Nervenstärkung.

„Wesemann, sind Sie noch da oder haben Sie sich erschossen?“

„Ich schieße nur auf Flaschen.“

„Da war so ein komisches Knacken in der Leitung.“

„Ich komme dann gelegentlich mal vorbei“, sagt Wesemann.

„Gelegentlich? Es brennt, Wesemann, und Sie sind unser Feuerwehrmann. Dr. Schreiber ist verschwunden und die Staatsanwaltschaft Hildesheim sucht ihn mit Haftbefehl. Er soll sich nach Thailand abgesetzt haben. Bist du in Bangkok, bist du bald bankrott. Haha, haha."

„Wird eine hübsche Dienstreise."

„Aber Wesemann, Ihre Stärke ist doch die Fähigkeit, aus Krümeln einen Kuchen zu backen."

Baxmann und seine Metaphern! „Was macht denn unser stellvertretender Chefreporter, der hat doch sicher einen Atlas oder Google Earth, das reicht doch für den modernen Journalismus."

„Unser Timo hat sich den Arm gebrochen, ist in eine Drehtür geraten und hat den Ausgang nicht gefunden. Haha, haha."

Wesemann legt auf. Wenn Baxmann lustig wird, ist er unerträglich.

Das Telefon klingelt erneut. Wesemann lässt es mehrmals klingeln, hebt dann ab.

„Sie rufen außerhalb der Geschäftszeit an. Wir sind montags bis freitags von ..."

„Also schön, Wesemann, fünf Prozent mehr Honorar. Dafür nehmen Sie aber auch unseren Praktikanten unter Ihre Fittiche und bringen ihm was bei."

„Mindestens zehn."

„Ihr Bericht über das neue Sägespäne-Heizkraftwerk in Bad Münder war nicht schlecht. Hab ich zufällig in der DEWEZET gelesen. Siebeneinhalb?"

„Den Bericht hatte ich Ihnen auch angeboten. Also acht."

„Sie ruinieren mich, und die Benzinpreise sind auch schon wieder gestiegen."

„Ihre Hörer sind anspruchsvoll."

„Also schön."

„Aber erst werde ich den Fall Anke Papenburg abschließen."

„Wenn er sich denn abschließen lässt. Kommen Sie doch zwischendurch einfach mal im Sender vorbei. Sie sind gerne gesehen. Nicht nur von mir. Haha, haha."

Wesemann legt auf, trinkt seinen Kaffee und liest die neue Apotheken Umschau. *Ohrstöpsel harmlos oder gefährlich? Training für den Beckenboden. Leichte Sommerküche.* Der Verleger dieser Zeitschrift wäre doch auch sehr passend für ihn. Schließlich ist er sehr einfühlsam. Helga meinte sogar, er sei ein echter Hypochonder. Wie lässt man sich von jemandem scheiden, wenn man seine Adresse nicht hat? Jetzt wäre es schön, sie würde ihn anrufen.

Wesemann schreibt Karola eine E-Mail. *Morgen ist Samstag, hast du frei?* Karola antwortet: *Ja.* Noch eine E-Mail von Wesemann an Karola: *Es soll schönes Wetter geben. Rufst du mich heute Abend an? Bitte.*

Karola ruft an, und Wesemann verabredet sich mit ihr, um ein bisschen durch die Gegend zu fahren und irgendetwas zu besichtigen. Egal in welche Richtung, Landschaft ist im Weserbergland schließlich überall.

Sie fahren in Richtung Hessisch Oldendorf. Karola öffnet das Schiebedach und lehnt sich in ihrem Autositz zurück. Sie muss es allerdings sofort wieder schließen, weil ihr die Sonne direkt auf den Kopf scheint. „Ich brauche einen Sonnenhut", sagt sie.

Hessisch Oldendorf hat eine Fußgängerzone. Welcher Ort hat keine? Kleine Stadt, kleine Geschäfte, kleine Angebote. Mode, Bäckerei, Drogeriemarkt, Lotto, Toto, Ansichtskarten und endlich Strohhüte. Karola probiert mehrere. Wesemann will sie zu einem Hut in Wagenradgröße überreden, Karola wählt den Hut mit kleinen bunten Sommerblumen im Hutband und behält ihn gleich auf dem Kopf.

Sie schlendern noch ein wenig von Geschäft zu Geschäft, Karola wendet den Kopf mal nach rechts, mal nach links und betrachtet sich in den spiegelnden Schaufenstern.

Jetzt wäre die richtige Zeit für einen kleinen Kaffee zwischendurch. Das passende Café ist schon ins Visier genommen, da werden sie von dem originellen Baxmann-Brunnen angelockt. „Baxmann entgeht man wohl überhaupt nicht!", ruft Karola. Wesemann will ein paar Fotos von Karola mit Hut und Baxmann machen. Er eilt zum Auto zurück.

Der Oldendorfer Baxmann war der Sage nach wohl ein seltenes Früchtchen. Aber so genau weiß Karola das nicht mehr. Sie nimmt sich eine Karte aus dem Ständer mit den Ansichtskarten und liest die Geschichte nach. Baxmann also lebte als Stadtpfeifer, Wirt und Kaufmann. Sein Vermögen soll er durch Raub, Betrug und Mord zusammengetragen haben. Nach seinem Ableben setzte er den Oldendorfer Bürgern auch weiterhin hart zu, da er ihnen als Untoter erschien. Sie beschlossen, den Ungeist mit Hilfe von Mönchen bannen zu lassen, doch er kehrte mehrmals zurück. Erneut verbannt, wurde er mit einer Strafe belegt. Er sollte mit einem Sieb eine Quelle leer schöpfen. Dies gelang ihm tatsächlich, als ein strenger Winter die Quelle gefrieren ließ. Jetzt wurde ihm auferlegt, die Quelle mit einem Fingerhut auszuschöpfen, und diese Aufgabe hat er bis heute noch nicht erledigt. Wesemann kommt zurück. Karola steckt die Ansichtskarte wieder in den Ständer, besinnt sich und bezahlt fünfundvierzig Cent im Laden.

Es werden übermütige Aufnahmen von Karola am Baxmann-Brunnen. Sie stellt sich zu ihm ins flache Wasser, setzt ihm ihren Strohhut auf und gibt ihm einen Kuss aufs bärtige Kinn. „Bäh!" Sie streckt Baxmann die Zunge raus und lässt sich von Wesemann aus dem Brunnen helfen.

Sie setzen sich ins Café. Wesemann bestellt sich ein Kännchen Kaffee und Karola einen Latte macchiato. Sie sprechen über den Sender und Marion, die immer verschlossener wird, über Dr. Schreiber, dem es nun an den Kragen zu gehen scheint und den Fall Anke Papenburg, der längst von den Titelseiten der Zeitungen verschwunden ist. Wesemann sinniert: „Fakten wie Irrlichter, glimmen auf, erhellen für einen kurzen Moment den Weg, bauen Hoffnung auf und erlöschen, bevor man sich neu orientieren kann!“ Karola staunt fast andächtig. Doch dann kehrt sie in die Wirklichkeit zurück.“

„Und wenn es doch Selbstmord war?“

„Damit wäre die Exklusivstory futsch und ich wäre beim Sender unten durch. Dann könnte ich mir mit Ralle eine Bank am Weserufer teilen oder als Hausmann bei dir anfangen?“

„Wär' mir vielleicht nicht so recht!“

Sie bezahlen, setzen ihre Reise fort und fahren in Richtung Rinteln. Einige kleine, farbenfrohe Zirkuswagen müssen einzeln überholt werden.

Wenig später wird Wesemanns Corsa von einem Paketzusteller an die rechte Seite gedrückt, Wesemann führt die Hand zur Hupe, Karola sieht ihn an, und er lässt es. Ruhe und Gelassenheit kommen bei Frauen sehr gut an.

„Du weißt, dass ich dich mag“, sagt Karola.

Will sie die Gelegenheit zu einer grundsätzlichen Klärung ihrer Beziehung nutzen. „Ja?“

„Weißt du, wie man das nennt, was wir da treiben?“

„So was ähnliches wie Liebesgeplänkel?“

„Ehebruch nennt man das, schließlich sind wir beide noch verheiratet.“

„Leider nicht miteinander.“

„Ich bin mir nicht sicher, ob du das wirklich willst.“

„Wenn es nicht Bigamie wäre, würde ich dir auf der Stelle einen Heiratsantrag machen.“

„Und ich würde es mir sogar überlegen. Lass es uns in Ruhe angehen. Meine letzte Pleite reicht mir.“

An der Straße zeigt ein Wegweiser in Richtung *Schloss Schaumburg*. Wesemann sieht Karola kurz an, sie nickt, und er biegt ab.

„Ich habe übrigens letzte Woche meine Scheidung eingereicht", sagt Karola, „aber bilde dir bloß nichts darauf ein. Hätte ich auch ohne dich gemacht."

„Wenn ich Helgas Adresse hätte, könnten wir uns einen gemeinsamen Anwalt nehmen."

„Denselben, aber keinen gemeinsamen."

„Ganz schön kompliziert, so eine Scheidung."

„Eine neue Beziehung ist auch nicht einfacher."

Wesemann legt seine Hand auf Karolas Oberschenkel. Sie biegen auf die Burgstraße ein, müssen noch ein gutes Stück fahren, bis auf der linken Seite der Schlossparkplatz auftaucht.

Sie steigen aus, Wesemann greift nach Karolas Hand, sie schlendern zum Schloss.

Im mächtigen Torhaus hängt ein Aushang: *Ferienwohnung zu vermieten. Separater Aufgang in einem Wendelturm mit alten Eichenholzstufen. Schlafzimmer mit Doppelbett, ein gemütliches Wohnzimmer, große, hübsche Küche mit einem Essplatz und modernem Einbauherd sowie ein Duschbad mit Bidet und Waschbecken. Zur Ferienwohnung gehört ein Sitzplatz auf der großen Terrasse vor der alten Wehrmauer der Burg. Genießen Sie in Ihrem Urlaub die Burgatmosphäre!*

„Wie wär's, ein Wochenende nur mit Zahnbürste und Schlafanzug?"

„Spinner", sagt Karola.

Ausgesprochen hört es sich sehr abweisend an, doch Wesemann weiß genau, wie sie es gemeint hat, irgendwie sanft, liebevoll, mutig, vertraut.

Im Schloss dann ein paar Waffen und Rüstungsteile, Karola möchte noch ein paar Schritte laufen; mit Karola ist Wesemann kein Weg zu weit und beide werden mit einem herrlichen Ausblick auf die dicht bewaldeten Berge des Weserberglandes belohnt.

Wesemann legt seinen Arm um Karolas Schulter und Karola schmiegt sich in seinen Arm. „Ein schöner Tag!", sagt Karola, „Danke!" Sie wendet ihm ihr Gesicht zu, und sie küssen sich. Lange, sehr lange.

„Guck mal, Papa, die knutschen!"

Wesemann und Karola schrecken zusammen und schauen in das bebrillte Mondgesicht eines Grundschülers. Er sollte sich lieber mal die Nase putzen.

„Aber keine Kinder mehr", sagt Karola.

„Keine!"

Sie wählen einen anderen Rückweg, fahren hinunter an die Weser und setzen mit der Fähre in Großenwieden über.

Die Weserbrücke unterhalb von Hessisch Oldendorf ist nicht weit, und so teilt sich der weiße Corsa den Platz auf der Fähre nur mit ein paar Radfahrern und einem Moped ohne Nummernschild.

Der Fahrer macht einen abgekämpften Eindruck.

Auf der anderen Seite der Weser wartet ein Traktor. Vorsichtig lässt Wesemann sein Auto von der Fähre rollen. Ungewohnte Situationen sind ihm immer etwas heikel. Langsam fährt er an dem Traktor vorbei, hinter dem Schlepper steht noch ein silberfarbener Golf. Wesemann schaut kurz hinüber, erkennt Grazyna. Sie hat ihn wohl nicht gesehen. Oder doch? Wesemann schaut in den Rückspiegel.

„War das nicht diese Organistin?", fragt Karola, die Wesemanns Blick bemerkt hat.

„Kirchenmusikerin!"

„Vielleicht besucht sie einen Kollegen."

Sie fahren zur Landstraße hinauf, biegen links ab.

„Warum sagst du nichts", fragt Karola nach einer Weile, „hat sie dich so beeindruckt?"

„Sie hat mich ... irgendetwas ist mir aufgefallen, ich weiß allerdings nicht was."

„Vielleicht hat sie eine neue Frisur?", fragt Karola etwas spitz.

„Das war's nicht. Es war etwas an ihrem Auto."

„Du kennst dich aber gut aus."

Immer weiter die L433 entlang. Sie schweigen sich an.

Kurz vor Hameln schlägt sich Wesemann plötzlich mit der flachen Hand gegen die Stirn. „Ich hab's!"

„Solange es nicht ihre Handynummer ist."

„Im Rückfenster war ein Aufkleber mit einem Notenschlüssel."

„Toll", sagt Karola, „kannst du mich bitte an der Erichstraße absetzen."

„Es ist nicht so, wie du denkst." Wesemann greift nach ihrer Hand.

„Leider ist es oft nicht so, wie ich denke."

Karola entzieht ihm ihre Hand, doch Wesemann fasst noch einmal nach.

Jetzt lässt ihm Karola ihre Hand, wenn auch ein wenig widerstrebend, und Wesemann erzählt ihr von den Beobachtungen der beiden Mädchen auf dem Reiterhof. „Nach Paul Papenburgs Unfall ist ein silberfarbenes Auto mit einem Aufkleber im Heckfenster davongebraust. Die Mädchen waren sich sicher, dass ein Notenschlüssel abgebildet war. Das hat natürlich nicht viel zu sagen, eigentlich gar nichts, aber komisch ist es schon."

„Es ist mehr als komisch", sagt Karola, „es ist verdächtig."

„Soll ich dich jetzt an der Erichstraße absetzen?"

„Wie kommst du denn darauf?“ Sie erwidert den Druck seiner Hand, Wesemann muss sich abrupt befreien, zu gerne besäße er jetzt eine Schaltautomatik.

Es wird noch ein wunderschöner Tagesausklang beim Italiener mit schmackhaften Antipasti, einem leichten Rotwein - und das samtweiche Gefühl von Zärtlichkeit hält ihn nur mit kleinen Unterbrechungen bis zum Einschlafen gefangen.

Zu Hause schreibt Wesemann auf einen Zettel *großartig, phantastisch, wird sicher ein Bestseller* und steckt das Blatt Papier mit dem literarischen Versuch von Yasmina in einen großen braunen Umschlag. Mühsam hat er sich durch die ersten Seiten gequält, dann mehrere Kapitel quer gelesen und den Stapel Papier schließlich resigniert zur Seite gelegt. Es gibt Besseres übers Rotlichtmilieu, und die Frau möchte er auch nicht wiedersehen.

Er nimmt seine Tasche und geht zu Fuß zur Post. Engin bietet zuckersüße Wassermelonen an. „Schneid dir ein Viertel raus, wenn eine Ganze zu groß.“ Engin zeigt seine weißen Zähne. „Armer Mann, so ohne Familie.“

Wesemann hätte ihm einen Apfel abgekauft, vielleicht sogar zwei, aber so nicht. Er winkt Engin einen Gruß zu und geht weiter.

Wie soll er unauffällig in die Wohnung der Organistin kommen? Vielleicht ist es auch gar keine Spur, solche Aufkleber mit Notenschlüssel gibt es sehr, sehr häufig. Wenn er da nur an die Fischerchöre denkt.

Also zum Sender. Karola hütet alleine den Empfang. Marion hat sich krank gemeldet, und Baxmann ist mit dem Praktikanten unterwegs, irgendein Copyshop hat Druckerpapier im Angebot.

„Ich hab keine Idee, wie ich an die Konrad rankommen kann." Er stellt seine Tasche auf den Tresen und legt den dicken braunen Umschlag daneben.

„Musst du denn?"

„Mir geht schon seit einiger Zeit durch den Kopf, dass ich in ihrer Wohnung etwas Wichtiges gesehen habe. Ich kann es bloß nicht konkretisieren. Und jetzt der Scheibenaufkleber, das ist doch ein Fingerzeig."

„Bist du gläubig?", fragt Karola.

„Ich glaub an mein Glück mit dir."

Das Telefon klingelt, Karola hebt ab, hört einen Augenblick zu, verabschiedet sich freundlich und schreibt dann ein paar Worte auf einen Zettel. „Eine alte Dame beschwert sich, die Müllabfuhr wäre immer so laut, ob wir da nicht mal was machen könnten."

„Können wir?"

„Natürlich, wir setzen uns doch für unsere Hörer ein. Ich gebe die Anfrage an die Stadtverwaltung weiter. Und wenn die pampig reagieren, schicke ich ihnen unseren Timo auf den Hals." Sie schüttet Wesemann einen Kaffee ein und legt ihm einen Keks auf die Untertasse.

„Bahlsen?", fragt Wesemann.

„Nö, Gut-und-Günstig."

„Ich könnte der Konrad ein paar Kekse vorbeibringen, als Dank für die gute Zusammenarbeit."

„Lass es." Karola stibitzt den Keks wieder von Wesemanns Untertasse und steckt ihn sich selber in den Mund. „Das hast du nun davon."

„Gibt es denn überhaupt nichts, wozu sie ihre Meinung sagen könnte?"

„Vielleicht über den Organistennachwuchs?" Karola nimmt einen Keks aus der Packung und steckt ihn jetzt Wesemann direkt in den Mund.

Wesemann kaut, will etwas sagen, verschluckt sich, hustet, trinkt von seinem Kaffee. „Ich werde alt."

„Hoffentlich!"

„Für meinen letzten Besuch hatte ich doch ihre Terminplanung als Grund vorgeschoben. Ich hab zwar keine Erinnerung, was sie gesagt hat, aber ..." Wesemann zieht den Reißverschluss an seiner Tasche auf. „... ich habe ein Notizbuch." Er blättert zurück. Findet keine direkten Eintragungen. Blättert wieder vor, bleibt an einer Doppelseite mit Kringeln, Wellen und gezeichneten Blümchen hängen. Mittendrin ein Gesicht mit mächtig wallendem Haar. „Da ist was." Er versucht, sich zu erinnern, Karola schenkt ihm noch einen Kaffee ein.

Wesemann greift zur Kaffeetasse.

„Vorsicht, heiß!", sagt Karola noch, doch es ist zu spät. Schnell schüttet sie Wesemann ein Glas Mineralwasser ein, und er kühlt damit seine Zunge.

„Das ist es!" Er tippt auf den Kopf mit den Wallehaaren.

„Sie hat dir ihren Frisör verraten?"

„Kirche, Bibel, Musik, Mann mit langen Haaren." Wesemann sieht Karola überlegen lächelnd an. „Händels Oratorium Samson."

„Nicht schlecht", meint Karola.

„Die Aufführung ist für den Herbst geplant. Darüber wird sie sich doch sicher gern mit mir unterhalten. Kann ich mal eben telefonieren?"

„Ist sie eitel?"

„Ich denke schon."

„Versprich ihr einen Bericht mit Foto."

„Einen Radiobericht mit Foto?" Wesemann wählt, es dauert recht lange, bis die Kirchenmusikerin abnimmt. Wesemann spricht sie auf die Aufführung des

Oratoriums an, kneift Karola ein Auge zu. Frau Konrad ziert sich ein wenig, die vielen Termine, doch dann stimmt sie einem Interview zu. Schon morgen, aber nur ganz kurz.

Wesemann legt auf. „Ich habe das Gefühl, einen großen Schritt weitergekommen zu sein. Ich weiß bloß noch nicht wohin."

„Vielleicht am Wochenende zu mir? Ich könnte uns Rouladen machen."

„Rouladen sind mein Leibgericht", sagt Wesemann.

„Hoffentlich am Montag auch noch!"

„Ich bringe dann den Nachtisch mit." Wesemann nimmt seine Tasche vom Tresen, gibt Karola einen kleinen Kuss auf die Wange und wendet sich zur Tür.

„Was soll ich denn damit?" Karola winkt ihm mit dem dicken braunen Umschlag zu.

„Kannst du ihn für mich in die Post geben?"

„Und die Briefmarke?"

„Spendet Baxmann, ist sicher in seinem Sinne."

„Weiß er davon?"

„Nö."

„Den Absender hast du auch vergessen."

„Ist nicht so wichtig", sagt Wesemann und geht.

„Bleib sauber!", sagt Karola.

Das wird, Wesemann, das wird, und so einen richtig schönen Sauerbraten hätte er auch gern mal wieder gegessen. Er muss aufstoßen und gönnt seinem Magen eine Talcid-Tablette. Reibekuchen mit Apfelmus gingen natürlich auch. Noch ein Talcid.

Bevor Wesemann an der Haustür von Frau Konrad klingelt, sucht er ein wenig die Umgebung ab. Er braucht nicht weit zu laufen, um den silberfarbenen Golf zu finden. Die Pony-Mädchen haben wohl eine beneidenswerte Beobachtungsgabe. Der Notenschlüssel ist auf einem transparenten Aufkleber gedruckt und kaum zu erkennen.

Wesemann macht ein Foto von der Heckscheibe und drückt dann auf den Klingelknopf zur Wohnung *G. Konrad.*

Heute hat sie das graumelierte Haar zu einem Knoten gebunden, in den Ohrläppchen blitzen kleine Edelsteine.

Sie bietet Wesemann einen Platz am Esstisch an, holt eine Flasche mit Mineralwasser und zwei Gläser.

Ihr scheint viel an dem Oratorium zu liegen.

Wesemann möchte sich gerne umsehen, also muss er sie ins Reden bringen. Am besten über ihr Fachwissen. Wer über sein Spezialgebiet nichts zu erzählen weiß, ist stumm oder tot.

„Für unsere Hörer wäre es sicher sehr interessant, etwas mehr über Händel und sein Oratorium Samson zu erfahren."

Er stellt das Aufnahmegerät an und spricht direkt ins Mikrophon.

„Die Hamelner Kirchenmusikerin Grazyna Konrad steckt mitten in den vorbereitenden Arbeiten für die Aufführungen des Oratoriums Samson, das im Herbst in der Marktkirche dargeboten werden soll. Frau Konrad, warum ist gerade dieses Oratorium so interessant für Sie? Es handelt sich schließlich um ein nicht allzu häufig aufgeführtes Musikstück von Georg Friedrich Händel."

Damit sollte sie eine Weile beschäftigt sein.

„Händel begann mit der Komposition unmittelbar nach dem Abschluss des Messiah, also nach dem vierzehnten Septem-

ber siebzehnhunderteinundvierzig. Schon am zwanzigsten September des gleichen Jahres ...“

Na also, es klappt.

Ab und zu noch ein bestätigendes Kopfnicken und Wesemann kann sich umsehen. Nichts scheint sich verändert und kein Stäubchen in den Raum verirrt zu haben. Allerdings steht heute auf dem Flügel eine große Vase mit einem bunten Strauß Frühlingsblumen. Komisch, kein professioneller Musiker würde einen schweren Gegenstand auf seinem Flügel dulden. An den freien Wänden fehlt eins der pastellfarbenen Landschaftsaquarelle. Wesemann, das sagt doch alles überhaupt nichts. Wieder mal eine Sackgasse? Zwischen Fenster und Eingangstür die schmale hohe Glasvitrine mit ihren Erinnerungsstücken. Wesemanns graue Zellen geraten in Wallung. Da war was. Die Fotos. Er hatte sich nach einem Gruppenfoto gebückt, um Anke Papenburg ins Gespräch zu bringen. Hat er vielleicht eine Person auf einem der Fotos erkannt? Die Kleidung? Die Umgebung? Er muss sich die Vitrine genauer ansehen können.

„...und die Israeliten stimmen einen Trauermarsch an.“ Frau Konrad hat einen Punkt gesetzt.

„Das waren die Ausführungen der Kirchenmusikerin Grazyna Konrad zur Aufführung des Oratoriums Samson im Herbst in der Marktkirche. Bitte die Hustenbonbons nicht vergessen.“

„Wie bitte?“

„War nur ein kleiner Scherz von mir“, sagt Wesemann, „wird garantiert rausgeschnitten.“

„Vielleicht sollten Sie es nicht heraus nehmen, die ewige Husterei ist wirklich sehr störend."

„Dann schlagen Sie den örtlichen Apotheken doch eine Kooperation zu beiderseitigem Nutzen vor." Wesemann holt den Fotoapparat aus seiner Tasche. „Die Apotheken verteilen Hustenbonbons an der Kirchentür, damit kommen die Apotheken ins Gespräch und Sie zur Ruhe im Kirchenschiff."

„Ich werde es mir überlegen." Frau Konrad schenkt ihm ein allererstes Lächeln.

„Ich würde gern noch ein paar Bilder von Ihnen machen, um die Zeitungsberichte mit der Konzertankündigung zu illustrieren."

„Das hätten Sie mir auch vorher sagen können." Frau Konrad richtet ihr Haar.

„Es soll doch nicht gestellt aussehen. Können Sie sich bitte an den Flügel setzen ... jetzt noch ein Bild vor dem Fenster ... und zum Schluss eins vor der Glasvitrine." Er drückt mehrmals auf den Auslöser, sagt „danke" und nimmt dann durch das Teleobjektiv aufmerksam die Vitrine ins Visier.

„Lassen Sie das", sagt Frau Konrad ein wenig unwirsch, als er ein bestimmtes Segment der Vitrine mehrmals fotografiert. Dann aber wieder versöhnlicher: „Da gibt es doch nichts zu sehen."

„Komisch", sagt Wesemann, „haben wir vielleicht gemeinsame Bekannte?"

„Das kann ich mir kaum vorstellen."

Ungeniert macht Wesemann die Tür der Vitrine auf und entnimmt ihr ein Foto.

Das Foto zeigt einen jungen Mann mit kurzen schwarzen Haaren und einem kräftigen Schnauzer. „Das ist doch mein Klassenkamerad, äh, ein Klassenkamerad meines Sohnes."

„Wohl kaum." Frau Konrad nimmt ihm das Foto aus der Hand und stellt es zurück in die Vitrine.

„Ich könnte alle Eide darauf schwören, dass es Franz Kruuse ist."

„Das ist mein Sohn", sagt Frau Konrad.

„Nicht Franz Kruuse?"

„Mein Sohn heißt Piotr Tutasz", sagt Frau Konrad. „Ein Sohn aus meiner ersten Ehe."

Die letzten beiden Sätze lassen Wesemanns Herz schneller schlagen. Bloß nichts anmerken lassen! Nachlegen! „Auch ein Kirchenmusiker?"

„Um Gottes Willen", Frau Konrad lacht auf, „mit schöngeistigen Dingen hat er sich nie abgegeben. Er liebt die Natur und die körperliche Herausforderung. Pferde sind seine Leidenschaft."

„Damit kann ich nun wieder gar nichts anfangen." Wesemann reicht Frau Konrad zum Abschied die Hand.

„Ich auch nicht." Sie winkt ihm sogar noch einen Gruß zu, als er sich im Treppenhaus kurz umsieht.

Wenn er jetzt ungestört mit Karola sprechen könnte. Kann er aber nicht. Vielleicht einen Kaffee bei Tchibo trinken und vor sich hin starren. Dabei kann er sonst immer seine Gedanken prima ordnen. Aber dann erklingt aus einiger Entfernung ein geschmettertes „Törööö" und Wesemann verdrückt sich. Eine kurze Überlegung, und er eilt zur Münsterkirche. Ein kleiner Plausch mit der netten Dame vom Willkommensteam, dann zieht sich Wesemann in die Krypta zurück. Er setzt sich seitlich auf einen der Stühle mit den geflochtenen Sitzen. Die dicken Mauern, die tiefe Decke, der ganze Raum umfängt ihn mit seinem beruhigenden Ernst.

Einen Augenblick versucht Wesemann an gar nichts zu denken. Das hat er schon oft versucht, aber gelungen ist es ihm noch nie. Er ergibt sich und lässt seinen Gedanken freien Lauf. Zuerst geht ihm durch den Kopf, dass er endlich wieder Geld verdienen muss. Karola schaut sicher nicht auf sein Einkommen, aber sie registriert es. Von Luft und Liebe allein kann man nicht leben, obwohl es sehr schön wäre. Dann muss er sich mit Helga arrangieren, ob und wie sie die Scheidung durchziehen wollen. Vorher muss er noch Moritz von seiner neuen Lebensplanung informieren. Ihn wird es wohl nicht aus der Bahn werfen.

Soweit sein Privatleben, er möchte noch ein bisschen an einen gemeinsamen Urlaub mit Karola denken und die Zeit danach. Auch dafür braucht man Geld.

Der Fall Anke Papenburg kreuzt jetzt seine Gedankengänge. Wesemann gibt sich noch eine Woche für die Lösung des Falls. Sollte sich bis dahin nichts ergeben haben, wird er aufgeben, in gebückter Haltung zum Sender schleichen und jeden Auftrag von Baxmann annehmen. Die Zeit läuft ab … jetzt.

Dr. Schreiber ist abgehakt, Bob Morgenstern vom Fernsehsender kommt auch nicht in Betracht. Er war am Samstag im Sender und Anke Papenburg war noch keine vierundzwanzig Stunden tot, als ihre Leiche am Sonntagmorgen aus der Weser gefischt wurde. Vielleicht ist der Ausgangspunkt nicht das Weserufer, sondern der Tod Paul Papenburgs. Sein Pferd hat vor einem silbergrauen Golf mit Notenschlüsselaufkleber im Heckfenster gescheut. Den Wagen könnte Grazyna Konrad gefahren haben. Oder Piotr Tutasz. Oder jemand, der sich den Wagen ausgeliehen hat. Aber was hat das alles mit Anke Papenburg zu tun? Sie wollte den Reiterhof ihres Vaters übernehmen, auf den auch Piotr Tutasz scharf war. Piotr hat mit Ankes Vater Krach gekriegt, aber worüber? Hat Piotr aus Ärger den Unfall mit dem Alten provoziert? Anschließend hat er Anke, ja, was hat er eigentlich? Man bringt niemanden einfach so um. Es muss einen richtigen Grund gegeben haben. Und diesen Grund muss Wesemann herausfinden.

Er wird sich von zwei Seiten nähern. Erst einmal muss er eine Flasche Wein bei Rossmann kaufen und Ralle das Bild vorlegen, das er heimlich von dem Foto in Grazyna Konrads Glasvitrine geschossen hat. Es wird bestimmt kein allzu scharfer Abzug werden, aber mal sehen, was sich technisch machen lässt. Und dann ist da auch noch Marion, die offensichtlich mit Piotr zusammenlebt. Sie wird sicher einiges über sein Leben wissen. Vielleicht auch über das Geschehen auf dem Reiterhof. Aber sie befragen, sie verdächtigen, zumindest in die Nähe eines Verbrechens rücken, das wird unangenehm, sehr unangenehm.

Wesemann geht nach Hause, lädt die digitalen Fotos aus Frau Konrads Wohnung auf seinen Bildschirm. Drei Aufnahmen hat er von der Vitrine machen können, auf denen das Foto ihres Sohnes zu sehen ist. Eine Aufnahme kann brauchbar auf die Person zugeschnitten und vergrößert werden. Dem Abgebildeten verpasst Wesemann blondes Haar und sein dicker, schwarzer Schnauzbart wird mit wenigen Klicks entfernt. Wesemann druckt das bearbeitete Foto aus. Er greift sich einen Apfel, will hineinbeißen, überlegt es sich aber und legt den Apfel zurück. Seine Zähne! Die Sanierung ist unbedingt fällig!

Er läuft die Treppenstufen hinunter, kramt den Autoschlüssel aus seiner Jackentasche, sucht sein Auto, kann es nicht entdecken. Abgeschleppt? Er hat es an der Münsterkirche stehen lassen. Einmal durchatmen und dann die Suche nach Ralle beginnen.

Aber vorher noch rasch zu Rossmann.

Wesemann durchstreift die Innenstadt. Kein Törööö, kein Ralle. Er umrundet die Münsterkirche, ist sich sicher, sein Auto direkt hinter dem Taxistand abgestellt zu haben, doch auf dem Platz steht jetzt der Kastenwagen eines Installateurs. Hat er den Wagen vielleicht doch an einer anderen Stelle geparkt? Er wird sich später darum kümmern. Ralle zu finden ist jetzt wichtiger. Doch auch am Weserufer keine Spur von Ralle. Wesemann setzt sich und stellt die Plastiktüte mit der Weinflasche neben sich.

Frau Flohr oder Mohr oder wie auch immer kommt auf ihrem Fahrrad vorbei. Sie hält an, stellt einen Fuß aufs Pflaster. „Sie sind doch der Reporter vom Rundfunk?“

„Moin, moin", sagt Wesemann, weil ihm gerade keine direktere Anrede einfällt.

„Sie haben wohl nicht verkraftet, dass Ihnen die Frau weggelaufen ist?"

Wesemann, immer höflich bleiben! „Der Wein ist für einen Bekannten, ich bin praktizierender Nichttrinker."

„Sie müssen sich Ihrem Problem stellen", sagt Frau Flohr oder Mohr oder so, „sonst kommen Sie nie weg vom Alkohol." Sie setzt ihr Fahrrad in Bewegung. „Mein Mann hat auch nicht hören wollen." Sie schwingt sich auf den Sattel. „Und jetzt liegt er schon seit sieben Jahre unter der Erde."

„Manchmal hat man kein Glück", sagt Wesemann, „und dann kommt auch noch Pech dazu." Aber er sagt es ganz leise.

„Töröóö!"

Wesemann fürchtet um sein Herz, legt die Hand auf die Brust, sein Herz rast.

„Musst du mich so erschrecken?"

„Nö", sagt Ralle, „macht aber Spaß." Er setzt sich neben Wesemann und grinst die Plastiktüte mit der Flasche an.

„Du musst dich deinem Problem stellen", sagt Wesemann, „sonst kommst du nie weg vom Alkohol."

„Kenn ich", Ralle grinst, „Frau Konz!"

„Wer ist denn Frau Konz?"

„Frau auf dem Fahrrad."

Ralle macht mit der linken Hand eine schnelle Bewegung, als würde er auf einen Gegenstand zeigen, der gerade vorbeisaust.

Wesemann schiebt ihm die Flasche zu.

Ralle schaut in die Tüte, stellt die Flasche dann neben seine Füße.

„Kennst du den?“ Wesemann hat das ausgedruckte Foto aus der Tasche geholt und legt es auf die Bank zwischen sich und Ralle.

„Kann sein“, Ralle nimmt den Abzug auf, „kann auch nicht sein.“

„Fang nicht schon wieder so an, mehr Wein gibt's heute nicht.“

Ralle betrachtet das Foto. „Der Mann von damals. Könnte sein. Hat Krach gehabt mit Anke. Wegen Handy.“

„Eher ja oder eher könnte?“

„Was?“

„Ist das der Mann?“

„War dunkel. Glaub aber schon.“

„Danke für die Auskunft.“ Wesemann erhebt sich.

„Weiß noch was“, sagt Ralle. Er greift nach der Plastiktüte und steht ebenfalls auf. „War Samstag, nicht Freitag.“

„Bestimmt?“

„Freitag immer Günther Jauch bei meinem Freund. In Rohrsen. *Wer wird Millionär?* Samstag dann Sportberichte vom Radio. Hör ich bei Taxi-Fred. Hinter Münsterkirche. Aus seinem Autoradio. Rohrsen weit, Münsterkirche da drüben.“

„Nicht schlecht“, sagt Wesemann, „das bringt mich ein ganzes Stück weiter.“

„Törööö!“, sagt Ralle und winkt Wesemann mit der Plastiktüte zu.

„Lass dich nicht von Frau Konz erwischen!“ Er geht zurück zum Taxistand, sieht sich nach seinem Auto um. Nichts. Er geht zum ersten Taxifahrer, der weiß nichts, zum nächsten. Der stellt erst das Autoradio leiser, kann sich schließlich an den weißen Corsa erinnern. „Wird teuer“, sagt der mit einem Grinsen,

„wurde an den Haken genommen, weil er drüben im Halteverbot stand."

„Wegelagerer", sagt Wesemann.

„Ordnungsamt", sagt der Taxifahrer. Er stellt sein Autoradio wieder lauter.

Wesemann ruft an. Die Dame vom Ordnungsamt braucht nur wenige Sekunden, um Wesemanns Auto zu finden. „Macht fünfunddreißig Euro fürs Falschparken und hundertachtzig Abschleppgebühr. Ich gebe Ihnen die Telefonnummer des Abschleppunternehmens."

Das nächste Telefongespräch: „Mein Auto wurde abgeschleppt ..."

„Fahrzeugmarke, Kennzeichen?"

Wesemann gibt die Daten durch.

„Abholung nur mit Kraftfahrzeugbrief oder Kraftfahrzeugschein, Perso oder Reisepass mit Lichtbild, bei Fremdabholung schriftliche Vollmacht und gezahlt wird in bar."

Yasmina! Wen könnte er um Abholung seines Autos bitten? Karola? Marion? Den Praktikanten? Hat der überhaupt schon einen Führerschein? Er wird Engin fragen. Engin liegt näher, und Engin hat eine große Familie.

Wesemann schreibt am Computer eine Vollmacht. Den Namen kann er handschriftlich einsetzen. Er zieht seine Jacke an, sammelt die nötigen Papiere zusammen, Personalausweis, Kraftfahrzeugbrief, nicht -schein, der steckt im Auto hinter der Sonnenblende, nimmt sein Portemonnaie und geht hinunter auf die Straße. Ab der Haustür wird gehumpelt. Heute bei Engin im Angebot: *Zuckeraprikosen, 350 g-Schale 1,39, drei Schalen vier Euro.*

Wesemann kauft eine Schale und noch ein Töpfchen Basilikum. Er wartet einen Augenblick, bis Engin alleine an der Kasse ist und schildert ihm dann sein Missgeschick mit dem vertretenen Fuß. Gerade jetzt, wo doch sein Auto abgeschleppt wurde.

Engin hat Verständnis und schenkt ihm ein Lächeln, muss aber Rucola und Champignons verkaufen.

„Du hast es gut", sagt Wesemann, als Engin wieder zurück an der Kasse ist, „du hast eine große Familie. Aber wie soll ich zu meinem Wagen kommen, wenn ich nicht laufen kann?"

Engin macht den Mund auf, um etwas zu sagen.

„Lass nur", sagt Wesemann. „Du hast so viel zu tun, und nächste Woche ist es mit dem Fuß sicher auch schon wieder besser. Natürlich, jeder Tag kostet zusätzliche acht Euro Standgebühr, aber wen könnte ich schon bitten, den Wagen für mich abzuholen?"

„Meine Familie ist auch deine Familie."

„Du meinst wirklich?"

„Ich habe einen entfernten Cousin, Faruk, der kennt sich mit Autos aus und ist mir sowieso noch eine kleine Gefälligkeit schuldig."

„Faruk?"

„Hol' einfach Papiere, ich kümmere mich."

Wesemann, wenn du jetzt die Papiere aus der Tasche ziehst, ist Engin bis in alle Ewigkeit beleidigt. Du musst schon so tun, als würdest du sie aus deiner Wohnung holen. Also umgedreht und losgehumpelt. Mit welchem Bein?

Egal.

Engin kümmert sich um seinen nächsten Kunden, und Wesemann besorgt sich eine Sportzeitung mit den Renntipps für die nächsten Galopprennen auf der Neuen Bult in Langenhagen.

Wesemann geht in Engins Laden zurück, legt die Papiere neben die Kasse. „Du bist Schlitzohr", Engin lacht, „würdest dich gut machen auf türkischen Basar oder im Theater."

Wesemann spürt, wie leichte Röte sein Gesicht hochzieht. „Den Namen musst du selber einsetzen", sagt Wesemann, „ich weiß nicht, wie Faruk mit zweitem Namen heißt." Er legt zweihundert Euro neben die Kasse.

„Mehmet."

„Ich meine mit Nachnamen."

„Ich auch Theater", sagt Engin. Jetzt lachen beide, und Wesemann händigt ihm die Schlüssel für das Auto aus.

Als Wesemann in seine Wohnung zurückkommt, blinkt die Anzeige am Anrufbeantworter. Karola. Sie hat aber keine Nachricht hinterlassen. Wesemann wählt Karolas Nummer, sie ist besetzt. Er legt auf, wählt erneut, wieder besetzt, wählt, besetzt ... Wesemann gibt auf.

Er lässt heißes Wasser in die Wanne laufen, schüttet einen Schuss Entspannungsbad hinein und mixt sich einen Campari-Soda.

Er muss nachdenken. Also hinein ins Vergnügen und einen guten Schluck genießen.

Anke Papenburg *wurde am Samstag ins Wasser gefallen,* und Ralle hat eventuell fast ganz genau in Piotr den Mann wiedererkannt, mit dem sich Anke ums Handy gestritten hat. Wenn er bloß herausfinden könnte, worüber sich Paul Papenburg und Piotr gestritten haben. Vielleicht gibt es da eine Verbindung zum Krach auf dem Reiterhof. Aber Paul Papenburg ist tot, Piotr weiß bestimmt von nichts und damit Ende der Fahnenstange. Sollte er sich mit HK Bertram beraten? Er wird ihn anrufen. Wenn der Fall gelöst ist. Und wenn nicht, dann eben nicht.

Wesemann nimmt noch einen Schluck vom Campari-Soda, schlägt die Sportzeitung auf und widmet sich der Vorschau auf den nächsten Renntag auf der Neuen Bult.Er studiert die Starterlisten, die Form der Pferde, Züchter und Reiter und lässt die Zeitung sinken, bis der obere Rand sich langsam mit Wasser vollsaugt.

Das Häuschen mit den sechs Rosensorten und dem Rottweiler im Vorgarten!

Frau Backhaus!

Sie kannte Paul Papenburg wohl sehr gut und stand ihm recht nahe, hat die Superdürre gesagt, als er zum ersten Mal auf dem Reiterhof war.

Wenn sie ihn nicht nur gut kannte, eventuell sogar überaus gut? Dann müsste sie doch eigentlich wissen, worum es im Streit zwischen Paul Papenburg und Piotr gegangen ist.

Jetzt ist schon ein Viertel der Zeitung nass, das stört Wesemann nun auch nicht mehr. Er verlässt die Badewanne, trocknet sich ab und recherchiert im Internet den Umgang mit Rottweilern.

Laufen Sie nie vor einem Hund davon! Nähern Sie sich dem Hund immer vorsichtig!
Achten Sie auf die Verhaltenssignale des Hundes in Form von Ohrenstellung, Körper- und Schweifhaltung sowie Lautäußerungen.
Lassen Sie ihn zuerst an Ihrer Hand schnüffeln. Starren Sie ihm dabei nicht in die Augen, streicheln Sie ihn dann vorsichtig seitlich am Kopf, machen Sie keine hastigen Armbewegungen. Bleiben Sie immer ruhig!

Also auf nach Reher!

Sein Corsa steht nicht vor der Tür. Natürlich nicht. Engin verspricht die Lieferung bis sechzehn Uhr. Pünktlich. Da kann es schon zu spät sein. Wesemann ruft im Sender an. Marion am Apparat. Ziemlich kleinlaut: „Ich geb' dir Karola.", noch bevor er sich nach ihrem Befinden erkundigen kann.

Karola: „Ja?"

„Kannst du mir vielleicht für ein, zwei Stunden dein Auto leihen?"

„Sprit ist teuer. Warum nimmst du nicht dein eigenes?"

Wesemann starrt die gegenüberliegende Häuserfront an. Groß und breit erscheint vor seinem inneren Auge Karolas verschmitztes Lächeln. „Ist abgeschleppt worden. Kriege ich erst heute Abend zurück."

„Komm vorbei und hol dir den Schlüssel ab."

„Danke."

„Ist das Wesemann?" Es gibt wohl nicht viel, was Baxmann entgeht. „Sagen Sie ihm, ich hätte da einen Superauftrag für ihn. Festessen mit Weinprobe im Schlosshotel Münchhausen. Oder hat er sich den Magen verdorben?"

„Sag' ihm, ich komme."

„Er kommt."

„Schön."

Wesemann überquert die Straße und strebt zum Sender.

Im Empfang nur Karola.

„Hab ich nicht soeben mit ihr gesprochen?" Wesemann zeigt auf Marions Arbeitsplatz.

„Sie ist im Augenblick ein wenig menschenscheu", sagt Karola, „und verbringt die meiste Zeit auf dem Klo. Am liebsten würde sie Urlaub nehmen, aber sie hat keinen mehr." Karola kommt an den Tresen und händigt Wesemann ihre Autoschlüssel aus. „Meinen Wagen aber nicht abschleppen lassen?“

„Ich werde ihn nicht aus den Augen lassen.“

Sie gibt ihm die Einladung zur Weinprobe im Renaissanceschloss in Schwöbber.

„Du kommst doch mit?“

„Die Einladung gilt nur für eine Person.“

„Also für dich. Ich komm' auch ohne Einladung rein.“

„Dann hol mich um sechs an der Haustür ab. Ich kann mit Marion nach Hause fahren.“

Wesemann beugt sich weit über den Tresen, drückt ihr einen Kuss auf die Lippen und noch einen. Fast gleichzeitig gehen die Türen zu Baxmanns Büro und zu den hinteren Räumen auf. Wesemann verschwindet augenblicklich. „War da nicht gerade …“, hört er noch Baxmanns Stimme aus dem Empfang, doch da hat er den Griff der Haustür schon fest in der Hand.

Er hätte Karola fragen sollen, wo sie ihr Auto abgestellt hat.

Eine Weile sucht er in der Umgebung, dann ruft er Karola doch noch an. Bevor er allerdings irgendetwas fragen kann, sagt sie: „Gröninger Straße, in der Nähe des Hotels.“

Wesemann fährt nach Reher. Er hat so ein Gefühl, als könnte er Piotr auf dem Reiterhof antreffen. Vielleicht macht er sich dort schon breit. Von den Papenburgs würde er jedenfalls nicht mehr gestört.

Karolas Skoda hat ein Radio, sogar mit CD-Player. Mal sehen, welchen Sender sie eingestellt hat. NDR2 – das wird er Baxmann petzen!

Auf dem Reiterhof trifft er natürlich die Mädchen mit ihren Ponys. Sie beäugen ihn misstrauisch. Das wird er sich zunutze machen.

Mit weit ausgebreiteten Armen geht er auf die Mädchen zu. „Meine lieben Kinder ..."

Das größere Mädchen greift nach ihrem Schlüsselbund. Am Schlüsselbund hängt eine Trillerpfeife, sie pustet hinein, ein Trommelfell sprengender Pfiff, eins der Ponys keilt aus, und in der Tür der Reithalle erscheint die dürre Frau.

„Danke", sagt Wesemann zu den Mädchen, „wollte nur mal sehen, ob ihr auch aufpasst." Er geht zur Reithalle hinüber, der Jack Russel kommt auf ihn zugeschossen, für einen Augenblick glaubt Wesemann, einen Schatten neben der Remise gesehen zu haben. Einen Schatten mit Kapuzenjacke. Er läuft ein paar Schritte, dann um die Remise herum, niemand ist zu sehen, er geht zur Reithalle zurück.

„Ilse will nur spielen", sagt die Dürre, und Ilse hängt an Wesemanns Hosenbein.

„Einfach ignorieren", sagt die Dürre, „dann hört sie von alleine auf."

Stimmt. Ilse löst ihren Biss und schnappt nach dem anderen Hosenbein.

„Lass das, Ilse", sagt die Dürre, doch Ilse knurrt nur als Antwort.

„Nicht so schlimm", sagt Wesemann, er wird es sich doch jetzt nicht mit einer möglichen Informationsquelle verderben. Wann ist er zum letzten Mal gegen Tetanus geimpft worden?

„Haben Sie heute einen Helfer?" Wesemann zeigt auf die Remise hinter sich.

„Wir sind meist alleine hier." Und damit meint sie sich und die Mädchen, wie sie mit einer Kopfbewegung andeutet. „Sie können aber gerne mit anpacken, wenn Sie schon mal da sind."

Gerade sind die neuen Schuhe richtig eingelaufen, und frisch geputzt sind sie auch. Also muss Wesemanns Überredungskunst reichen.

„Der schöne Hof!“, sagt er. „Es hat mir keine Ruhe gelassen, dass es keine Rettung für ihn geben soll.“

„Nächsten Monat ist die Versteigerung, aber bisher hat sich noch kein Interessent gemeldet.“

Wesemann schaut zur Remise hinüber. Er muss sich getäuscht haben. „Ich habe mit Silvia Backhaus gesprochen.“

„Ach“, sagt die Dürre und reinigt mit der Ferse des einen Stiefels die Spitze des anderen.

„Will sie den Hof übernehmen?“

„Sollte sie?“

„Jedenfalls ist sie mit den Gegebenheiten bestens vertraut, doch ob ihr Kapital reicht ... Beim Versteigerungstermin werden sicher wieder Banken und Spekulanten auftauchen, um Hof und Grundstück billig zu erwerben und dann möglichst teuer in einzelnen Parzellen zu vermarkten.“

Irgendwie ist Wesemann im Augenblick nicht nach Weltanschauung.

„Frau Backhaus hat Herrn Papenburg wohl recht gut gekannt?“

„Recht gut!“ Die Dürre bückt sich und nimmt einen Glassplitter auf.

„Recht, recht gut?“

„Ist doch kein Geheimnis, weil es alle wussten. Sie waren zusammen. Meist hat Silvia sogar hier bei ihm gewohnt. Bloß wenn sie Krach hatten, ist sie zurück in ihr eigenes Häuschen. Dann war endlich mal wieder Ruhe hier auf dem Hof. Meine Ilse mag keine Rottweiler.“

„Ich auch nicht“, sagt Wesemann.

„Dann sind wir schon zu dritt", sagt die Dürre. Sie geht mit Wesemann über den Hof und wirft die Glasscherbe in eine übervolle Mülltonne.

SIEBZEHN

Keine Spur von Piotr auf dem Reiterhof. Wesemann macht einen kleinen Abstecher zum Häuschen mit den sechs Rosensorten im Vorgarten. Vom Rottweiler ist nichts zu hören oder zu sehen. Wesemann drückt auf die Klingel. Es klingelt nicht, es wiehert. Wie originell. Wesemann muss es noch einmal wiehern lassen, bevor Frau Backhaus die Haustür öffnet.

„Ihr Kollege war gestern schon da. Oder sind Sie nicht von der GEZ? Ach, Sie sind das, der Pferdeliebhaber."

Hoffentlich war das jetzt keine Beleidigung – wenn man es genau nimmt.

„Wir haben uns auf dem Hof von Paul Papenburg getroffen."

„Ich weiß." Sie bleibt einfach in der Haustür stehen.

Irgendwo lauert bestimmt der Rottweiler und wird sich auf Wesemann stürzen, sollte er auch nur einen Schritt in den Vorgarten machen. „Sind Sie allein?" Wesemann ist vorsichtig.

„Wollen Sie mich überfallen?"

„Anders gefragt: Ihr Hund hat schon gefressen?"

„Das weiß ich nicht."

Einfach das Risiko annehmen. Wesemann, du bist ein Kerl, also zögere nicht.

„Filou ist bei meiner Schwester in Osterode."

Mut wird belohnt. Wesemann schließt das Gartentürchen hinter sich. „Irgendwie lässt mich der Unfall von Paul Papenburg nicht los."

Oben an der Straße bremst ein Motorrad hart ab, kommt in den Stichweg, fährt langsam, sehr langsam am Häuschen vorbei, wendet, fährt zurück und gibt dann auf der Landstraße wieder Gas.

„Kann ich Ihnen ein Bier anbieten?"

Wesemann hat einen trockenen Hals, außerdem will er nicht unhöflich sein.

Frau Backhaus verschwindet im Haus und schließt die Haustür hinter sich. Es dauert eine ganze Weile, bis sie mit zwei geöffneten Bierflaschen wieder vor der Tür erscheint.

Sie setzen sich nebeneinander auf die Bank neben der Haustür, stoßen mit den Flaschen an und trinken erst mal einen Schluck. Wesemann kann nicht gut aus der Flasche trinken, aber Frau Backhaus' Flasche ist nach dem ersten Zug halb leer.

„Schöne Rosen", sagt Wesemann. Schon meldet sich sein Schluckauf.

„So ein Garten macht viel Arbeit", sagt Frau Backhaus.

Nein, denkt Wesemann, ich rupfe nicht, ich hacke nicht und schleppe auch keine schweren Gießkannen. „Das schaffen Sie doch alles mit links."

„Manchmal wäre eine Hilfe schon ganz nett."

Jetzt aber schnell das Thema wechseln. „Ich habe in Erinnerung, dass sich Paul Papenburg mit seinem Pferdepfleger gestritten hat."

„Piotr?"

„Wenn er so heißt. Worum ging es denn da?"

„Brauchen Sie das für Ihren Bericht über die Reiterhöfe im Weserbergland?"

„Sie sind eine gescheite Frau!" Das musste jetzt sein. „Ich denke, dass sein Unfall kein Zufall war. Jemand hat den Unfall provoziert. Dazu musste man nur wissen, worauf Paul Papenburgs Pferd panisch reagiert."

„Alle Pferde scheuen, wenn sie sich erschrecken."

„Aber gleich so, dass sich ein erfahrener Reiter nicht mehr halten kann?"

„Mondo war sehr geräuschempfindlich. Als er jung war, hat ihn wohl mal jemand mit einem platzenden Luftballon erschreckt."

„Davon wusste Piotr?"

„Davon wussten alle. Paul hat es oft genug erzählt."

„Bleibt noch der Streit."

Frau Backhaus trinkt ihr Bier aus, steht auf. „Sie auch?" Frau Backhaus wedelt mit der leeren Flasche, verschwindet im Haus. Braucht lange, sehr lange. Ob sie sich verdrückt hat und die Tür von innen verriegelt?

Wesemann steht auf, drückt vorsichtig die Türklinke, da wird die Tür von innen aufgerissen und Frau Backhaus fällt Wesemann fast in die Arme. Männerfalle! Er kann sich gerade noch abfangen. „Ein Telefongespräch", sagt Frau Backhaus entschuldigend.

Sie setzen sich wieder auf die Bank. „Ja, ja, der Mondo. Hat keinen mehr auf seinen Rücken gelassen. Nur Paul konnte einigermaßen mit ihm umgehen."

„Worüber haben sich Paul Papenburg und Piotr denn so mächtig zerstritten, dass Piotr den Hof verlassen musste?"

„Woher soll ich das wissen? Ich war nicht dabei."

„Von Paul Papenburg."

„Wieso sollte er denn mit mir darüber gesprochen haben?"

„Weil man sich in einer guten Beziehung eben alles erzählt."

„Wir hatten keine ..."

„Ich komme gerade vom Reiterhof."

„Ach, so, die Bohnenstange Desiree hat gepetzt."

„Ich hatte sie als Dachlatte in Erinnerung."

„Wenn Sie es nun schon wissen, wir waren zusammen. Er fehlt mir sehr."

„Und der Streit?"

„Davon weiß ich nichts."

„Angenommen, der Unfall von Paul Papenburg hängt auf irgendeine Weise mit dem Tod seiner Tochter zusammen. Dann wären Sie mittendrin in einem Kriminalfall. Und die Polizei ist sehr akribisch bei ihren Verhören, gelinde ausgedrückt."

Die Post kommt. Frau Backhaus geht zum Gartenzaun, nimmt der Postbotin zwei Briefe und ein paar Reklamezettel ab.

„Piotr hatte nebenher immer etwas laufen. Angeblich, um an Geld für die Renovierung des Reiterhofs zu kommen. Was es genau war, weiß ich wirklich nicht."

Wesemann nimmt sein Handy aus der Tasche und droht mit einem angedeuteten Anruf.

„Können Sie mich da raushalten?"

„Ich wüsste nicht, was ich lieber täte."

„Piotr hat mit geschmuggelten Zigaretten gehandelt. Es muss schon eine ganze Weile so gegangen sein, bis ihn Paul auf der Rückseite der Remise erwischt hat, wie er die Zigaretten aus seinem Lieferwagen ausgeladen und hinter den zusammengebrochenen Kutschen, alten Trögen und sonstigem Gerümpel versteckt hat."

Wesemann schaut auf seine Schuhspitzen.

„Paul hat ihm sofort Hausverbot erteilt. Aber Piotr meinte, er solle nicht so blöd sein. Er hätte bald genug zusammen. Mit dem Geld könnte man den Hof wieder auf Vordermann bringen. Er brauche ihm nur den Hof zu überschreiben und in den nächsten Tagen würden die Renovierungsarbeiten beginnen."

Eine Ameise erklimmt Wesemanns Schuhsohle und arbeitet sich hoch zum Oberleder.

„Aber Paul hätte den Hof niemals aus der Hand gegeben. Er sollte in Familienbesitz bleiben. Und so ist es hin und her gegangen, bis Paul mit der Polizei gedroht hat und Piotr wütend den Hof verlassen hat."

„So war das also."

„So war's!"

„Und warum haben Sie solch ein Geheimnis darum gemacht?"

„Das Leben geht weiter. Hypotheken, Steuern, Versicherungen und dann noch der ganze Kleinkram. Das kostet alles Geld."

„Und Piotr hat ein paar Scheine rüberwandern lassen, wenn Sie den Streit zwischen ihm und Paul Papenburg für sich behalten?"

„Ich muss mich jetzt um meine Wäsche kümmern." Frau Backhaus steht auf. „Die wäscht sich auch nicht von allein."

Wesemann bringt Karola den Wagen zurück und legt ihr die Einladung zur Weinprobe auf den Tresen. „Das war letzte Woche!" Marion ist nicht zu sehen, und Wesemann will nicht nach ihr fragen. Erst mal die Gedanken ordnen.

Er läuft die Deisterstraße hinauf.

Ihm fällt keine mögliche Verbindung zwischen Piotrs geschmuggelten Zigaretten und Anke Papenburg ein. Die einzige Verbindung ist Marion. Sie wird sich kaum breitschlagen lassen, etwas gegen ihren Freund zu sagen. Wenn alle dicht halten, erübrigt sich jeder Anruf bei der Polizei. „Wir sind hier in einem Kommissariat", hat HK Bertram einmal gesagt, „und nicht im Vatikan. Glaubenssachen interessieren hier niemanden."

Engin steht vor seinen Auslagen, eine frische weiße Schürze vor dem Bauch. Er muss ihn mal nach seinem Waschmittel fragen. Engin schaut auf die Uhr: „Auto kommt in einer Stunde. Pünktlich!"

Zwei Stunden später sieht Wesemann aus dem Fenster. Eine große Parklücke klafft vor der Haustür, doch von seinem Corsa keine Spur.

Er knipst die Kaffeemaschine an, schaltet das Fernsehgerät ein. „Du hast mich mit meiner drogensüchtigen Schwester betrogen! Obwohl ich schwanger war! Und jetzt willst du einen Test, du Drecksack. Ver... pipip dich!"

Wesemann schaltet die Talkshow ab.

Lieber wäre ihm, das ganze Format zu schreddern. Wie kann man nur so einen Mist auf die Menschheit loslassen, und er verdient mit seiner ehrlichen journalistischen Arbeit nicht mal einen Bruchteil vom Honorar dieser Schwachmaten.

Es klingelt.

Sein Corsa ist wohl zurück.

Ob er dem Überbringer ein Trinkgeld geben muss? Faruk ist Moslem, der darf sowieso nichts trinken. Höchstens Mineralwasser.

Wesemann drückt auf den Türöffner, macht die Wohnungstür auf. Schwere Schritte kommen die Treppe herauf. Helga. Helga? Helga!

Reflexartig hat Wesemann die Wohnungstür geschlossen, doch er macht sie gleich wieder auf.

So kann man mit der Nochangetrauten nun auch wieder nicht umgehen.

Helga ist nicht allein, sie trägt zwei Koffer in den Händen und hat eine größere Reisetasche über die Schulter gehängt. „Ich bin wohl nicht willkommen?" Sie lächelt säuerlich.

„Nö. Doch, natürlich, komm rein!“ Er geht voraus ins Wohnzimmer. Helga bleibt in der Tür stehen.

„Und?“, fragt Wesemann.

„Darf ich wenigstens die Koffer abstellen?“

„Natürlich. Wie wär's mit einem Kaffee?“

Helga nickt, sieht sich um und setzt sich in den Sessel. Wesemann holt zwei Tassen aus dem Schrank, wischt noch einmal mit dem Geschirrtuch drüber und stellt sie auf den Tisch.

„Hübsch hast du's hier!“

„Wie man's nimmt!“

Veralbern kann er sich allein.

„Wenigstens eine Bleibe.“

„Mein Zuhause.“

„Freu dich. Ich hab kein Dach mehr über dem Kopf.“

„Du wolltest doch frei sein.“

„Aber nicht so. Er hat, es ist unglaublich, ich fasse es noch immer nicht, und angesehen hat man es ihm doch auch nicht, er ist …“

„Gar kein Pirat!?“ Das war die Rache für *Hübsch hast du's hier*.

„Er ist zu seinem Freund gezogen. Vor vierzehn Tagen hat er den Kerl in einer Pizzeria kennengelernt.“

Das wird keine Komödie, sondern ein Drama. Halt dich da raus, Wesemann!

„Er ist schwul, hat es angeblich vorher nicht gewusst. In unserer Koje haben es die beiden getrieben. Natürlich hätte er mir nichts erzählt. Ich habe eine fremde Unterhose hinterm Bett gefunden. Ein winziges Teil mit vorne so einem Horn dran. Es war so peinlich.“

„Erspar mir bitte die Einzelheiten.“

„Du hast recht“, sagt Helga, „wie fast immer.“

Sie sieht nicht schlecht aus, hat wohl viel in der Sonne gelegen. Leichtes Make-up, dezent geschminkte Lippen, die übereinander geschlagenen Beine makellos gebräunt. Ihre Hotpants sind ziemlich kurz, und sie trägt keinen BH. Absicht?

„Ich war so dumm“, Helga setzt sich in Positur, hat seinen Blick auf ihren Busen bemerkt. „Ich hätte dich niemals verlassen sollen. Es war so eine schöne Zeit mit dir, nicht sehr aufregend, aber verlässlich. Ach, Hubert.“

„Ach, Helga.“

„Meinst du, wir könnten noch mal von vorne anfangen? Ich weiß, es kommt alles ein bisschen plötzlich für dich, aber ich habe es mir genau überlegt. Ich würde es gern noch mal mit dir versuchen.“

„Du mit mir?“

„Natürlich müssen wir uns erst wieder aneinander gewöhnen. Du könntest vorübergehend auf dem Sofa schlafen, bis wir eine größere Wohnung gefunden haben. Oder ich. Und dann nehmen wir unsere Tanzstunden auch wieder auf.“

„Nein“, sagt Wesemann. Er wundert sich selbst über seine Konsequenz.

„Nein?“

„Ich habe eine andere Partnerin.“

„Den Kurs kannst du selbstverständlich mit ihr noch beenden.“

„Es geht nicht ums Tanzen, es geht ums Zusammenleben. Ich liebe eine andere Frau.“

„Habe ich das jetzt richtig verstanden, *du* gibst *mir* den Laufpass?“

„Klarer hätte ich es auch nicht ausdrücken können.“

„Kenn ich sie?“

„Das spielt keine Rolle.“

„Ich kenn sie also?"

„Was soll das, Helga? Es ist vorbei mit uns. Schluss, aus, Ende. Unsere Wege trennen sich."

„Du weißt, dass wir noch verheiratet sind?"

„Wer von uns beiden hatte das vergessen?"

„Du kannst mich doch nicht einfach auf die Straße setzen."

„Mein Telefon steht dir zur Verfügung." Wesemann erhebt sich. „Ruf an, wen du willst, aber bei mir kannst du nicht bleiben. Ich habe noch etwas zu erledigen. In einer Stunde bin ich zurück, dann bist du weg."

Helga fingert an ihrer Bluse herum. Sie wird doch jetzt nicht die Knöpfe öffnen?

„Solltest du nicht verschwunden sein, trage ich dir deine Koffer persönlich vor die Tür."

Wesemann geht. Engin strahlt. „Auto kommt in einer Stunde. Pünktlich."

„Ich brauche einen Espresso."

„Nix Espresso, türkischen Mokka. Espresso Kinderkram." Er geht vor Wesemann in den Laden, ganz durch, bis hinter die Verkaufstheke und bedient die Kaffeemaschine.

„Da steht aber auch Espresso drauf", sagt Wesemann.

„Nicht was draufsteht ist wichtig, nur was drin ist. Funktioniert wie Mokkamaschine. Frau zurück? Hübsche Frau, deine Frau." Engin zeigt mit dem Daumen in Richtung von Wesemanns Haustür. Er muss Helga gesehen haben. „Familie gut!"

„Nicht was draufsteht ist wichtig, nur was drin ist", sagt Wesemann. Er behält die Straße im Auge. Er trinkt einen Mokka und noch einen. Nach zwanzig Minuten hält ein Taxi vor seiner Haustür. Helga kommt aus dem Haus, verstaut ihre beiden Koffer und die Tasche im Kofferraum des Taxis. In den Händen trägt sie einen kleineren Gegenstand, den sie nicht mitgebracht hat. Es könnte die Gallé-Vase sein. Wo hat sie die bloß gefunden?

Jetzt braucht Wesemann was für die Seele. Er ruft Karola an.

„Ich kann nicht reden. Später!"

So ist das doch immer, man steht für alle parat und braucht man selber einen Menschen - später!

Er mag jetzt nicht in seine Wohnung gehen, da ist noch zu viel Helga. Engin serviert ihm auf einem Teller ausgewählte Köstlichkeiten. Türkisches Marzipan, kandiertes Obst, eine Art Pralinen und kleine bunte Kuchen. Nur Männerfreundschaft ist wahre Freundschaft. Engin sagt: „Afiyet olsun", was wohl soviel wie guten Appetit bedeutet, und Wesemann bestellt noch einen Mokka, aber nicht so stark.

Sein Handy klingelt. Karola. Sie muss ihre Einladung für Sonntag zurücknehmen. Keine Rindsrouladen! Marion ist vorübergehend bei ihr eingezogen. Sucht eine neue Wohnung. Mehr kann sie aber nicht sagen, muss noch einen Bericht für Baxmann schreiben.

Der Corsa kommt, wird rasant vor Wesemanns Haustür eingeparkt. Faruk schickt einen Vertreter. Der junge Mann kommt ins Geschäft. Er legt den Autoschlüssel, die Papiere und das Rückgeld auf die Theke. Wesemann will ihm zwanzig Euro als Dankeschön für seine Bemühungen geben. Engin weist Wesemanns Geldschein entrüstet zurück, doch der junge Mann ist schneller. „Danke", sagt er und ist auch schon verschwunden.

„So ist eben die Jugend", sagt Engin, „sie hat keinen Respekt mehr!"

„Ich habe selbst einen erwachsenen Sohn", sagt Wesemann und packt seine Sachen zusammen. Engin wickelt ihm die restlichen Süßigkeiten in Alufolie, aber keinen Cent nimmt er für die Leckereien an.

Wesemann tritt auf die Straße, besieht sich den Corsa, alles in Ordnung, er scheint sogar sauberer zu sein als vor seiner Verschleppung. Das Handy klingelt. Wieder Karola. „Denk nichts Falsches", sagt sie, „ich hab dich lieb!"

Was hätte er denn Falsches denken können? Dass sie mit Marion … Jedenfalls hat sie ihn lieb. Sie hat ihn bestimmt sehr, sehr lieb. Hat es bloß nicht aussprechen können, weil sie befürchten musste, dass Baxmann auftaucht. Jetzt musst du dich entscheiden, Wesemann, willst du oder willst du nicht.

Er dreht sich um, winkt Engin einen Gruß zu und schickt übermütig ein Kusshändchen hinterher. Er geht in die Innenstadt, in die City. Wenn es Cityparkplätze gibt, muss es auch eine City geben. Heute stören ihn nicht einmal die Touristen. „… die waren doch blöd, sie hätten Rattengift auslegen sollen, wie Sven-Amandos Vater auf dem Sportplatz." Die Jugend hat wirklich keinen Respekt mehr.

Er läuft zum Marktplatz, zögert und geht dann ins Einkaufszentrum Stadtgalerie. Er muss zur Toilette. Dreißig Cent später begibt er sich wieder ins Erdgeschoss, muss sich orientieren, findet dann aber rasch das Geschäft mit dem funkelnden Schmuck in der Auslage.

Ein Geschäft, das er jahrelang ignoriert hat. Doch ein neues Leben fordert auch eine neue Orientierung. Er geht hinein.

Eine Frau mittleren Alters kommt auf ihn zu, grüßt freundlich, fragt nach seinen Wünschen.

Das ist doch, natürlich, Frau ..., also eine Nachbarin. Wie kommt er hier bloß wieder raus? Feigling. Steh zu deinen Entschlüssen!

„Ich habe gar nicht gewusst, dass Sie hier arbeiten", sagt Wesemann.

„Vielleicht besuchen Sie uns zu selten?"

Mein Gott, ist die geschäftstüchtig. Er könnte die Batterie in seiner Uhr wechseln lassen, das käme sicher billiger. „Ich suche einen Ring."

„Für eine Frau oder für sich selbst?"

Wenn er jetzt *Frau* sagt, weiß morgen die ganze Nachbarschaft, dass er ... zumindest nicht schwul ist. „Für eine nette Dame."

„Zu welchem Anlass?"

Zu welchem Anlass? Nur so. Oder doch nicht? Vielleicht aus Freundschaft? Das ist zu wenig. Aus Liebe müsste er jetzt sagen. „Für eine Dame eben."

„Ich nehme an, die Dame steht Ihnen sehr nahe?"

„Kann man so sagen."

Die Nachbarin lächelt, geht voraus, stellt sich an eine der gläsernen Theken und legt Wesemann eine Palette mit den unterschiedlichsten Ringen vor, in gold- oder silberfarben, glänzend oder matt, breit oder schmal, mit und ohne glitzernde Steine. Aber den Preis kann Wesemann selbst bei größter Anstrengung nicht erkennen, die meisten Preisschilder sind umgedreht und beim Rest ist die Schrift zu klein.

Wesemann ist sich seiner Entscheidung nicht mehr so sicher, und da fällt ihm die optimale Lösung seines inneren Konfliktes ein. „Allerdings kenne ich nicht ihre Ringgröße."

„Das ist nicht so wichtig", sagt die findige Verkäuferin, „wenn Sie die ungefähre Größe angeben können, kann der Ring später immer noch geweitet oder verkleinert werden. Ein Umtausch ist ungetragen natürlich auch möglich."

Wesemann gibt sich geschlagen. Er streckt seine linke Hand vor, sagt etwas von *schlanker* und die Verkäuferin steckt ihm ein Ringmaßband auf den Finger, um die Größe abzulesen. Wesemanns Widerstand ist gebrochen, er lässt sich ohne Gegenwehr beraten. Schließlich wählt die Verkäuferin einen nicht zu schmalen Weißgoldring mit drei kleineren Diamanten. Wesemann hätte auch keine bessere Wahl treffen können. Er bezahlt mit Karte und die Verkäuferin steckt den Ring in ein lindfarbenes Kästchen, das sie in fliederfarbenes Glanzpapier verpackt.

Wesemann fühlt sich, als habe er den Mount Everest bestiegen. Oder zumindest das Matterhorn. Er atmet frei die klare Luft. Kein Wölkchen trübt den Blick auf die lichte, reine Zukunft. Mit Karola wird alles ganz anders. Mit ihr wird er sich austauschen können, nicht nur im Bett. Lange Gespräche führen, Freude und Sorgen gemeinsam teilen, Pläne schmieden. So hat es mit Helga natürlich auch angefangen. Aber soll er sich davon bange machen lassen? Vielleicht könnten sie ein gemeinsames Hobby finden. Steine kloppen in Hamelspringe, wie sein Sohn Moritz? Das liegt Karola vielleicht nicht so. Frauen sammeln lieber neue Eindrücke. In Paris, Venedig oder New York. Er wird seinen Dispositionskredit erhöhen müssen. Obwohl sein Konto im Augenblick ... er denkt lieber wieder an Karola. Eine schöne Frau, eine anziehende Frau. Die paar Zentimeter, die sie an Länge mehr hat als er, kann er leicht durch Größe ausgleichen. Oder durch dickere Schuhsohlen. Wenn er an sie denkt, kribbelt es ihn in den Fingern. Und nicht nur da. Natürlich ist ihm das Aussehen nicht so wichtig wie ihr Charakter. Aber das freundliche Gesicht, ihre schlanken Arme, der wohlgeformte Busen, ihre weiblichen Hüften und die hübschen Beine sind ihm schon aufgefallen. Weibliche Hüften, das ist gut, sicher hat sie bereits mit mehreren Diäten dagegen angekämpft. Aber ihm gefallen ihre Rundungen, ist doch was anderes als so ein asketischer Sperrholzhintern. Vor dem nächsten Treffen mit ihr wird er noch zum Frisör gehen. Vielleicht auch neue Schonbezüge für die Autositze besorgen.

Am Abend ruft Karola an. Marion ist auf Wohnungssuche. Ihr Freund hat ihr ordentlich zugesetzt. Und nicht nur mit Worten. Worum es ging, habe sie nicht verraten. So ein Scheißkerl. Ob alle Männer so wären?

Es wird ein langes, liebevolles Gespräch, und Wesemann verzeiht ihr sogar das abgesagte Rouladenessen.

Am nächsten Morgen nimmt Wesemann beschwingt den neuen Tag in Angriff. Er wird sich nach Themen für seine Reportagen umhorchen. Drei Tage Venedig gibt es schon ab dreihundertfünfzig Euro, pro Person natürlich.

Hamelner Krimitage wäre ein lohnendes Thema. Da läuft viel Prominenz auf. Und er könnte mit einem sensationell gelösten Anke-Papenburg-Fall brillieren.

Wesemann dreht den Zündschlüssel, fährt los, es scheppert und kracht vor ihm, hinter ihm und unter ihm. Er kann gar nicht so schnell denken, wie er auf der Bremse steht. Yasmina? Er steigt aus, geht ums Auto. Alle vier Räder stehen in unnatürlicher Stellung vom Auto ab. Das rechte Vorderrad scheint sogar richtig eingeknickt zu sein.

Engin kommt angelaufen. „Hast du Krieg mit Mafia?“ Er geht um das Auto herum, wackelt an einem Rad, wiegt den Kopf, geht in die Hocke, schaut ganz genau hin. „Nix gut. Gestern ordnungsgemäß abgestellt und jetzt kaputt."

„Wir müssen den Wagen von der Straße kriegen, bevor die Polizei kommt."

„Hast du Schmuggelgut im Auto?"

„Ich will ihnen nicht die Freude gönnen, mich zu belehren."

„Moment." Engin zieht sein Handy aus der Tasche, es blitzt golden in der Sonne. „Ich rufe Faruk an."

„Schönes Handy", sagt Wesemann nach dem Anruf, „hast du es schon lange?"

Engin winkt ab. „Seit fünf, sechs Jahren. Hat nur noch zwei Funktionen. Telefonieren und Uhrzeit. Brauche schon lange neues. Aber armer Mann …"

„Ja, ja", sagt Wesemann, „lass uns versuchen, den Wagen an die Seite zu schieben."

Erst geht es gar nicht, dann macht der Corsa einen Sprung und dann noch einen und steht schließlich ein wenig schief am Bordstein.

Engin lädt Wesemann zu einem Mokka ein. Es werden drei Tässchen Mokka, bevor Faruk höchstpersönlich mit einem Pritschenwagen auftaucht. Er trinkt erst auch noch einen Mokka, bevor er sich an die Begutachtung des Schadens macht. Jedes einzelne Rad nimmt er genau in Augenschein, rüttelt am Reifen, wiegt den Kopf, erhebt sich wieder.

„Da hat es einer nicht gut mit Ihnen gemeint." Er geht zu seinem Pritschenwagen hinüber. *Saure Gurken aus dem Spreewald* steht auf der Plane. „An allen vier Rädern wurden die Bolzen gelöst. Kannst Allah danken, das nix passiert ist." Er nimmt einen schweren Wagenheber von seinem Wagen, bockt den Corsa an einer Seite auf und zieht die Radmuttern fest.

Sie trinken noch einen Mokka zusammen. „Verbrecher", sagt Engin, „ich werde mich kümmern."

Er scheint irgendwie ein schlechtes Gewissen zu haben. „Ist doch nichts passiert", will ihn Wesemann beruhigen.

„Oh, oh", sagt Faruk, „Achse kann beschädigt sein, Lenkung, Stoßdämpfer. Am besten, du fährst hinter mir her in Werkstatt."

„Schon wieder eine Reparatur?" Wesemann bläst die Backen auf.

„Übernehme ich", sagt Engin, „neues Handy muss noch warten."

Wesemann zockelt in seinem Corsa hinter Faruk her.

Plötzlich taucht ein Streifenwagen in Wesemanns Rückspiegel auf. Er fährt eine Weile hinter Wesemann her, überholt dann, die Beamten schauen sehr aufmerksam in Wesemanns Auto. Als sie Faruk überholen, grüßen sie lässig.

Faruk verspricht eine Durchsicht bis zum nächsten Mittag. Inspektion käme teurer. Ob er sich nicht doch einen neuen Wagen zulegen wolle. Er hätte da einen Cousin …

Wesemann will ihm für Nachfragen seine Handynummer geben, doch die hat Faruk bereits.

Wesemann macht sich auf den Heimweg. Mit dem falschen Bus. Muss umsteigen, zurückfahren und noch einmal umsteigen.

Da wollte ihm jemand eine Warnung zukommen lassen. Für den Abschied ins Jenseits war die Manipulation an den Rädern sicher nicht gedacht. Ihm kommt der Schatten auf dem Reiterhof in den Sinn. Und dann der Motorradfahrer, der sich so auffällig nach ihm umgesehen hat, als er sich mit Frau Backhaus unterhielt.

Wesemann will zum Sender. Doch mit einem Mal spürt er, wie seine Knie schlottern, Schweiß steht ihm plötzlich auf der Stirn und die Hände zittern. An der nächsten Haltestelle steigt er aus, sieht sich um, kein Taxi in Sicht, er muss eins herbeitelefonieren.

Zuhause lässt er sich aufs Ledersofa fallen, schließt die Augen, ihm wird schlecht, er steht noch einmal auf und holt sich eine Flasche Mineralwasser. Als er einigermaßen beruhigt die Augen schließen kann, geht ihm ein entmutigender Gedanke durch den Kopf: Wenn ihn jetzt die Engel holen, war es ein Mordanschlag. Und er kann nicht mal eine Reportage darüber machen.

In der Nacht wird er mehrmals wach. Kann schlecht wieder einschlafen. Am nächsten Morgen wird er von der Müllabfuhr geweckt. Er muss seine Knochen sortieren und dann an ihre Aneinanderreihung denken. Wann gibt's endlich Kaffee? Und Hunger hat er auch.

Engin freut sich über seinen Besuch, serviert einen Mokka und teilt mit ihm das eigene Frühstück. Fladenbrot, Schafskäse und ein Stück ausgebratene Sucuk. Ja, Wesemann lernt schnell. Türkisch: Afiyet olsun, guten Appetit, ausgebratene Sucuk, lecker.

Engin legt noch eine Rispe mit Tomaten auf Wesemanns Frühstücksbrett. „Ich habe Neuigkeiten." Er greift sich einen Zahnstocher, bearbeitet hinter vorgehaltener Hand seine Zahnzwischenräume.

„Weißt du, wer sich an meinem Corsa zu schaffen gemacht hat?", fragt Wesemann.

„Ja und nein."

Die Zahnsanierungsarbeiten sind beendet. „Jungs haben beobachtet. Von der Disco. Es war ein Motorradfahrer. Kam aus Richtung Bahnhof. Hatte Werkzeug in Rucksack. Aber sonst ..."

„Wie sah er aus? Ist er erkannt worden? Sonst irgendwelche Besonderheiten?"

„Nichts. Schwarz in Schwarz. Und ganz schnell weg war er wieder."

„Kann ich noch einen Mokka haben?"

Engin räumt die Reste des Frühstücks zusammen und bringt sie in den Raum hinter der Kasse. Er serviert Wesemann einen weiteren Mokka, Wesemann weiß schon gar nicht mehr, wie Kaffee schmeckt. „Die Jugend hat keinen Respekt mehr", sagt er. Er schaut auf die Uhr. „Ich muss mich beeilen, Faruk wollte mit der Durchsicht des Autos bis Mittag fertig sein." Er trinkt den restlichen Mokka.

„Ruf vorher an. Manchmal Faruk in Angelegenheiten unterwegs."

Wesemann ruft an. Er kann vorbeikommen. Nimmt den Bus.

Ihm ist noch immer flau im Magen, und die Fahrweise des Busfahrers ist keineswegs förderlich für sein Wohlbefinden.

Faruk hat den Wagen durchgesehen. „Noch mal Glück gehabt", sagt er. „Nix kaputt." Er wischt sich die ölverschmierten Hände an einem Lappen ab.

Wesemann zückt das Portemonnaie. Faruk winkt ab. „Geht auf Kulanz."

„Danke!"

„Müssen noch Probefahrt machen."

Wesemann ist angetan von Faruks Fürsorge. Sie fahren in Richtung Bad Münder und dann weiter nach Springe. Wesemann will mehrmals zurück, bringt die gestiegenen Benzinpreise ins Spiel, doch Faruk sagt: „Weiter! Weiter!" Sie holen in Springe vier gebrauchte Autoreifen und Faruk zeigt sich zufrieden mit den Fahreigenschaften des Corsa.

Am Nachmittag geht Wesemann zum Frisör. Der spricht ihn mit *Herr Wörtmann* an, absichtlich oder nicht, sein letzter Besuch liegt schon eine Weile zurück. Und dann bietet er ihm nach dem Schnitt auch noch Gel fürs Haar an, was sich beträchtlich auf die Reduzierung des Trinkgelds auswirkt.

Eigentlich müsste er bei seinen Ermittlungen jetzt Fakt für Fakt abarbeiten. Doch irgendwie schleicht er um die Entscheidung herum wie die Katze um den Kater. Er geht in die Bäckerstraße, isst ein Stück brettharter Pizza, genehmigt sich noch ein kleines gemischtes Eis mit drei Kugeln und kommt mit seinen Überlegungen immer nur bis zu einem Punkt: Kann Zippo Motorrad fahren? Es führt kein Weg daran vorbei, er muss sich mit Marion unterhalten, auch wenn es das letzte Gespräch zwischen ihnen wird. Und sollte sie mit drinhängen, wird er sie im Gefängnis besuchen. Falls Karola nichts dagegen hat.

Vor Baxmanns Ohren will er sie nicht zur Rede stellen, er wartet den Feierabend ab und gibt sich dann noch eine Stunde, bevor er sich auf den Weg zu Karolas Wohnung macht.

ACHTZEHN

Karola ist sehr überrascht, als Wesemann vor ihrer Wohnungstür steht. Sie zögert einen Augenblick, dann lässt sie ihn herein.

Wesemann betritt die Küche.

Marion sitzt am Tisch und starrt Löcher in die Luft. Sie sieht nicht gut aus, verheult und verquollen.

„Ich muss noch fürs Abendessen einkaufen", sagt Karola, „dann könnt ihr euch in Ruhe unterhalten."

„Mir wäre lieber, wenn du bleiben könntest", sagt Wesemann.

„Mir auch." Marion schaut auf ihre Fingernägel.

Wesemann setzt sich auf einen Stuhl, weiß nicht, wie und wo er anfangen soll.

„Ich hab mich doch entschuldigt", sagt Marion nach einer Weile.

„Wofür?"

„Für damals in deiner Wohnung, als ich das Handy zurückhaben wollte ..."

Musste das jetzt kommen? Darüber wollte er Karola nun eigentlich nicht informieren. „War schon eine komische Situation."

„Ich habe es nicht freiwillig gemacht."

Die Uhr über der Spüle tickt ziemlich laut.

„Ich bin gezwungen worden, aber vielleicht hätte ich dir damals schon alles sagen sollen."

„Ist doch nichts passiert, und Piotr hat auf das Handy auch verzichten müssen."

„Piotr?"

Marion blickt überrascht auf.

„Piotr?"

Sie schluchzt auf und verlässt mit schnellen Schritten die Küche.

Irgendwo fällt kurz darauf eine Tür ins Schloss. Wesemann springt auf. „Ist sie jetzt abgehauen?"

„Lass sie", sagt Karola, „das war nur die Toilettentür."

„Ich brauche ihre Informationen."

Wesemann setzt sich wieder.

„Sie ahnt wohl, dass es jetzt um alles geht."

Karola holt eine Flasche Wasser und stellt sie mit drei Gläsern auf den Tisch. Dann nimmt sie aus einer Schublade zwei Päckchen Papiertaschentücher und legt sie neben Marions Glas.

„Großverbrauch in letzter Zeit."

Karola lächelt säuerlich.

Wesemann trinkt einen Schluck Wasser, Marion kommt zurück und putzt sich die Nase.

„Piotr hat immer nur getan, was seine Mutter angeordnet hat", sagt Marion.

„Er ist doch bloß ein kleines Licht in der Organisation, zuständig für die regionale Aufbewahrung und Verteilung der Zigaretten. Seine Mutter hält alle Fäden in der Hand."

„Grazyna Konrad?"

Marion malt mit einem Finger Kringel auf die Tischplatte.

„Ihrem Bruder gehört eine Spedition in Lettland mit fast zwanzig LKWs. Offiziell befördern sie Holz. Auf den neuesten LKWs, vorbildlich gesichert und mit makellosen Papieren ausgestattet. Ich weiß nicht genau, wie sie's machen, aber manche der Baumstämme sollen hohl sein und als Versteck für die Zigaretten dienen."

„Warum hast du der Polizei keinen Tipp gegeben?"

„Grazyna hätte mich umgebracht, wenn sie es irgendwie erfahren hätte."

Wesemann trinkt noch einen Schluck Wasser. „War es nicht vielleicht ganz anders: Die ganze Sache wird von Piotr organisiert, und Anke Papenburg ist dahintergekommen, dass dein Piotr auch nach dem Tod ihres Vaters den Reiterhof weiterhin als Zwischenlager nutzt.

Als sie ihn zur Rede stellen will, verabredet er sich mit ihr am Weserufer und patsch, ab ins Wasser, und keiner stört mehr die illegalen Geschäfte. Zumal die Polizei keinen Grund hat, etwas anderes als Selbstmord anzunehmen."

Karola stellt ein paar Kekse auf den Tisch, sie werden nicht beachtet.

„Da bin ich euch mit meinen Recherchen in die Quere gekommen", fährt Wesemann fort, „und ihr habt mir Zippo auf den Hals geschickt."

„Piotr hat ihm doch nichts zu sagen. Zippo bekommt seine Anweisungen direkt von Grazyna. Zippo ist so eine Art Laufbursche und wird für seine Erledigungen mit ein paar Stangen Zigaretten bezahlt. Dass er das goldene Handy verkauft hat und dann ausgerechnet an dich, war nicht vorgesehen."

„Nur eine von mehreren kleinen Unachtsamkeiten? Gestern hätte er mich beinah ins Jenseits befördert."

Marion zeigt Unverständnis, zieht die Augenbrauen leicht zusammen.

„Wieso?"

„Er hat die Radmuttern an meinem Corsa gelöst. Dabei ist er gesehen worden."

„Hubert!"

Karola legt Wesemann die Hand auf den Arm.

„Davon weiß ich nichts", sagt Marion.

„Mich haben sie immer außen vorgelassen. Ich habe alles nur am Rande mitgekriegt."

„Und warum suchst du jetzt eine neue Wohnung?"

Marion springt auf.

„Ich kann nicht mehr!"

Karola ist gleich bei ihr.

„Nun beruhige dich, einmal musst du dich der Sache doch stellen."

„Ich habe ihn geliebt. Alles andere war mir egal. Versteht das denn keiner?"

Karola drückt Marion auf den Stuhl zurück.

„Du gehst jetzt am besten mal eine Runde um den Block", sagt sie zu Wesemann.

Wesemann will nachsetzen, er sieht Karola an, doch ein Blick genügt.

Sie ist auf seiner Seite.

Er verlässt die Wohnung, stellt sich in die Haustür, schaut auf seine Armbanduhr.

Er gibt den beiden eine Viertelstunde.

Eine Frau kommt vorbei.

Ihr Hund schnüffelt an Wesemanns Bein, und Frauchen beäugt den fremden Mann mit offenkundigem Misstrauen.

Er kann nicht einfach in der Türe stehen bleiben, tritt vor, orientiert sich kurz und geht dann in die Richtung, aus der Frau und Hunde gekommen sind.

Er geht betont langsam, doch als er einen Blick auf die Uhr wirft, sind erst sieben Minuten vergangen, also weiter.

Er überlegt sich, wie er Marions Vertrauen gewinnen kann.

Da kennt man sich nun schon einige Jahre und ist sich doch so fremd, als wäre man sich erst gestern begegnet.

Ein halbes Paket Papiertaschentücher ist aufgebraucht, als Wesemann wieder in die Küche zurückkommt.

Die Küchenuhr geht vier Minuten vor.

Marion scheint sich gefangen zu haben.

„Ich habe mich von Piotr getrennt. Es ging einfach nicht mehr. Er liebt mich, kommt aber nicht von seiner Mutter los. Er ist ihr hörig."

Marion starrt auf die Tischplatte.

„Du bist doch nicht blind und taub", sagt Wesemann.

„Je mehr ich von ihren Machenschaften begriffen habe", fährt sie fort, „umso größer ist meine Angst um Piotr geworden."

Wesemann, du musst raus aus diesem Seelenbrei und wieder zu den Tatsachen zurückkehren, sonst sitzt du morgen noch hier und heulst mit Marion um die Wette.

„Weißt du etwas über den Unfall von Paul Papenburg? Es war das Auto von Grazyna Konrad, aber Piotr oder Zippo könnten es auch gefahren haben."

„Zippo", wendet Karola ein, „mit seiner roten Bürste, der wäre doch sicher zu auffällig gewesen."

„Und Piotr war an dem Tag des Unfalls mit mir auf der Kartbahn in Büren."

„Also Grazyna", überlegt Wesemann, „das macht Sinn. Sie wollte sich ihr Geschäft nicht vermasseln lassen und Paul Papenburg einen Denkzettel verpassen. Wenn sie ihm allerdings aufgelauert hat und nicht zufällig begegnet ist, war es kein Unfall mit Fahrerflucht, sondern ein Mordversuch."

Marion greift nach dem nächsten Taschentuch.

„Und Ankes Sturz in die Weser?"

„Davon weiß ich nichts."

Karola beugt sich zu Marion und fasst mit beiden Händen nach ihrem Arm.

„Wenn du doch etwas wissen solltest, bist du genau so gefährdet wie Anke."

Marion sinkt in sich zusammen. „Ich muss mich einen Augenblick ausruhen", stammelt sie. „Es ist alles zu viel."

Karola führt sie ins Wohnzimmer, und Marion legt sich aufs Sofa.

Wesemann setzt sich ihr gegenüber in einen Sessel. Er wird jetzt nicht mehr lockerlassen. Schon in Marions Interesse.

„Du kannst nur einigermaßen ungeschoren aus der Sache rauskommen, wenn wir schnell handeln. Du weißt, dass ich als Journalist meine Informanten nicht preisgeben muss."

Marion richtet sich wieder auf, stopft sich ein Kissen in den Rücken, Karola holt ihr das Glas Wasser.

Marion trinkt, sieht Karola an, sie nickt ihr aufmunternd zu.

Marion atmet einmal kräftig durch.

„Nach dem Tod von Paul Papenburg konnte das Geschäft mit den unverzollten Zigaretten natürlich wieder aufgenommen werden. Doch dann hat sich Anke nicht nur um den Hof, sondern auch um die Remise gekümmert, um sie aufzuräumen. Da flog das Versteck auf. Anke war allerdings nicht wie ihr Vater. Sie hat das Geschäft nicht unterbinden, sondern am Gewinn beteiligt werden wollen. Ganz klare Vorstellungen hatte sie. Es musste so viel bei dem Deal herausspringen, wie die Renovierung des Hofs kosten sollte. Ob sie dann allerdings aufgehört hätte ..."

„Anke hat Piotr oder vielmehr Grazyna erpresst?"

„Sie nannte es gewinnoptimiertes Sponsoring."

„Ich kann gar nicht glauben, dass Anke …"

„Lass Marion doch erst mal berichten", mischt sich Karola ein.

„Als Anke dann beim *DNCS* Castingwettbewerb so groß raus kam und ihr die dicke Kohle in der Showbranche winkte, hat sie sich wohl nicht mehr gemeldet. Piotr und ich hatten eine stressfreie Zeit und alles hätte wieder werden können wie am Anfang."

„Aber dann flog Anke aus dem Wettbewerb …", treibt Wesemann Marions Erinnerung voran.

„… und damit war der Traum vom großen Geld für die Sanierung des Reiterhofs ausgeträumt."

Marion streift ihre Schuhe ab, sie stemmt sich gegen die Rückenlehne.

„Kaum war sie wieder in Hameln, rief sie an, wo denn das Geld bliebe. Piotr hat sich sofort mit seiner Mutter beraten. Sie haben sich für den Samstag nach dem Rauswurf aus der Casting-Show zu einem klärenden Gespräch am Weserufer verabredet."

„Willst du eine Pause machen?" Karola setzt sich neben Marion und nimmt sie in den Arm. „Das muss doch alles ganz fürchterlich für dich sein."

„Jetzt habe ich es schon so weit geschafft, jetzt will ich auch alles loswerden."

„Piotr ist mit seiner Mutter zu der Verabredung gefahren. Sie haben wohl in der Tiefgarage an der Rattenfängerhalle geparkt. Piotr sollte mit Anke sprechen, ihr ein bisschen Angst machen, um sie von weiteren Geldforderungen abzuhalten."

„Aber dann hast du ja …" Karola wagt es nicht auszusprechen.

„Mit einem Mörder hätte ich nicht zusammenleben können. Piotr hat mir geschworen, dass er Anke nicht in die Weser gestoßen hat. Ich habe ihm geglaubt. Als er seine Mutter am Schiffsanleger getroffen hat, gab es keine Spur mehr von Anke."

„Das kann durchaus stimmen", sagt Wesemann nachdenklich, „Ralle hat gesagt, dass der junge Mann, der mit Anke in Streit geraten sei, noch eine ziemliche Zeit nach dem Handy gesucht hat.

Anke war da längst verschwunden."

„Ein schrecklicher Gedanke", sagt Karola, „Anke entkommt der ersten Gefahr und läuft Grazyna Konrad direkt in die Arme."

„Vor die Arme", sagt Wesemann, „aber den genauen Tathergang muss die Polizei ermitteln."

„Und ich?"

Marion ist in sich zusammengesunken.

„Ich werde der Polizei selbstverständlich nicht mitteilen, von wem ich meine Informationen habe. Trotzdem werden sie dich befragen. Aber der Tathergang ist plausibel, wie du ihn geschildert hast. Wenn es dicke kommt, musst du dich wegen Mitwisserschaft verantworten, doch wenn du gegen Piotr und seine Mutter aussagst, bist du die beiden los und hast zusätzlich noch ein Stein im Brett bei der Staatsanwaltschaft."

Marion heult wieder.

„Ich hol uns einen Cognac", sagt Karola, „den haben wir jetzt alle verdient."

„Mir bitte keinen Cognac", sagt Wesemann, „ich muss noch zu HK Bertram und mit einer Alkoholfahne würde der mir doch gar nicht glauben."

„Dann trinken wir die Flasche eben alleine", sagt Karola und bringt Marion zu einem kleinen Lächeln.

Zunächst wird Wesemann von HK Bertram nicht ernst genommen. Doch von Minute zu Minute hört er aufmerksamer zu. Schließlich zieht er HK Mangold und HK Caspari hinzu, obwohl HK Mangold bereits beim Abendessen am heimischen Esstisch gesessen hat.

Es wird ein langes Gespräch, und allmählich weicht die Skepsis der HKs einer ansteigenden Dynamik. Man wird sofort handeln, um die Täter nicht entkommen zu lassen.

Als sich Wesemann verabschiedet, können sich die drei HKs sogar eine gewisse Hochachtung vor Wesemanns Ermittlungsarbeit nicht verkneifen. Alle drei schütteln ihm die Hand und HK Bertram verspricht, ihn *zeitnah* über alle Neuigkeiten zu informieren. „Herr Kollege!"

Wesemann hat eine unruhige Nacht mit Träumen von viel Wasser, riesigen Pferden und einer Cognacflasche so groß wie der Hamelner Pulverturm. Am Morgen baut er seinen Bericht über den Fall Anke Papenburg für *radioTOTAL*.

Dann ruft er Karola im Sender an und kündigt seine E-Mail an. So ganz nebenbei fragt er sie, ob er sie für den Abend zu einem Essen einladen dürfte.

Gestern Nacht, berichtet Karola, sei vor ihrer Wohnung noch mehrmals ein Motorradfahrer aufgetaucht. Marion wollte keine Nacht länger bei ihr bleiben. Gleich heute Morgen hatte sie einen Aushang mit ihrer Wohnungssuche an die Pinnwand im Sender geheftet. Und wie der Zufall so spielt, hat Baxmann gerade eine kleine Dachgeschosswohnung in seinem Einfamilienhaus frei. Marion kann sofort einziehen und holt schon die Sachen aus ihrer Wohnung.

„Baxmann ist doch verheiratet?"

„Und wie!"

„Diese Konstellation bietet durchaus Potenzial für einen neuen Fall." Wesemann lacht. Er wird die Entwicklung der zwischenmenschlichen Beziehungen aufmerksam beobachten.

Über Stunden bereitet sich Wesemann auf den gemeinsamen Abend mit Karola vor.

Sorgfältige Rasur, Badewanne mit belebenden Essenzen, und schließlich bügelt er sogar noch sein Oberhemd. Er versucht es zumindest, gibt dann auf und fragt Engin, ob ihm seine Frau vielleicht helfen könne, er habe sein Bügelbrett verlegt.

Am Abend holt Wesemann Karola ab.

Sie fahren zum Schlosshotel Münchhausen nach Schwöbber.

Ausgezeichnet mit einem Michelin-Stern.

Das muss heute mal sein.

Wesemann hat einen Tisch reservieren lassen. Auf der Seeterrasse mit herrlicher Aussicht in den englischen Park. Tolle Lage, anspruchsvolles Ambiente, gediegene Karte.

Karola ist überwältigt.

Bevor sie ihr Essen auswählen, will Wesemann mit ihr anstoßen und bestellt zwei Gläser Champagner.

Karola informiert ihn über die Neuigkeiten aus dem Sender. HK Bertram plane für morgen vierzehn Uhr eine Pressekonferenz zum Fall Anke Papenburg. Es habe zwei Festnahmen und ein Geständnis gegeben, so viel sei schon durchgesickert.

Der Champagner kommt.

Und Baxmann sei im Viereck gesprungen, als er sich Wesemanns Bericht reingezogen habe. Er wird den Bericht direkt im Anschluss an die Pressekonferenz der Polizei ausstrahlen. Vierzehn Rundfunkanstalten habe er den Bericht bereits angeboten und neun Zusagen lägen bereits auf seinem Schreibtisch.

Wesemanns Kopf leuchtet wie eine Laterne. War vielleicht doch ein bisschen viel Aufregung in letzter Zeit. Er prostet Karola zu, sie freut sich mit ihm. Er stellt das Glas ab, fasst in die Tasche seiner Jacke, sucht, fasst in die andere Tasche, sein Lächeln schwindet, er durchwühlt alle Taschen.

„Vermisst du etwas?"

Karola hält ihr Glas noch immer in der Hand.

„Ich habe ...", sagt Wesemann, „ich bin mir ganz sicher, eine kleine Überraschung, nicht der Rede wert, mit drei funkelnden Steinen, wo habe ich denn nur den Ring ..."

„Vielleicht hast du ihn zu Hause liegen gelassen?" Karola trinkt noch einen Schluck.

„Wahrscheinlich." Wesemann sieht sie unglücklich an, er hatte sich das alles so wunderschön romantisch vorgestellt.

„Dann lass uns schnell verschwinden und zu dir nach Hause fahren. Ich helfe dir beim Suchen. Wenn es sein muss, die ganze Nacht!"

Ein neuer Fall für Wesemann ...

... im nächsten Weserbergland-Krimi. >>>

>>> WER WIND SÄT …

Eine Investorengruppe will im Weserbergland sechzehn Windkraftanlagen aufstellen und erntet damit entschiedenen Widerstand in der Bevölkerung.

Bad Pyrmont. Dunsthöhle. Auf der Treppe, die in die Tiefe der Grube führt, sitzt auf einer der letzten Stufen ein Mann, eine allseits bekannte Persönlichkeit, in einem zerknitterten, verdreckten Maßanzug. Tot. Mit einem bunten Windrädchen in der Hand.

Ein weiterer spannender Weserbergland-Krimi wird im Frühjahr 2011 erscheinen!